-ky

Mannhardts rätselhafte Fälle

-ky

Mannhardts rätselhafte Fälle

Ein Berliner Kommissar ermittelt

Jaron

Originalausgabe
1. Auflage 2005

Umschlaggestaltung: Bauer + Möhring, Berlin, unter Verwendung einer Zeichnung von Hendrik Jonas
Satz: Pinkuin Satz und Datentechnik, Berlin
Druck und Bindung: Clausen & Bosse, Leck
ISBN 3-89773-528-8

Inhalt

Vorwort

Hans-Jürgen Mannhardt lebt! Der Kommissar ist keine Erfindung des Autors. Er ist ein Freund von ihm. Man mag es kaum glauben. Dabei hat es -ky selbst geschrieben, schon 1994, auch in einem Vorwort. Unwidersprochen bis heute! Aber geäußert hat er sich seither nie wieder zu diesem Thema. Immer nur gelächelt hat er, wenn man ihn nach Mannhardt fragte. Hat seine Manuskriptseiten aus der Tasche geholt und gesagt, das sei das Neueste, was Mannhardt passiert sei. Seit Jahren geht das nun schon so. Die schönsten und spannendsten Mannhardt-Geschichten trug Horst Bosetzky alias -ky jeweils im Frühjahr und Herbst in die Redaktion der »Berliner Zeitung«, damit die Leser beim Oster- und Weihnachtskrimi miträtseln konnten, wer der Mörder ist. Von Jahr zu Jahr wuchs die Zahl der Hobby-Kommissare, die Mannhardt beim Ermitteln halfen. Und nie hat sich der Herr Polizeipräsident beschwert, wenn Mannhardt mal wieder über seine Vorgesetzten grummelte, sich politisch ganz und gar unkorrekte Kalauer leistete oder bei langbeinigen weiblichen Verdächtigen ins Schwärmen geriet.

Dabei hätten die bei der Polizei doch längst merken müssen, am Täterwissen sozusagen – in Mannhardts Fall also an seinem behördenmäßigen Insider-Wissen –, dass dieser Mannhardt, dessen Geschichten -ky schon seit 1971 in Taschenbuchform aufschreibt, einer von ihnen sein muss, dass sein Name nur ein Pseudonym sein kann. Mannhardts Kollegen werden sich doch nicht davon ins Bockshorn haben jagen lassen, dass -ky, um seinen Freund zu schützen, für ihn eine 12. Mordkommission erfand, wo es in der deutschen Hauptstadt doch nur acht gibt. Trotzdem, die Polizei hielt still. Keine Entlassung eines Mordkommissionsleiters wegen des Verrats von Dienstgeheimnissen in den vergangenen Jahren. Vielleicht schmunzeln und schweigen sie ja im Polizeipräsidium und lassen Mannhardt (oder wie er in Wirklichkeit auch immer heißen mag) einfach weiterhin seine Arbeit verrichten. Denn in seinem Job ist Mannhardt erfolgreich.

Wobei, um ehrlich zu sein: Ohne seine junge Marzahner Kollegin Yaiza Teetzmann könnte der altgediente West-Polizist Mannhardt nicht immer so beruhigt sein Büroschläfchen halten. Gemeinsam aber, als dialog- und ermittlungsstarkes Team schnappt das Ost-West-Doppel in den Geschichten dieses Sammelbandes stets nach gut einer halben Stunde Lesevergnügen den Täter. Diese Kurzgeschichtenlänge ist für Krimis geradezu ideal. Schnell kann – und muss – die Geschichte vorangetrieben, der Spannungsbogen gespannt, der erste Verdächtige gejagt werden. Viel Zeit bleibt nicht, das gesellschaftliche Umfeld der vier, fünf Personen auszuleuchten, die als Täter in Frage kommen.

Und doch gelingt es -ky in den Krimis, die so erzählt werden müssen, wie es früher die Aufkleber in Telefonzellen rieten: »Fasse Dich kurz!«, eine eigene kleine Welt entstehen zu lassen – eine Welt mit viel Humor und ein bisschen Hartz IV, mit Professoren und Prostituierten,

Verlegern und Versagern. Eine Modelleisenbahnwelt, deren skizzenhaft, aber treffsicher mit leichtem Strich gezeichneten Figuren wir Tag für Tag begegnen – beim Einkaufen, am Arbeitsplatz, in der Kneipe. Es sind Menschen, die Angst um ihre Zukunft haben, eifersüchtig oder blind verliebt sind, sportbegeistert oder phlegmatisch, schwer krank oder normal gestört. Bei keinem fehlt viel, um zum Mörder zu werden. Man erschrickt, wenn man das merkt. Wenn man realisiert, dass ein Mord nichts Wunderliches ist. Dass es aber ein Wunder ist, dass nicht mehr Morde passieren. Der Soziologe Bosetzky, in den Siebzigern Erfinder des Sozio-Krimis, erzählt diese Botschaft im Vorübereilen, spurtstark, so wie er als Junge seine Hundertmeterläufe absolvierte. Damals, als Kind in Berlin, wollte er nicht Krimi-Autor werden. Das Kabarett war seine Sehnsucht. Leute unterhalten sein Traum. Das hat er nun mit diesen Geschichten geschafft. Trotz all des Blutes, der Niedertracht, des Verbrechens – sie machen einfach Spaß. Lesen sich, als schaute man kumpelhaft einem Kommissar über die Schulter. Und so ist es ja schließlich auch. Mannhardt ist doch der Kumpel von -ky. Ein Berliner Original. Oder etwa nicht? Er lebt doch! Oder? Bosetzky lächelt nur.

Berliner Zeitung
Peter Brock

Eine Kugel für den Weihnachtsmann

Wer die Arktis suchte, brauchte in dieser Nacht nicht nach Alaska zu fliegen, es reichte völlig, sich in Wilhelmshagen auf den Bahnhof zu stellen und auf die S-Bahn zu warten. Doch kaum einer nutzte diese Chance. Nur Flummi und Rieke waren zu sehen. Sie kamen von einer Fete bei ins Umland ausgewanderten ehemaligen Hausbesetzern, wollten nach Berlin zurück und hofften auf einen leeren Wagen. Weshalb, war unschwer zu erraten. Die Temperatur war hier draußen am Stadtrand schon weit unter den Gefrierpunkt gesunken. Schnee lag in der Luft. Gegenüber aus dem dunklen Tann schien jeden Augenblick Knecht Ruprecht zu treten, begleitet von Rudolf, dem Rentier mit der roten Nase. »Ich muss euch sagen, es weihnachtet sehr …«

Flummi flüsterte Rieke ins Ohr, was er sich von ihr wünschte. Unterm Weihnachtsbaum. Sie kicherte. Der Fahrplan interessierte die beiden Studenten der Sozialpädagogik wenig, Hauptsache irgendeine S-Bahn kam. So schimpften sie auch nicht, als es zuerst der Zug nach Erkner war, dessen Lichter sichtbar wurden. »Wie eine Supernova in den Tiefen des Alls«, sagte Flummi, der ab und an Gedichte schrieb. »Plötzlich aus dem Nichts geboren.« Rieke sah das alles viel pragmatischer: »Wir fahren bis zur

Endstation und bleiben einfach drin.« Die Uhr war auf 2.28 gesprungen. Flummi umschlang Rieke und lachte. »Wenn mongolische Krieger Selbstmord begehen, umklammern sie einen anderen und nehmen ihn mit in den Tod.« Er möge aufhören damit. Unwillkürlich zog sie ihn von der Bahnsteigkante weg.

Als sie sich umdrehten, rollte der Zug die letzten Meter und hielt genau vor ihnen. Die Frau im Führerstand sah sie böse an. »Die hat bestimmt gedacht, wir beide würden ihr vor'n Zug fallen und hat 'n Schock bekommen«, sagte Flummi. Es war ein alter S-Bahn-Zug, noch mit Griffen an den Türen. Schon riss er an ihnen. »Rein ins Warme.« Er trat einen Schritt zurück, um Rieke den Vortritt zu lassen. Doch kaum war seine Freundin eingestiegen, da prallte sie auch schon wieder zurück, schrie auf und war der ersten Ohnmacht ihres Lebens nahe.

Der Grund war einfach. Auf dem Boden des Wagens lag ein Toter, genauer gesagt: ein Weihnachtsmann mit einem Loch in der Stirn.

Zu Mannhardts großem Leidwesen gehörte Wilhelmshagen noch zum Bundesland Berlin, sodass seine Mordkommission tätig werden musste. Morgens um drei von Tegel nach Wilhelmshagen zu fahren konnte höchstens für Leute reizvoll sein, die viel Training für die Eis- und Schnee-Etappen der Rallye Monte Carlo brauchten. Ihn schreckte es nur. Wilhelmsruh wäre ihm lieber gewesen. Das einzige Ziel, das Hans-Jürgen Mannhardt, erster Kriminalhauptkommissar und Leiter der 12. Mordkommission, noch hatte, war seine vorzeitige Pensionierung. Die Chance aber, dass es am Tatort noch zu einem Schusswechsel kam, ihm einer eine Kugel ins Bein jagte und er dadurch berufsunfähig wurde, war eher gering.

Das nächtliche Berlin war eine Geisterstadt. Überall hingen Lichterketten über den Straßen, und an jedem besseren Plätzchen standen ebenso hohe wie hässliche Weihnachtsbäume mit Tausenden von elektrischen Kerzen, alles war noch eingeschaltet. Am schönsten fand Mannhardt die roten Kugeln, die innen eine Birne hatten. Kugeln für ihren Weihnachtsbaum zu Hause sollte er auch noch besorgen. Der Weihnachtsmann in Wilhelmshagen hatte eine Kugel im Kopf. Wie passend. Wozu brauchte die Welt noch Weihnachtsmänner, sie hatte ja Harry Potter, Zlatko und die Pokémons.

Seine Mitarbeiter waren schon am Tatort. Mannhardt suchte mit einem schnellen Blick alles zu erfassen. Der tote Weihnachtsmann war schwarzhaarig und sah südländisch aus. »Können wir das Ganze nicht in die U-Bahn verlegen …« Mannhardt liebte die Berliner S-Bahn über alles und sah es gar nicht gerne, dass man sie immer wieder mit Mord und Totschlag in Verbindung brachte.

Die Kriminalkommissarin Yaiza Teetzmann hatte schon eine Menge Informationen zusammengetragen. »Der Mann heißt Rainer Belgershain, ist 35 Jahre alt und wohnt in Charlottenburg. Er kommt von einer Feier seiner Firma am Hackeschen Markt, wo er als Weihnachtsmann aufgetreten ist. Offensichtlich eine Menge Promille. Deswegen ist er wohl noch immer verkleidet. Vielleicht ist ihm in seinem dünnen Anzug auch nur zu kalt gewesen.« Das mit der Weihnachtsfeier war nicht schwer zu erraten gewesen, denn Belgershain hatte die Einladung noch im roten Mantel stecken gehabt.

Yaiza Teetzmann hatte viel Kaffee getrunken und war mächtig aufgedreht. »Geld, Ausweis, Scheckkarten – alles noch vorhanden.« Das sprach zwar gegen einen Raubmord, aber der Täter konnte auch gestört worden sein. Vielleicht von der Sicherheitskraft, die seit kurzem in jedem S-Bahn-Zug mitfahren sollte. »Die hat hinten im letzten Wagen gestanden und nicht mitbekommen, was ganz vorn passiert ist.« Einer der herumstehenden Journalisten kannte die Zahl aus der Chefetage der S-Bahn-GmbH: »Objektiv gesehen liegt das Risiko, in der S-Bahn Opfer einer Straftat zu werden, bei 0,001714 Prozent.« Mannhardt flüsterte es dem Ermordeten ins Ohr, um ihn zu beruhigen. Dann sah er sich im S-Bahn-Wagen um. Baureihe 477, über sechzig Jahre alt, alles noch Holz. Belgershain war vor der zweiten Tür in Fahrtrichtung rechts erschossen worden und so zu Boden gestürzt, dass man ihn sowohl von draußen wie auch von anderen Plätzen im Waggon schlecht bis gar nicht sehen konnte. Auch durch die Scheiben zum zweiten Wagen nicht.

Zeugen hatten sich bislang noch keine gemeldet, sodass zunächst unklar war, wo genau auf der S-Bahn-Strecke zwischen Ostkreuz und Wilhelmshagen der Weihnachtsmann erschossen worden war. Das Projektil war jedenfalls im Gehirn stecken geblieben. Mannhardt sah Yaiza Teetzmann an. »Und was ist mit dem Triebwagenführer?« Das sei eine Sie, wurde er belehrt. »Die hat aber nischt gehört und ist gleich mit 'nem Schock ab ins Krankenhaus.«

Mannhardt war ein S-Bahn-Narr, und als solcher steckte er nun Kopf und Oberkörper durch das weit geöffnete Fenster in den Führerstand, um einmal auf den Fahrschalterknopf zu tippen. Am liebsten wäre er selber hineingeklettert. Er machte schon Anstalten dazu, und es wäre ihm auch gelungen, wenn Yaiza Teetzmann ihn nicht im letzten Augenblick zurückgerissen hätte. »Du hast wohl nicht mehr alle.« Mannhardt gab nach. »Schluss für heute.«

Obwohl die Zeitungen am nächsten Morgen noch nichts vom Mord in der S-Bahn bringen konnten, hatte Mannhardts Mordkommission bis zum Mittag auf Grund der Berichte im Radio schon eine Reihe »zweckdienlicher Hinweise« entgegennehmen können. Die erste ernst zu nehmende Spur ergab sich aus der Aussage des Mannes, der als Sicherheitskraft in jenem Zug mitgefahren war, der Ostkreuz 2.02 Uhr verlassen hatte. Mannhardt hatte sich den Fahrplan geben lassen, wobei ihn nur die letzten Stationen interessierten: Hirschgarten an 2.17 – ab 2.18, Friedrichshagen an und ab 2.20, Rahnsdorf an 2.24 – ab 2.25, Wilhelmshagen an und ab 2.28, Erkner an 2.31. »Bis Hirschgarten war ich im ersten Wagen«, erklärte der Sicherheitsmann, »dann bin ich auf jeder Station ausgestiegen und weiter nach hinten gegangen. Vorn im Wagen haben keine Frauen mehr gesessen, Ausländer auch nicht. Nur der Weihnachtsmann und zwei junge Männer.«

Das notierte Mannhardt zwar, hakte aber erst ein, als der Mann von einem Halt auf freier Strecke berichtete. »Das muss kurz vor Wilhelmshagen gewesen sein. Das Signal auf Rot. Links in Fahrtrichtung war immer Wald, rechts aber sind die ersten Lichter aufgetaucht. Ich zieh die Tür auf, um zu sehen, was da los ist – und da sehe ich, wie vorn aus dem ersten Wagen einer rausspringt und zur Siedlung rüberrennt.« Das war eine so heiße Spur, dass sie sich sofort in die S-Bahn setzten und mit dem Sicherheitsmann nach Wilhelmshagen fuhren. »Hier muss es gewesen sein!«, rief er. Sie merkten sich die Stelle, stiegen aus und liefen etwa 300 Meter zurück, bis dahin, wo sich vier Straßen strahlenförmig am Bahndamm trafen: der Hohenberger Steig, der Püttbergeweg, die Hochland- und die Erknerstraße. »Klingeln wir überall und fragen, ob jemand was gesehen hat«, schlug Yaiza Teetzmann vor. Mannhardt überlegte einen Augenblick. »Das auch, aber …« Nach Lage der Dinge schien das Ganze nach einer Beziehungstat auszusehen. »Du befragst die Leute hier und schreibst die Namen von den Türschildern ab. Ich fahre nach Erkner, rede mit Belgershains Freundin und lasse mir alle Leute nennen, mit denen er in letzter Zeit etwas zu tun gehabt hat. Dann vergleichen wir mal unsere Listen.«

So kamen sie auf Peer Poppendorf, einen 23-jährigen Jurastudenten, Sohn einer allseits bekannten Größe aus dem Showgeschäft. Ein Nachbar, der wegen heftiger Zahnschmerzen die ganze Nacht über vor dem Fernseher gesessen und vor dem offenen Fenster auf und ab gegangen war, hatte ihn gegen 2.30 Uhr kommen sehen. Zu Fuß vom Bahndamm her. Die Sache war klar, es waren Abdrücke seiner Schuhsohlen gesichert worden, und dass er Rainer Belgershain gut kannte, war sogar in den Akten nachzulesen.

»Da ist ein Strafverfahren gegen Sie anhängig, gegen Sie und Belgershain«, hielt ihm Mannhardt vor. »Sie haben im März dieses Jahres gemeinsam in einem Fahrzeug gesessen, mit dem auf der B 96 kurz hinter Oranienburg ein Fußgänger angefahren und getötet worden ist. Nachdem Sie lange Zeit geschwiegen hatten, wollte Belgershain – von seiner Freundin in Erkner gedrängt – beim Prozess aussagen, Sie hätten hinter dem Steuer gesessen. In diesem Falle wäre es wohl mit Ihrer Karriere als Richter oder Staatsanwalt aus und vorbei gewesen.«

»Das sind ja alles sehr interessante Konstruktionen«, erwiderte Poppendorf und blieb dabei so cool, wie es der Verhaltenskodex seiner Altersgruppe vorschrieb. Seine Haare waren weizenblond gefärbt und so gestylt, dass sie wie eine Perücke aus dünnem Plastik wirkten. Leicht näselnd sprach er und schien seine Vorbilder im preußischen Adel zu haben. – Uns gehört die Welt. – Obwohl er intelligent genug war, um zu wissen, dass ihm das nur schaden konnte, blickte er mit gehöriger Verachtung auf die Kripo-Leute herab. Dieser Plebs. Mannhardt hasste Typen wie Poppendorf und hatte Mühe, sich nicht von seinen Emotionen mitreißen zu lassen. »Nun gut ...« Jetzt sprach er schon wie ein grenzdebiler Fußballer. »Ich sag mal so ... Dass Sie aber kurz vor dem Bahnhof Wilhelmshagen aus dem Zug gesprungen sind, das wollen Sie nicht bestreiten ...?«

Poppendorf sah gelangweilt auf seine Fingernägel. »Nein, wieso, das mache ich doch öfter. Optimaler kann ich ja gar nicht nach Hause kommen.«

»Zumindest ohne Auto. Fakt ist also, dass Sie im selben Zug wie Belgershain gesessen haben. Und da wollen Sie Ihren Freund Rainer nicht gesehen haben, zumal er im roten Mantel des Weihnachtsmannes ja nicht eben unauffällig angezogen war?«

»Das dürfte wohl auch der Grund sein, dass ich ihn nicht erkannt habe. Aber was mir noch viel wichtiger erscheint: Er ist im ersten Wagen erschossen worden, ich habe im zweiten gesessen – und zwar mit dem Rücken zur Fahrtrichtung.«

»Der Mann vom Sicherheitsdienst hat Sie aber aus dem ersten Wagen springen sehen.«

»In der Dunkelheit und auf hundert Meter Entfernung, sicher ...«

»Machen wir morgen weiter«, sagte Mannhardt.

Nachdem der erste Tatverdächtige, der Jurastudent Peer Poppendorf, nicht bereit gewesen war, ein Geständnis abzulegen, hatte Mannhardts Mordkommission weiteren Spuren nachgehen müssen. Von größtem Gewicht war dabei die Aussage des Sicherheitsmannes gewesen, zwei junge Männer seien in Rahnsdorf aus eben dem Wagen gesprungen, in dem der Weihnachtsmann erschossen worden war.

Ob er die beiden etwas präziser beschreiben könne, fragte Mannhardt. »Gott, wie Skins eben aussehen ...« Mannhardt und Yaiza Teetzmann hatten nur die Augen verdreht. Die Fahndung nach den beiden war angelaufen, und weil die Staatsschützer gerade dabei waren, die rechte Szene endlich richtig ins Visier zu nehmen, bekamen sie bald den Hinweis, dass es sich bei den Gesuchten um die Herren Rico Dreyer und Maik Sablotzky handeln könne. »Die treffen sich jeden Abend auf der Warschauer Brücke.«

Was blieb Mannhardt weiter übrig, als sich Yaiza Teetzmann zu schnappen und mit ihr dorthin zu fahren. Mit der S-Bahn natürlich. Yaiza Teetzmann hielt die ganze Sache für eine reine Schnapsidee: »Skins schießen nicht, die nehmen Baseballschläger.« Mannhardt aber verwies auf die Lernfähigkeit junger Menschen. »Ganz schön zugig hier oben«, murrte Yaiza Teetzmann, als sie dann auf der Brücke standen, das weite Bahngelände tief unter sich. Sie sollten nur zügig voranschreiten, meinte Mannhardt und lenkte seine Schritte mutig auf eine Gruppe junger Männer zu, die mit ihren drei hervorstechenden Attributen leicht zu beschreiben waren: Glatzen, Bierbüchsen und Springerstiefel. Die Wirklichkeit war wieder einmal reines Klischee. Mannhardt bekam das, was seine Vorfahren als »Muffensausen« bezeichnet hatten.

In seiner Not dachte er daran, wie nützlich es doch gewesen wäre, wenn der Innensenator alle bedrohten Menschen – also auch ihn – mit kleinen Hakenkreuzfähnchen ausgestattet hätte. Schon wäre man gerettet, wenn man die bei Gefahr für Leib und Leben aus der Tasche zöge und schwenkte. Billiger ließ sich der Kampf gegen rechte Gewalt bestimmt nicht bestreiten. Er aber, noch ohne dieses Wundermittel, schwitzte Blut und Wasser. »Ich suche den Rico und den Maik«, brachte er schließlich hervor. Was daraufhin geschah, erinnerte Augenzeugen stark an ein Gedränge beim Rugby. Wobei Mannhardt die Rolle des Balls zukam. Alle hatten sich auf ihn gestürzt, um ihren Kameraden den Weg zur Hochbahnstation freizusperren. Und die beiden nutzten ihre Chance.

Yaiza Teetzmann jagte ihnen hinterher, Mannhardt folgte in einigem Abstand. Als Freund des American Football war es ihm gelungen, zwischen den Beinen seiner Angreifer eine Gasse zu entdecken. Yaiza Teetzmann war gerade die wenigen Stufen zur Hochbahnstation hinaufgelaufen. Trotz seines hohen Alters, 54, gelang es Mannhardt, Meter für Meter zur Spitzengruppe aufschließen. Gerade verließ ein Zug der U 1 die Station in Richtung Westen. Die beiden Skins schafften es nicht mehr, die Türen aufzudrücken, sie liefen weiter Richtung Bahnhofsende und Oberbaumbrücke und sprangen schließlich auf die Gleise. Yaiza Teetzmann und Mannhardt blieben ihnen dicht auf den Fersen. »Den Strom abschalten!«, schrie Mannhardt, doch er war sich nicht sicher, ob es jemand hörte. Die Oberbaumbrücke war für ihn mit das schönste Bauwerk Berlins, und auf ihr zu sterben musste ganz besonders reizvoll sein. Die Chance dafür erhöhte sich, denn der Zug vor ihnen schlich nur so dahin und bildete eine unüberwindbare Barriere, zugleich näherte sich sein Pendant aus der Gegenrichtung. Unübersehbar und in schönster Eidotterfarbe, ließ er auch noch grell und unüberhörbar sein Typhon ertönen. Dennoch sprang einer der beiden Skins, Rico, vor den entgegenkommenden Zug und verschwand zwischen dessen Kupplung und den Schwellen wie im Maul eines Krokodils. Der andere, Maik, warf sich seinen Verfolgern entgegen. Er wirbelte Yaiza Teetzmann gegen das Geländer, und Mannhardt traf er mit einem Aufwärtshaken an die Schläfen. Zeitlupe: Mannhardt dreht sich herum wie ein Turmspringer, Salto rückwärts mit doppelter Schraube, und stürzt auf die Stromschiene, Gesicht und Hände schlagen auf.

750 Volt sorgen im Allgemeinen dafür, dass Menschen aussehen wie verkohlte Steaks auf einem Grill.

War bei der Berliner S-Bahn eher an Mord zu denken, siehe Paul Ogorzow, der legendäre S-Bahn-Mörder, der in den vierziger Jahren 45 Frauen überfiel und 8 davon tötete, so stand die U-Bahn tendenziell für Suizid. Auch Rico Dreyer hatte es erwischt, Mannhardt hingegen war gerettet worden, weil es den BVG-Bediensteten dank ihrer einschlägigen Erfahrungen noch rechtzeitig gelungen war, den Notschalter umzulegen, bevor er die Stromschiene berührt hatte.

Ricos Selbstmord war für die Mordkommission ein Beweis, dass er Belgershain erschossen hatte. »Ein Schuldanerkenntnis ... Wie ein Geständnis zu werten.« Maik stritt das ab. »Det war nischt wie 'n Unfall. Der wollte links an'n Zug vorbei und is dabei hinjefallen. Wir sind det in die S-Bahn nich jewesen, Mann, äih.«

Mannhardt stöhnte auf. »Für dich, Maik ... für Sie, Herr Sablotzky ... ist doch die Sache nun einfach genug: Sie brauchen doch nur zu sagen, dass Rico geschossen hat und Sie nicht mehr in der Lage gewesen sind, ihn daran zu hindern.«

»Dieser Weihnachtsmann da hat uns 'n Dreck jekümmert.«

»Da sind wir aber anderer Meinung. So wie Belgershain

ausgesehen hat, muss ihn doch jeder für einen Türken, Albaner oder Bosnier gehalten haben. Und da habt ihr gedacht: Jetzt machen uns die Ausländer auch noch unser schönes deutsches Weihnachtsfest kaputt.«

»Wat soll denn die Scheiße, echt?! Wir haben mit dem Typen gesprochen und jemerkt, det et 'n echter Deutscher war.«

Mannhardt hielt ihm vor, dass der Sicherheitsmann sie gesehen habe, wie sie in Rahnsdorf aus dem Zug gesprungen waren. »Und warum seid ihr auf der Warschauer Brücke so in Panik geraten ...?« Maik erklärte das mit seiner allgemeinen Bullenphobie.

Trotz dieser und anderer Widersprüche blieb Sablotzky dabei, dass sie nicht auf Belgershain geschossen hatten.

»Morgen ist auch noch ein Tag«, sagte Mannhardt und machte Feierabend.

Die Medien machten zwar nicht ganz so viel Theater wie im Falle Christoph Daum, aber es war trotzdem eine ganze Menge, was über den Mord an Rainer Belgershain geschrieben und gesendet wurde, denn schließlich war einer der beiden noch lebenden Tatverdächtigen der Sohn eines Prominenten und der andere passte ausgezeichnet in die landesüblichen Argumentationsketten im Hinblick auf rechte Gewalt. Wurde Mannhardt gefragt, so blieb ihm nichts anderes, als sich in seinen Standardsatz zu flüchten: »Indizien sind noch kein Geständnis.« War der Stress nicht mehr zu ertragen, griff er zu seinen Dartpfeilen und suchte die Treble-20 auf der Sisalscheibe hinter seinem Schreibtisch zu treffen.

Gerade war er beim Werfen, da brachte ihm Yaiza Teetzmann eine Besucherin ins Zimmer. Gott, irgendwo hatte er die Frau schon einmal gesehen. Und zwar vor kurzem.

Aber wo? An einer Bushaltestelle. Genau: ein Model. Für Dessous, nicht für Totenhemden. Irrtum. Nur Larissa aus Erkner, die Freundin des Weihnachtsmannes, blond, mit russischem Akzent und von Beruf Reisebürokauffrau. Sie hatte inzwischen die Sachen des Ermordeten durchgesehen und dabei etwas gefunden, was sie in helle Aufregung versetzte: einen Packen Briefe.

»Eine schlimme Affäre, Herr Kommissar!« Kurzum, Rainer Belgershain hatte vor Jahren mit einer Frau namens Iris Loczinski zusammengelebt und ein Kind gezeugt. Das war im Alter von knapp drei Jahren aus dem Fenster gestürzt und ums Leben gekommen. »Sie gibt ihm die Schuld daran, Herr Kommissar, weil er nicht richtig aufgepasst hat, sie hasst ihn. Es ist ganz fürchterlich. Sie verlässt ihn, sie unternimmt einen Selbstmordversuch, und immer wieder schwört sie: ›Das Schwein, das bring ich noch mal um!‹«

»Und?«, fragte Mannhardt als Larissa wieder gegangen war, »wo ist da der Witz an der Sache?«

Yaiza Teetzmann schaute ihn verständnislos an: »Das ist die Frau, die im Führerstand des S-Bahn-Zuges gesessen hat, in dem Belgershain erschossen worden ist.«

Iris Loczinski war aus dem Krankenhaus entlassen worden und versah schon wieder ihren Dienst. Mannhardt traf sie nach dem Schichtwechsel im Bahnbetriebswerk Friedrichsfelde. Eine kraftvolle und etwas maskuline Frau, fand Mannhardt, mit blonder Kurzhaarfrisur und einem scharf geschnittenen Gesicht – so wie man es von Leistungssportlerinnen kennt, im Tennis oder Turnen beispielsweise. Vom Leben gezeichnet. Starr der Blick, mit den hellblauen Augen an Möwen erinnernd. Kein Wunder, wenn man ununterbrochen auf die Strecke schauen muss.

Mannhardt kam nach einem kurzen Warm-up auf ihre

Beziehung zu Rainer Belgershain zu sprechen. Sie steckte sich zwar eine Zigarette an, schilderte aber dann das, was gewesen war, ohne dass ihr irgendeine Emotion anzumerken war. Alles deckte sich mit dem, was Larissa ausgesagt hatte, nur bestritt sie, Belgershain die Schuld am Tode ihres Sohnes gegeben zu haben. »Es ist ein Unfall gewesen, das hätte auch mir passieren können, wenn ich mit dem Kleinen in der Wohnung gewesen wäre. Das ist eben Schicksal. Und dass ich Rainer gehasst haben soll – die spinnt ja …«

Mannhardt erinnerte sich daran, dass Yaiza Teetzmann zuvor eindeutig auf ihrer Seite gewesen war. Eine solche Tat wie der Mord an Belgershain sei für Frauen total atypisch. Wie sollte sie an eine Pistole gekommen sein? Wie sollte sie gewusst haben, dass Belgershain im letzten Zug nach Erkner sitzen würde?

Dies im Kopf, begann Mannhardt laut zu denken. »Ich stelle mir einmal folgendes Szenarium vor, Frau Loczinski: Sie sitzen vorn im Führerstand und sehen auf dem Bahnhof Ostkreuz Belgershain auf dem Bahnsteig stehen. Sie wissen, dass er öfter zu seiner neuen Freundin nach Erkner fährt … und Sie sinnen auf Rache, haben also ihre Waffe immer bei sich in der Aktentasche. Nun ist es so weit, und es tritt ein, worauf Sie schon seit Wochen warten: Er ist allein im ersten Wagen. Jedenfalls in dem Augenblick, in dem nach dem Halt auf freier Stecke der andere Mann aus dem Zug gesprungen ist. Sie nehmen Ihre Pistole aus der Tasche, öffnen die Verbindungstür zwischen Führerstand und Fahrgastraum und …«

Iris Loczinski zerstörte Mannhardts Gedankengebäude mit einem Einwand, der nicht vom Tisch zu wischen war. »Schön und gut, Sie vergessen nur, dass ich diese Tür gar nicht öffnen konnte …«

»Wieso das?«

Iris Loczinski erklärte es ihm. »Weil ich eingeschlossen war.«

Mannhardt griff zum Telefon. Die Bahnhofsaufsicht in Wilhelmshagen bestätigte ihm die Angaben von Iris Loczinski. In der Tat, sie hatte, nachdem die beiden Studenten auf den toten Weihnachtsmann gestoßen waren, gegen die Schiebetür gehämmert und gebeten, sie aus dem Führerstand herauszuholen. Denn sie war am Tag der Tat mit einem Zug der alten Baureihe 477 unterwegs gewesen, dessen Führerstände keine gesonderte Tür zum Bahnsteig haben, sondern nur eine zum Fahrgastraum. Und in dieser steckte ein Schlüssel von außen, sodass sie die Tür von ihrer Seite aus nicht öffnen konnte. Es war ihr eigener Schlüssel. »Ich hab vergessen, ihn abzuziehen, als ich den Triebwagen übernommen habe. Dann muss ihn einer herumgedreht haben … Ein Scherzbold oder der Täter selber … Und durchs Fenster …« Sie brach ab. Das Warnsignal eines Streckenpostens ließ Mannhardt zusammenzucken. Sein Tinnitus! »Nur schnell weg von hier.«

»Wieder nichts«, sagte Mannhardt, als er später auf dem Bahnhof Lichtenberg stand und auf die nächste S-Bahn wartete. »Wenn wir bloß die Tatwaffe hätten …«

Tatverdächtige gab es im Mordfall Rainer Belgershain genug, doch weder bei Peer Poppendorf und Maik Sablotzky noch bei Iris Loczinski reichte es für einen Haftbefehl. Das Dumme war, dass es jeder mit etwa derselben Wahrscheinlichkeit gewesen sein konnte, sodass sich alles gegenseitig neutralisierte und der Haftrichter nicht tätig werden wollte oder konnte. Mannhardt blieb nichts als seine Dartscheibe im Büro.

Gerade hatte er einen Pfeil in die rote Mitte der Scheibe gejagt, da kam Yaiza Teetzmann mit der Sensation des Tages. »Der Schuss ist nicht gerade mit aufgesetzter Waffe erfolgt, aber doch so nahe am Kopf, dass es durchaus auch ein Selbstmord gewesen sein könnte.«

Mannhardt lachte. »Und dann hat der Tote die Pistole genommen und ganz schnell noch aus dem Zug geworfen.«

»Nein, aber ich bin da auf die Aussage eines Zeugen gestoßen, der gesehen hat, dass bei dem Halt auf freier Strecke die Tür offen gestanden hat.«

»Ja, die, aus der Poppendorf hinausgesprungen ist.«

»Nein, eine Tür im ersten Wagen, die zweite wahrscheinlich. Und dann kann doch die Waffe aus dem Zug gefallen sein, nachdem er sich erschossen hatte.« Auf die Frage nach einem Motiv war sie um eine Antwort nicht verlegen. »Ich hab mich schon umgehört: In der Firma haben sie ihn gemobbt, da war er für alle der Trottel, der Weihnachtsmann eben. Sein kleiner Sohn ist vor seinen Augen aus dem Fenster gestürzt, seine Beziehung zu Iris Loczinski ist kaputtgegangen – und diese Larissa hat auch schon angedeutet, dass sie vorgehabt hat, mit ihm Schluss zu machen. Seine Nachbarn und Kollegen sagen außerdem, dass er wegen einer Herzneurose, einer Psychose und anderer psychischer Leiden in Behandlung gewesen ist, einmal sogar stationär.«

Dies alles ließ sich schnell verifizieren. Einen Abschiedsbrief gab es zwar nicht, aber es war ja durchaus denkbar, dass Larissa diesen unterschlagen hatte, um nicht als diejenige dazustehen, die ihn auf dem Gewissen hatte.

Mannhardt überlegte. »Wenn du mit deiner Selbstmordthese Recht haben solltest, müsste sich die Waffe ja irgendwo am Bahndamm finden lassen – und zwar da, wo der Zug auf freier Strecke gehalten hat.«

Sie scharten ihre Leute zusammen und zogen los.

Drei Tage später lag die Waffe, mit der Rainer Belgershain zweifelsfrei erschossen worden war, auf ihrem Schreibtisch. Daneben der vorläufige Bericht des Landeskriminalamtes. »Keine verwertbaren Fingerabdrücke ...« Das war der entscheidende Satz, und Mannhardt konnte nichts anderes tun, als filmreif aufzustöhnen. »Klar, im Winter haben alle Handschuhe an. Die Bundesregierung sollte das Morden nach dem ersten Nachtfrost verbieten und erst wieder ab Pfingsten erlauben.« Was blieb ihm anderes als die Bitte, ihnen einen jungen Mann namens Markus Knau noch einmal zuzuführen! In dessen Fahrzeug hatte man die Waffe gefunden, rein zufällig, bei einer Verkehrskontrolle. Sie selber waren am Bahndamm nicht fündig geworden, ein anderer musste ihnen zuvorgekommen sein.

Dieser Markus Knau war nun alles andere als ein unbeschriebenes Blatt. Mehrere Vorstrafen wegen unerlaubten Waffenbesitzes und vor allem wegen der Schüsse, die er aus dem Fenster seiner Wohnung in der Sredzkistraße auf ahnungslose Fußgänger abgegeben hatte. Sein großes Vorbild war der Held in »Targets«, dem Film von Peter Bogdanovich, in dem einer seinen Lustgewinn daraus bezieht, auf »bewegliche Ziele« zu schießen – auf alles, was sich bewegt, Autos wie Menschen.

Auch im Falle Markus Knau reichte Mannhardts Fantasie, sich auszumalen, was am Bahndamm in Wilhelmshagen geschehen sein konnte: »Sie wohnen ja in Erkner und stromern gerne durch die Gegend. Nachts durch den Wald, das gibt Ihnen ja immer den richtigen Kick. Zumindest, wenn sie gekifft haben. Da hält ein hell beleuchteter S-Bahn-Zug vor ihnen. Ein Mann reißt die Tür auf, um frische Luft zu schöpfen oder sich zu erbrechen. Kein gewöhnlicher

Mann, sondern ein Weihnachtsmann. Eine herrliche Zielscheibe. Und Sie hassen nichts mehr als Weihnachten und den Weihnachtsmann. Eine Versuchung, der Sie einfach nicht widerstehen können. Es ist doch eine Art Sucht bei Ihnen. Sie reißen Ihre Waffe heraus, zielen auf den Weihnachtsmann und jagen ihm eine Kugel in den Kopf.«

»Nein, zu der Zeit hatte ich ja diese Pistole noch gar nicht. Die habe ich ja erst gestern Abend am Alex gekauft.«

»Und von wem bitte?«

»Von einem, den ich nicht weiter kenne. Sergej hat er sich genannt.«

Als man Markus Knau aus dem Vernehmungsraum geführt hatte, aktivierte Mannhardt seinen Zitatenschatz: »Da steh ich nun, ich armer Tor/ Und bin so klug als wie zuvor.« Dann hatte er eine Idee. »Man müsste die Täterschaft so unter unseren fünf Kandidaten aufteilen können wie etwa den Nobelpreis. Jeder bekommt ein Fünftel – nun nicht des Preisgeldes, sondern der Strafe, die für Mord gesetzlich vorgesehen ist. Was sagt dir denn dein untrüglicher kriminalistischer Instinkt, wie es wirklich war und wer es in Wirklichkeit gewesen ist ...?«, fragte er Yaiza Teetzmann.

»Keine Ahnung.«

»Ich aber bin mir ziemlich sicher und werde an einer ganz bestimmten Stelle noch einmal nachhaken.«

Die meisten S-Bahn-Züge, die auf den Gleisharfen des Bahnbetriebswerks Friedrichsfelde abgestellt waren, gehörten zur modernen Baureihe 481/482, deren Frontmaske so geformt ist, dass sie den Spitznamen »Taucherbrille« erhalten hatte. Zwischen ihnen verloren sich die wenigen noch im Einsatz befindlichen »Olympiazüge« aus den Jahren 1935 bis 1944. Aber gerade diese Baureihe 477 wurde von Hans-Jürgen Mannhardt ganz besonders geliebt, hatte er doch auf ihren hölzernen Bänken in seinem langen Leben schon so einiges erlebt, immer nach dem Motto »Im Triebwagen den Trieb wagen«. Heute brauchte er diesen Fahrzeugtyp zu Demonstrationszwecken. Zu dritt standen sie auf einem der grob zusammengezimmerten Podeste, die den Fahrern beim Start zu ihren Umläufen das Einsteigen in den Führerstand erleichtern sollten: seine Kollegin Yaiza Teetzmann, die Triebwagenführerin Iris Loczinski und er.

»So, Frau Loczinski, darf ich einmal kurz schildern, wie ich mir das Ganze vorstelle … Sie sind regelmäßig auf der Strecke Ostkreuz–Erkner im Einsatz und sehen Ihren Ex-Freund Rainer Belgershain des Öfteren auf den Bahnhöfen stehen. Einen Führerschein hat er ja nicht mehr. Mal allein, mal mit seiner neuen Freundin, dieser Larissa, wohnhaft in Erkner. Neid und Hass schießen auf in Ihnen, Sie schaukeln sich immer weiter hoch, die Eskalation beginnt. Sie haben seit langem eine kleine tschechische Pistole bei sich in der Tasche. Anfangs nicht wegen Belgershain, sondern weil Sie Angst haben, nachts auf dem Nachhauseweg vom Dienst überfallen zu werden. Das alles sind also keine Zufälle. Alles kommt so, wie es kommen muss, es reift in Ihnen heran, wird unausweichlich. Vielleicht wäre aber nie etwas geschehen, nie etwas ausgelöst worden, wenn nicht in dieser Nacht aus betrieblichen Gründen ein Zug dieser alten Baureihe hier im Einsatz gewesen wäre, denn die modernen Baureihen haben Extra-Türen an den Führerständen, bei der Baureihe 477 aber können Sie den Führerstand nur über den Fahrgastraum betreten und verlassen, da gibt es keine gesonderten Ausstiege …«

»Ich weiß nicht, worauf Sie hinauswollen …«

»Darauf, dass Sie nur bei der Baureihe 477 ein scheinbar unwiderlegbares Argument haben, nicht für die Tat in Frage zu kommen, nämlich: Die Tür zum Fahrgastraum war ja blockiert. Das hat uns das Betriebswerk bestätigt – sogar das Panikschloss war kaputt.«

»Stimmt alles, die Tür war blockiert.«

»Sicher – und zwar durch Sie.«

Iris Loczinski lachte so laut, dass es weit über das Bahngelände schallte. »Ihre Fantasie möchte ich haben!«

»Bei einer Mordkommission muss man das. Meine Kollegin setzt sich jetzt einmal in den Führerstand und spielt Sie …« Mannhardt wartete, bis Yaiza Teetzmann eingestiegen war und auf dem Sitz Platz genommen hatte. »So, Frau Loczinski … Am Ostkreuz entdecken Sie Belgershain, als Weihnachtsmann gekleidet, und sehen durchs Fenster, beziehungsweise durch das Guckloch in Ihrer Tür, dass er in den ersten Wagen einsteigt. Kurz vor Wilhelmshagen, als Sie auf freier Strecke halten müssen, springt der letzte Fahrgast aus dem Wagen, jetzt ist Belgershain allein, und nun kommt Ihnen der Gedanke: Jetzt oder nie! Sie reißen die Tür zum Fahrgastraum auf und …«

»Die konnte ich ja gar nicht aufreißen, die war ja von außen abgeschlossen!«

»Ja, aber erst nach der Tat von Ihnen.«

»Und wie soll ich dann in den Führerstand zurückgekommen sein?«

»So, wie es Ihnen meine Kollegin jetzt vormachen wird …«

Yaiza Teetzmann stand auf, öffnete die Schiebetür, betrat den Fahrgastraum und ging auf Mannhardt zu, der Belgershain spielte. Mit einem Kugelschreiber wurde er erschossen und ging zu Boden. Yaiza Teetzmann verstaute nun ihre »Waffe« in der Hosentasche und zog die Tür zum Führerstand zu – vom Fahrgastraum aus. Von dort steckte sie den Schlüssel ins Schloss und drehte ihn herum, um ihn sodann stecken zu lassen. Dann riss sie die Abteiltür auf, neben der Mannhardt lag, und machte Anstalten, ihn aus dem Zug zu stoßen. Doch sie zuckte wieder zurück, nachdem sie kurz hinausgesehen hatte.

Mannhardt wandte sich an Iris Loczinski. »Sie konnten die Leiche nicht hinauswerfen, weil es der Sicherheitsmann hinten im Zug bemerkt hätte.«

Yaiza Teetzmann stürzte nun zur ersten Tür und zog diese auf. Wieder steckte sie den Kopf ins Freie.

»Jetzt konnten Sie es wagen, denn der Sicherheitsmann guckte nicht mehr aus der Tür, sondern unterhielt sich, wie er uns erzählt hat, mit einem Fahrgast. Yaiza, los!«

Yaiza Teetzmann hielt sich nun mit der linken Hand am Türgriff fest und schnellte nach rechts, um mit der freien Hand den Rand des herabgelassenen Fensters am Führerstand zu fassen. Es glückte mühelos, weil ihre Füße Halt auf dem Sims zwischen Chassis und Wagenkasten fanden. Mit einigem turnerischen Geschick schwang sie sich nun in den Führerstand und tat so, als sei nichts gewesen. Dann wischte sie noch ihre Fingerabdrücke von ihrer imaginären Pistole und warf sie aus dem Fenster. »So, schon kann ich weiterfahren …«

Eine Stunde später legte Iris Loczinski ein umfassendes Geständnis ab.

Wenn der Osterhase Zyankali-Eier bringt

»Hoppel, kauf zur Osterfeier/ bei Frau Henne tausend Eier./ Gib ihr diesen Brief von mir./ Sei recht brav. Das rat ich dir!« Hoppelhäschen nahm den Brief des Vaters, legte ihn in seinen Tragekorb und machte sich auf den Weg zum Hühnerhof.

Mit diesem Bild vor Augen war Rebecca eingeschlafen. Als sie erwachte, wusste sie sofort: Heute ist Ostern. Endlich. Sie sah auf den Radiowecker, aber die roten Ziffern zeigten erst 7.34 Uhr, und vor 8.00 Uhr standen die Eltern nicht auf. Auch ihr kleiner Bruder schlief noch.

Rebecca Coschütz war sechs Jahre alt und wusste nicht, was ein Ritual ist: »Ein traditional-magisch überhöhtes und weithin standardisiertes Interaktionsmuster, das der Einzelne so stark verinnerlicht hat, dass er ihm der Tendenz nach mit abgesenktem Bewusstsein geradezu mechanisch folgt und dadurch die positive Empfindung von Schutz und Sicherheit, vor allem aber des Einsseins mit seiner Kultur erfährt.« Und obwohl – oder weil – sie es nicht wusste, freute sie sich schon seit Weihnachten darauf, im April draußen im Garten Ostereier zu suchen. Der Osterhase nervte nicht so wie der Weihnachtsmann. Man musste kein Gedicht aufsagen und so schrecklich brav sein, der Osterhase legte seine Eier und Geschenke einfach ab und verschwand dann wieder. Voll cool war das.

Es war halb neun, als dann alle in den Garten liefen, Rebecca voran. »Ich glaube schon, dass der Osterhase dieses Jahr sehr fleißig gewesen ist«, sagte ihre Mutter, und der Vater fügte hinzu, dass er den Osterhasen auf einem nigelnagelneuen Fahrrad gesehen hätte. »Vielleicht ist das für dich gewesen.« Rebecca lief hinter das Haus, weil dort das Gebüsch am dichtesten war. Und wenn, dann hatte der Osterhase das Fahrrad sicherlich dort versteckt. Nein, denn der Vater rief sofort: »Kalt, kalt – Wasser.« Aber Rebecca ließ sich nicht aufhalten, denn am Zaun lag etwas großes Rotes. Das Fahrrad. In rotes Geschenkpapier eingewickelt, damit sie nicht gleich … Sie arbeitete sich durch die Taxushecke hindurch, um dann aufzuschreien: »Nein, Papa, das ist der Herr Vogel!«

»Was ist mit dem?«

»Der liegt hier.«

Die Eltern kamen herbeigeeilt, und Rebeccas Mutter schimpfte wie immer, wenn es um Herrn Vogel ging. »Der hat sich wieder angeschlichen, nur um uns zu beobachten. Sogar Ostern! Ich hasse Voyeure.«

»Machen Sie, dass Sie wegkommen!«, schrie der Vater. »Stehen Sie auf!«

Doch der Nachbar konnte nicht mehr aufstehen. Herr Vogel war bereits seit einer Stunde tot.

Hans-Jürgen Mannhardt war mehr als schlecht gelaunt. Er hatte die Eier für seinen Jüngsten auf der künstlichen Insel im Tegeler Hafen versteckt, aber der Vierjährige stellte sich beim Suchen so ungeschickt an, dass die Leute schon lachten. Der Vater bei der Kripo, die Mutter eine Journalistin, die immerzu dabei war, alles Mögliche aufzuspüren, und der Sohn fand nicht mal etwas, wenn die Eltern »Heiß, heiß – Feuer!« riefen und ihn mit der Nase auf die bunten Eier stießen. Es war peinlich hoch zwei.

»Mein Gott, Silvester!«, rief denn Mannhardt auch.

Ein ergrauter Besserwisser mit einem Dackel an der Leine belehrte ihn sogleich. »Wir haben Ostern heute.«

»Das Kind heißt Silvester.«

»Komischer Name.«

»Kein komischer, ein großer Name. Wie der Papst Silvester II., um 950, der berühmteste Gelehrte seiner Zeit. Und außerdem ist der Junge Silvester gezeugt worden.« – »Da haben Sie aber Glück gehabt, dass es nicht Ostern oder Pfingsten passiert ist.« – »Wissen Sie, was mein Vater früher immer gesagt hat: Wenn du nicht gleich aufhörst damit, kriegst du so ein paar gescheuert, dass du denkst, Ostern und Pfingsten fallen auf einen Tag.«

»Nun mäßigen Sie sich mal, was soll denn Ihr Enkel von Ihnen denken.«

»Irgendwann begehe ich noch mal meinen ersten Mord«, murmelte Mannhardt.

Endlich hatte Silvester etwas gefunden, was aussah wie ein Schokoladen-Ei. Es war allerdings nur ein Stück hart gewordener Hundekacke.

Mannhardt verfluchte Gott und die Welt und wünschte sich auf die Osterinsel. In diesem Augenblick fiepte sein Handy. »Der Osterhase?«, fragte er. Nein, nur seine Kollegin Yaiza Teetzmann. Die Verbindung war schlecht, und er verstand nur Bahnhof.

»Wie …? Du hast einen toten Vogel gefunden? Pack ihn in einen Schuhkarton und buddle ihn ein, irgendwo im Park … Muss das denn sein, ausgerechnet Ostern: Da wird auferstanden und nicht abgegangen, Mann! Und wo habt ihr den komischen Vogel denn gefunden … hoffentlich nicht in Vogelsdorf …« Denn das lag weit im Osten, noch hinter der Stadtgrenze, bereits im Kreis Märkisch-Oderland.

»Nein, gleich nebenan in Frohnau … Franziskanerweg 83.«

»Wunderbar, endlich mal ein Mörder, der Rücksicht auf mich nimmt und seine Tat da begeht, wo ich schnell hinkomme. In einer Viertelstunde bin ich da.«

Als Kommissar Mannhardt am Tatort eintraf, waren seine Leute schon mit ihrem Routineprogramm zugange. Die Arbeit einer Mordkommission war in etwa so spannend wie das Backen eines Osterkranzes.

Yaiza Teetzmann fasste zusammen, was man schon wusste. »Raphael Vogel, 66 Jahre alt, geschieden, allein lebend, Verleger. Dass er ermordet worden ist, daran kann es keinen Zweifel geben. Wir haben ihm kräftig auf den Brustkorb gedrückt, da ist noch was an Luft entwichen … und ganz eindeutig: bittermandelartiger Geruch. Das Amaretto-Ei, in das er gebissen hat, ist vergiftet gewesen. Blausäure. Der Rest der Schokolade und das Stanniolpapier sind schon eingesackt.«

Auf seinem Grundstück in Frohnau lag der Verleger Raphael Vogel und wartete darauf, in einen modernen Glasfasersarg gebettet zu werden. Ein Mann mit Biss war er immer gewesen, zuletzt hatte er in ein Schokoladen-Ei gebissen, in das jemand Kaliumcyanid gefüllt hatte, Zyankali also. Im Körbchen hatte die Spurensicherung noch neun weitere Eier gefunden. Diese jedoch ohne tödliche Füllung.

»Die große Frage ist, wer ihm dieses Nest hingestellt hat«, sagte Kommissarin Yaiza Teetzmann.

»Klar, der Osterhase«, erwiderte Mannhardt, ihr Chef,

»wer sonst!« – »Alles rätselhaft.« – »Besser rätselhaft als Einzelhaft.«

Mannhardt stand am Gartenteich und sah sich die Skizze an, die Yaiza Teetzmann inzwischen angefertigt hatte. Links gab es einen Nachbarn: Hans-Peter Prösen. An seiner rückwärtigen Grenze war das Vogelsche Grundstück schräg geschnitten, sodass Yaiza Teetzmann rechts zwei Anrainer eingezeichnet hatte: am Franziskanerweg 81 einen Norbert Gnaasch, darüber mit der Adresse Zisterzienserweg drei Fragezeichen und den Vermerk Baugrundstück, Abrisshaus. »Der Zaun zur Straße ist teilweise niedergerissen«, erklärte Yaiza Teetzmann. »Da kann jeder rein.« Das Körbchen mit dem vergifteten Amaretto-Ei hatte genau da gelegen, wo man vom unbewohnten Grundstück aus zu Vogel hinüberlangen konnte.

»Die Sache ist relativ einfach«, sagte der toxikologische Fachmann zu Mannhardt. »Bei einem Menschen von 100 Kilo liegt die tödliche Dosis KCN bei 200 Milligramm. Das passt in jedes Schokoladen-Ei rein. Cyanide blockieren die innere Atmung, der Tod tritt sehr plötzlich ein, jedenfalls innerhalb weniger Minuten.«

Mannhardt nickte: »Okay, aber wie kommt ein normaler Mensch an Zyankali ran?« Yaiza Teetzmann wusste die Antwort. »Kannst du dich nicht erinnern: Vor einem Jahr hat es in Tegel doch den Einbruch bei der Chemie-Firma LCF gegeben, und da haben die Täter auf der Flucht 'ne Menge Zeug weggeworfen, hier oben in Frohnau auch Röhrchen mit Zyankali. Viele müssen etwas davon gefunden und nicht abgegeben haben.«

»Wie schön«, sagte Mannhardt, »das schränkt den Kreis der potenziellen Täter ganz erheblich ein … auf ein paar Zehntausend.«

»Eine Beziehungstat wird es schon gewesen sein«, wandte Yaiza Teetzmann ein, »denn dieser Vogel soll den Nachbarn zufolge mehr Feinde gehabt haben als Haare auf dem Kopf. Mit allen hat er in Fehde gelegen. Ein absolutes Ekelpaket.«

»Was wird sich dieses Ekelpaket jetzt freuen, wenn die geliebten Nachbarn alle unter Mordverdacht stehen«, sagte Mannhardt. »Also, mit wem fangen wir an? – Ich wäre ja für den Coschütz.«

»Wieso?«

»Weißte nicht, was mein Großvater immer gesagt hat: Wer'n zuerst gerochen, dem ist er aus'm ...« Weiter kam er nicht, denn in diesem Augenblick kam eine äußerst attraktive Frau auf ihn zugestürzt und fiel ihm um den Hals. Ingrid Bobritzsch. Klar, dass er die kannte. Leider nur aus'm Fernsehen.

»Lassen Sie mich los, Sie ...« Schon hatte er eine gewischt bekommen. Nur langsam begriff er: Die Diva hatte sich über das Absperrband schwingen wollen, war mit ihren Pumps hängen geblieben und wäre lang hingeschlagen, wenn er nicht seine Arme ausgebreitet hätte ... Doch was hatte die Bobritzsch hier zu suchen? Ihr Ausruf verriet es ihm: »Aus'm Weg, ich will zu meinem Ex!«

Ingrid Bobritzsch war seit einem Jahr von Vogel geschieden. Nachdem Vogel sie rausgeworfen hatte, wohnte sie bei einer Freundin um die Ecke. Einerseits war sie derart verführerisch, dass Mannhardt in seinem Kopfkino sofort einen kleinen Porno drehte, andererseits aber wahrhaft Furcht einflößend.

»Ein Mistkerl war das!«, schrie sie, als sie in Vogels Arbeitszimmer standen. »Seine einzige Lust war es, Leute zu quälen. Den Dr. Coschütz hinten hat er aus dem Verlag geworfen, obwohl er ihm alles zu verdanken hatte. Selber ist er doch 'ne Niete, zum Scheißen zu dämlich. Und der armen Frau Prösen nebenan, der hat er so lange zugesetzt, bis sie das Zeitliche gesegnet hat. Die war wirklich tot, bei Coschütz war es nur ein Selbstmordversuch. Bleibt noch der Gnaasch, das ist der Nachbar rechts. Der hat 'ne Spedition, Russland, Rumänien und so. Vogel war überzeugt, dass in seinen Lastern Menschen geschmuggelt werden: Wirtschaftsflüchtlinge, aber auch Frischfleisch für Bordelle. Da hat er recherchiert und wollte 'n Buch drüber schreiben oder schreiben lassen. Alle hat er zu Grunde richten wollen, der liebe Herr Vogel, von mir ganz zu schweigen: Mich hat er ja nur in die Psychiatrie gebracht.«

Wo du auch hingehörst, dachte Mannhardt. Wenn er sich recht an seine letzte Fortbildung erinnerte, war das die histrionische Persönlichkeit, wie sie im Buche stand: dauernd bemüht, sich in Szene zu setzen, dabei übertriebene Emotionen, irrationale Anfälle von Zorn. Er konzentrierte sich schnell wieder aufs Wesentliche und fragte sie, wer ihrem Ex das Osternest in den Garten gestellt haben konnte. »Sie doch nicht – oder?«

»Soll ich Sie verklagen, Sie, Sie ... Für diese Frechheit hätten Sie die nächste Ohrfeige verdient ...«

Yaiza Teetzmann hielt sie zurück. »Nun mal langsam mit die jungen Pferde, sonst ... Wir sind nicht im Film. Was ist also mit dem Nest los, wer kann es ihm hingestellt haben?«

»Na, er selber! Seit ich weg von ihm bin, wird er sich ja vieles alleine besorgt haben. Auch das. Jedes Jahr Ostern ›the same procedure‹: Früher bin ich vorm Schlafengehen in den Garten gegangen und habe ihm hinten am Zaun ein Körbchen mit gefüllten Eiern versteckt. Da ist er dann gleich morgens raus und hat die gesucht. Sein Wahlspruch war doch: Der frühe Vogel fängt den Wurm. Und Ostern eben das erste Ei. Einen halben Orgasmus hat er bekommen, wenn er reingebissen hat. Da muss irgendwas in seiner Kindheit gewesen sein. Deshalb hat er das Spielchen wohl beibehalten und sich die Eier selbst versteckt.«

Yaiza Teetzmann nickte. Die oberen Zehntausend haben eben alle ihre Macken. »Und wer hat außer Ihnen von diesem Ritual gewusst?«

»Na, die Nachbarn alle. Wenn man das zehn Jahre lang macht.«

Mannhardt duckte sich ein wenig, aber er musste sie auf beides ansprechen, auf Motiv und Alibi. »Sie entschuldigen bitte … Ich will Ihnen nichts unterstellen, aber …«

Schon fauchte sie los. »Ja, ich habe jeden Tag davon geträumt, ihn umzubringen: ihn abzuknallen, ihn zu erwürgen, ihn zu ertränken, abzustechen, in die Luft zu sprengen, zu vergiften …« Sie hielt erschrocken inne. »Aber ich habe es nicht getan. Leider nicht!«

»Womit wir natürlich die Frage nach Ihrem Alibi stellen müssen.«

»Ich habe zu Hause gesessen und mit meinen Freundinnen Trivial Pursuit gespielt.«

Wer von allen bedürftigen Männern ging schon vormittags in eine Bar und suchte nach einer Schönen der Nacht, und noch dazu am Ostersonntag? So hatten die Mädchen alle Zeit der Welt, beieinander zu hocken und zu klönen. Eier waren heute kein Thema für sie, und der Osterhase hatte ihnen anderes gebracht: Dessous, Kosmetika und Schmuck. Darüber konnte sich auch eine osteuropäische Sklavin freuen. Es gab ein ziemliches Gekichere.

Gerade flog der Korken aus der Champagnerflasche, als

vom Stuttgarter Platz her ein Geländewagen herangerast kam. Krachend stieß er mit seinem Kuhfänger in das mit Brettern verschalte Schaufenster der Bar und schlug eine gehörige Bresche. In derselben Sekunde war der Fahrer auf die Straße gesprungen und hatte eine Handgranate aus der Tasche gerissen. Sie entsichern und in die Bar werfen, war eins. Es gab eine kurze, scharfe Detonation. Rauch stieg auf, Mädchen schrien.

Der Täter lief zur Straßenecke, wo sein Fluchtauto parkte. Mit laufendem Motor, die Tür nicht verschlossen. Noch dreißig Meter, da hörte er hinter sich die Rufe der Fahnder: »Polizei, stehen bleiben!« Sie hatten ihn schon seit einer Stunde im Auge gehabt, aber nichts von diesem Mordanschlag ahnen können. Der Mann griff in den Hosenbund, riss seinen Smith & Wesson-Trommelrevolver heraus, zielte – und sackte zusammen. Die Polizisten waren schneller. Notwehr. Zwei gezielte Schüsse hatten ihn niedergestreckt.

Yaiza Teetzmann machte zwei Häkchen in ihrem Notizbuch. Natürlich hatten die beiden Freundinnen der Ingrid Bobritzsch Stein und Bein geschworen, dass die Diva in der fraglichen Zeit ihre Wohnung nicht eine Sekunde lang verlassen hätte. Auch während der Nachtruhe nicht. »Wir haben einen so leichten Schlaf, dass wir das auf jeden Fall mitbekommen hätten.« Mannhardt machte aus den Häkchen zwei Fragezeichen. Sein Handy nervte ihn abermals. Er zog es aus der Jackentasche. Es war der Koordinator aller neun Mordkommissionen im LKA in der Keithstraße, der ihm mitteilte, dass bei einem Zugriff am Stuttgarter Platz der schwer verletzte 22-jährige Carlo Görzig festgenommen worden sei. »Eine üble Sache: Görzig hat am Stutti eine Handgranate in eine Bar reingeworfen. Zwei Tote, drei Verletzte. Wir waren hinter ihm her … Menschenhandel und eine große BTM-Sache, Koks … Was aber für dich interessant sein dürfte: Görzig hat auch für diesen Norbert Gnaasch gearbeitet, offiziell als Kraftfahrer, inoffiziell aber wohl als Mann fürs Grobe. Ich dachte, das könnte dich interessieren. Denn der Gnaasch wohnt ja auch da oben in Frohnau am Franziskanerweg. Görzig ist noch nicht vernehmungsfähig, wir haben aber eine Rechnung bei ihm gefunden von einem Restaurant in Frohnau, wo er gestern bis 23 Uhr gesessen haben soll.«

Mannhardt sah zum Nachbargrundstück hinüber. Norbert Gnaasch war auf die Terrasse getreten und betrachtete das Geschehen wie von einem Feldherrnhügel aus. »Beeilung, meine Damen und Herren!«, rief er ihnen zu, jovial und gut gelaunt. »Im Fernsehen ist die Kripo doch auch immer nach neunzig Minuten am Ziel.«

Yaiza Teetzmann suchte denselben Ton zu treffen. »Da wissen aber bei Drehbeginn schon alle, wer der Täter ist … Wir hingegen müssen raten. Und wissen Sie was, Herr Gnaasch: Bei uns gibt's welche, die tippen auf Sie.«

»Meine Anwälte sind Spezialisten für Verleumdungsklagen.«

Das ganze Leben ist inzwischen eine Talkshow, dachte Mannhardt, Wirklichkeit lässt sich nur noch als witziger Wortwechsel denken. Da konnte er nicht zurückstehen. »Tut mir Leid: Unsere Anwälte sind Staatsanwälte, und die hätten gern, dass wir einmal mit Ihnen reden: zum Beispiel über das Buch, das Herr Vogel über Sie schreiben lassen wollte … Oder über einen gewissen Carlo Görzig.«

»Kommen Sie rein.«

Mannhardt unterließ es, mit einer Flanke über den Zaun zu setzen, und nahm stattdessen den Umweg über die

Straße, Yaiza Teetzmann hingegen fand ein Loch im Maschendrahtzaun.

Gnaasch war genauso eingerichtet, wie es in der Schickeria-Norm 2001 für Männer vorgeschrieben war, die sich vom ausgebeuteten Trucker zum millionenschweren Fuhrunternehmer hochgearbeitet hatten. So viel Teures sieht schon wieder billig aus, dachte Mannhardt, während Yaiza Teetzmann, Kind der DDR, vom derart siegreichen Kapitalismus schier erschlagen war.

Mannhardts Eröffnung war zwar solide, aber nicht eben originell. »Herr Gnaasch ... Es wird sich inzwischen herumgesprochen haben, dass Ihr Nachbar, der Verleger Raphael Vogel, nach einem Biss in ein mit Zyankali vergiftetes Schokoladen-Osterei verstorben ist. Und mit hoher Wahrscheinlichkeit hat es ihm einer seiner Todfeinde ins Nest gelegt.«

Gnaasch lachte, während er sich eine Zigarette anzündete. »Davon hatte er viele.«

»Unter anderem auch Sie ...«

»Sie meinen seinen Wahn, mich fassen zu müssen ... Dass ich ein Krimineller bin ...?«

»Nett, dass Sie das so offen aussprechen.« Yaiza Teetzmann hatte ein Schokoladen-Osterei auf seinem Couchtisch entdeckt und roch daran.

Norbert Gnaasch lachte. »Ich habe leider ein Alibi: Ich war bis heute Morgen sechs Uhr auf Sylt und bin gerade erst zurückgekommen ... im eigenen Flugzeug übrigens. Fragen Sie bei der Flugsicherung nach.«

»Herr Gnaasch, Sie wissen offenbar noch nicht, dass Ihr Carlo Görzig gestern Abend nicht nur in Frohnau gesehen worden ist, sondern inzwischen auch mit einer schweren Schussverletzung in einem Krankenhaus liegt.«

»Das war mal. Görzig war bei mir als Fahrer angestellt. Aber wegen seiner ständigen krummen Touren habe ich ihn schon Ende letzten Jahres rausgeschmissen. Mit dem hab ich gar nichts mehr zu tun. Der ist nach der Kündigung mit einem Messer auf mich losgegangen. – Hier können Sie noch die Narbe sehen.«

Liebend gern hätte sich Mannhardt in den Häusern der Verdächtigen nach Einwegspritzen und Zyankali-Resten umgesehen, doch selbstverständlich hatte er den Paragrafen 105 der Strafprozessordnung voll verinnerlicht: »Durchsuchungen dürfen nur durch den Richter, bei Gefahr im Verzug auch durch die Staatsanwaltschaft und ihre Hilfsbeamten angeordnet werden.« Und erst im Februar hatte das Bundesverfassungsgericht Hausdurchsuchungen zusätzlich erschwert und auf einer sehr engen Auslegung der Ausnahmebestimmung »Gefahr im Verzug« bestanden. Gestattet war es den Polizisten hingegen, sich in den Gemächern des Opfers umzusehen, was Mannhardt sehr zupass kam, weil seine Blase immer stärker drückte. Man wurde halt älter.

Als er von der Toilette zurückkam, staunte er. In Fernsehserien sah es bei Verlegern immer wesentlich feudaler aus. Hier aber war im Wohnzimmer über der Couch ein heller Fleck zu sehen. Ob Verleger Vogel wohl in Verlegenheiten gewesen war und eins seiner Gemälde verkauft hatte …? Seine Ex-Ehefrau und die Nachbarn hatten gesagt, zumindest aber angedeutet, dass er vom Geschäft nicht viel verstand. Vielleicht ging es ihm wirklich schlecht, seit er seinen besten Mann gefeuert hatte, diesen Coschütz. »Sehen wir uns mal an, was das für einer ist.«

Entsprach Gnaasch voll und ganz dem Klischee des mittelständischen Fuhrunternehmers, so hätte man Dr. phil.

Carsten Coschütz nie und nimmer für einen Mann des Buches gehalten, sondern eher für einen Fleischermeister. Einen, der in seiner Freizeit beim American Football die Gegner blockte oder aber mit dem Baseballschläger undeutsche Menschen erschlug. Sein kahl geschorener Schädel schien alles zu sagen. Doch er liebte Gedichte und hatte gerade einen eigenen Verlag gegründet, um jungen Poeten zum Durchbruch zu verhelfen.

Mannhardt begann das Gespräch mit einer eher beiläufigen Bemerkung. »Sie haben also den toten Vogel entdeckt …«

»Wir«, korrigierte ihn Coschütz. »Im Wesentlichen wohl meine Tochter Rebecca.«

»Viele Tränen werden nicht geflossen sein …?«

Coschütz stieß die Luft so kräftig aus den Lungen, dass Yaiza Teetzmanns Frisur gefährdet war. »Sagen wir es mit Shakespeare: Gott schuf ihn, also lasst ihn für einen Menschen gelten.«

Yaiza Teetzmann sah aus dem Fenster auf Vogels Grundstück hinüber, wo die Spezialisten der Mordkommission langsam ihre Sachen packten, aber immer noch so viele Journalisten herumwuselten, dass man den Eindruck einer großen Gartenparty hatte. »Wenn Sie uns mal bitte kurz erzählen würden, in welchem Verhältnis Sie zum Ermordeten gestanden haben …«

Coschütz fuhr auf. »Weshalb soll der ermordet worden sein: Der hat sich doch selber umgebracht!«

»Warum denn das?«, fragten Mannhardt und Yaiza Teetzmann fast synchron.

»Na, um uns alle in Misskredit zu bringen. Mordverdacht – etwas bleibt da immer hängen. Mit seinem Selbstmord begeht er gleichzeitig Rufmord – an uns Nachbarn hier. Perfide wie der war. Außerdem war der doch sowieso selbstmordgefährdet: seine Ehe kaputt, sein Geschäft den Bach runter und er selbst schon immer depressiv.«

»Ein schönes Ablenkungsmanöver«, sagte Mannhardt, »aber zur Sache: Wie war das mit Vogel und Ihnen?«

Coschütz nippte an seinem Whisky. »Wie das mit uns beiden war? Ganz einfach: Ich habe seinen Verlag aufgebaut, ›Belusa‹ zu einem großen Namen gemacht – ›Belusa‹ steht für Belletristik und Sachbuch –, und zum Dank dafür hat er mich dann gefeuert. Nur weil sich ein Roman als Flop erwiesen hat – und den hatte er auch noch gegen meinen Willen ins Programm genommen.«

»Worauf Sie dann Selbstmord begehen wollten ...« Yaiza Teetzmann liebte das Direkte.

»Ja.« Coschütz stand auf, um den beiden unwillkommenen Besuchern nicht ins Gesicht sehen zu müssen. »Aber nur mit Tabletten. Meine Frau hat mich rechtzeitig gefunden. Damit begann mein zweites Leben. Mit meinem eigenen Verlag komme ich gut voran. ›Tunnel über der Spree‹. Ein guter Name, zu Fontanes Zeiten eine Vereinigung führender Literaten. Er selber ist dort Mitglied gewesen.«

Als Mensch hatte Mannhardt Mitleid mit Coschütz, als Kriminalbeamter aber musste er ihn für einen potenziellen Mörder halten, sind doch Hass und Rache neben der Habgier schon immer das klassische Motiv gewesen. Also war die Frage nach dem Alibi zu stellen, obwohl er die Antwort schon kannte. Und so war es denn auch: »Meine Frau kann Ihnen bestätigen, dass ich in der fraglichen Zeit das Haus nicht ein einziges Mal verlassen habe.«

Aus kriminalistischer Sicht wäre es wirklich das Beste, dachte Mannhardt, wenn man am Himmel Satelliten positionierte und mit hoch auflösenden Videokameras alles festhielte, was in der Stadt geschieht. Ohne diese hatten sie wohl im Falle Vogel keine Chance.

»Die Sommerreise erspart sich, wer in Frohnau ansässig ist.« So hatte man um 1910 geworben, um die Leute in die neu gegründete Villenkolonie an der Nordbahn zu locken. Kommissar Mannhardt hatte das im Kopf, als er hinzufügte: »... aber keinen Osterspaziergang im Tiergarten.« Er und seine Kollegin Yaiza Teetzmann würden noch Stunden hier zu tun haben.

Ehe sie sich den letzten der möglichen Täter vorknöpften, wollte sich Mannhardt noch ein wenig die Beine vertreten und sehen, ob er in der Nähe des Frohnauer Bahnhofs etwas zu essen bekam.

Yaiza Teetzmann wirkte niedergeschlagen. »So viele potenzielle Täter, das ist das Schlimmste, was passieren kann. Einer schiebt es auf den anderen, und dann gilt für alle: in dubio pro reo.«

Mannhardt nickte. »Recht hast du: Lieber in Dubai als in dubio.«

Am Ludolfinger Platz kauften sie sich ein Stück Kuchen und aßen es auf der S-Bahn-Brücke. Ein Zug der S 1 verschwand als gelb-rote Schlange Richtung Oranienburg. Von der Johanneskirche läuteten die Glocken. Ein paar Touristen strebten zum Buddhistischen Haus.

Sechs Banken zählte Yaiza Teetzmann am Ludolfinger und am Zeltinger Platz. »Wenn se noch die Elbe hier hätten, wär et det Blankenese von Berlin.«

»Vielleicht steht in Vogels Testament, dass wir ne Million bekommen, wenn wir seinem Mörder zu lebenslänglich verhelfen. Also: auf, auf!«

Bei seinem vergleichsweise kärglichen, vor allem aber immer gleichen Einkommen hatte Mannhardt nie einen

Steuerberater zu Rate ziehen müssen. Steuerberater waren für die Reichen da, und mit denen hatte er nicht viel am Hut. Demgemäß trat er Hans-Peter Prösen zwar korrekt, aber gewiss nicht herzlich gegenüber.

»Nach Lage der Dinge ist es leider so, dass Vogels Nachbarn allesamt unter Mordverdacht stehen, weil alle einen Grund gehabt haben, ihn zum Teufel zu wünschen. Von Ihnen heißt es, Sie würden ihn beschuldigt haben, Ihre Mutter unter die Erde gebracht zu haben …«

»Was man so sagt …« Auch im Sitzen überragte Prösen alle. An zwei Meter Körpergröße mochte nicht viel fehlen, und er hätte bei Alba Berlin einen guten Center abgegeben. Aber die Brille. Die schien er zu brauchen, um sich einen intellektuellen Touch zu geben. Wahrscheinlich war er auch irgendwo Dozent für Steuerrecht.

»Was man so sagt …«, wiederholte Mannhardt und fragte sich, ob ein Mann wie Prösen wirklich ein Schokoladen-Ei nehmen und mit Zyankali präparieren konnte. So viel Verlust an Selbstkontrolle? Nein. Doch. Zahllose Beispiele gab es dafür.

Yaiza Teetzmann wollte Fakten, Fakten, Fakten. »Wie war das mit der Baugenehmigung?«

»Nun … Meine Mutter war eine sehr sensible, eine sehr ängstliche Frau. Musiklehrerin, Komponistin. Nach dem Tode meines Vaters und nachdem ich weggezogen war, hat sie hier vier Jahre lang allein gelebt, dann ging es nicht mehr, und sie hat ihr Grundstück geteilt und meiner Freundin und mir die hintere Hälfte geschenkt. Wir sollten da bauen und dann immer in der Nähe sein. Aber das hat Vogel mit allen Mitteln zu verhindern versucht. Andauernd war er beim Bauamt, Hunderte von Eingaben hat er gemacht. Ein fürchterlicher Nervenkrieg war das. Aber natürlich hat er den Kürzeren gezogen. Als dann der alte Birnbaum gefällt wurde, stand er mit der Schrotflinte da und hat auf uns gezielt. Wenig später hat meine Mutter ihren ersten Schlaganfall erlitten.«

»Und Sie haben am Telefon Morddrohungen gegen Vogel ausgesprochen …«

»Gott, ja, wenn das strafbar ist, dann …« Prösen schlug mit der flachen Hand auf den Tisch. »Ein Ventil wird man doch noch haben dürfen! Aber dass ich ihn vergiftet haben soll, das ist totaler Quatsch.«

Mannhardt nickte. »Und Ihre Lebensgefährtin kann beschwören, dass Sie in der fraglichen Zeit Ihr Haus nicht verlassen haben?«

»Ja, das kann sie.«

»Danke, das wär's dann für heute.« Mannhardt gab Prösen die Hand und stand dann wenig später mit Yaiza Teetzmann auf dem Franziskanerweg, um das Weitere zu bereden.

»Was sagen wir dem Chef und was der Presse? Dass wir vier potenzielle Täter haben, Görzig und Gnaasch als einen gerechnet …?« Mannhardt fasste dabei gedankenverloren in die Jackentasche, zog eine Tüte mit vielen verschiedenen Schokoladen-Eiern hervor und hielt sie der Kollegin hin. »Bitte …«

Yaiza Teetzmann griff hinein, holte sich ohne hinzusehen ein Ei heraus, steckte es sich in den Mund, ließ sich die Schokolade lustvoll auf der Zunge zergehen, schmeckte die süße Amaretto-Füllung und rief dann plötzlich: »Du, ich hab's!«

Es war ein relativ kurzer Brief, geschrieben auf einem handelsüblichen Computer. Format: Blocktext, Arial 10, Zeilenabstand 1,5, Einzug: links 2,0, rechts 1,0.

Raphael Vogel
Franziskanerweg 83
13465 Berlin

Herrn
Raphael Vogel
Franziskanerweg 83
13465 Berlin *Berlin, 13. April 2001 (Karfreitag)*

Mein liebes Ego, dies ist der letzte Brief, den ich dir schreiben werde … Wie heißt es doch bei Fontane so schön: »Ein Tod kann unsterblicher sein als ein ganzes Leben.« Und genau das erhoffe ich mir von meinem Tod. Was ich vorhabe, ist sozusagen eine besondere Form des erweiterten Selbstmordes. Ich sterbe den körperlichen Tod, was sicher das Geringste ist, die Damen und Herren Bobritzsch, Coschütz, Prösen und Gnaasch sterben den sozialen Tod. Ingrid kann das Geld, das sie mir abgepresst hat, nicht mehr genießen. Coschütz scheitert mit seinem Verlag, mit dem er mich zu Grunde richten wollte. Prösen wird sich in dem Haus erhängen, mit dessen Bau er mir alle Lebenslust genommen hat. Und Gnaasch wird nun endlich dort landen, wo er schon lange hingehört: im Knast. Ach ja, geliebtes Ich, alles hat seine Zeit, alles hat seinen Sinn. Auch, dass ich es war, der das verlorene Zyankali-Röhrchen am Straßenrand gefunden hat. Wozu sollte ich es sonst gefunden haben?

Alle Messen sind gesungen, was soll ich noch auf dieser Welt? Einen Abgang wie diesen habe ich mir immer gewünscht. Du, Raphael, bist der Einzige, den ich wirklich liebe, den ich je geliebt habe. Und mit dir zusammen will ich in den Tod gehen. Sei umarmt! Bis später einmal …

Dein Raphael

Mannhardt las Vogels Brief an sich selber nun schon zum zweiten Mal und drehte sich dabei zu Yaiza Teetzmann um. »Das wissen ja die wenigsten Leute, dass echte Computerspezialisten manche Daten auch dann noch rekonstruieren können, wenn der Benutzer sie gelöscht hat, die Segmente der Festplatte aber nicht mit anderen Daten überschrieben worden sind.«

»Tja, das sollte man wissen.« Yaiza Teetzmann lachte. »Vor allem beim Spenden-Untersuchungsausschuss. Vielleicht könnte das ja hilfreich sein.«

Mannhardt ließ sich nicht ablenken.

»Jedenfalls muss Vogel ja eine quasi orgiastische Lust dabei gehabt haben, als er das geschrieben hat.«

Der war auch Yaiza Teetzmann nahe. »Die Siegerin bin ich. Was habe ich dir gesagt: Er hat es selber getan, denn nur eines der Schoko-Eier in dem Nest war ja vergiftet. Wäre ein Mörder am Werk gewesen, hätte dieser nur eine Chance von 1:10 gehabt, dass sein Opfer sofort in das richtige Ei beißt – und damit das Ganze getrost sein lassen können. Nur Vogel selber hatte wissen können, welches Ei das richtige war, das Zyankali-Ei. Zudem wäre ein Mörder, der nur ein Ei vergiftet hätte, ein zu großes Risiko eingegangen: Denn Vogel hätte ja zunächst in ein unvergiftetes Ei beißen und das Zyankali-Ei dann später unabsichtlich seiner neuen Lektorin oder wem auch immer anbieten können.«

Mannhardt nickte. »Ich gratuliere dir.«

Wenn der Weihnachtsengel aus der Firma fliegt

»Alle Jahre wieder/ Kommt das Christuskind/ Auf die Erde nieder,/ Wo wir Menschen sind.« Domagalla blieb einen Augenblick stehen, um dem Leierkastenmann ein Zweieurostück in die Mütze zu werfen. Vergeblich. Der Mann sang und leierte weiter. »Kehrt mit seinem Segen/ Ein in jedes Haus,/ Geht auf allen Wegen/ Mit uns ein und aus …« Domagalla, altgedienter Airbus-Pilot, hasste vieles, vor allem aber Weihnachten mit all seinem Trubel. Was er suchte, war Besinnlichkeit, und die glaubte er in der Offenbarungskirche zu finden, wo Undine Unversucht aus ihrem neuen Roman »Vibrator Berlin« lesen sollte. Sein Bruder hatte ihm gesagt, dass er mit der S-Bahn bis »Ostkreuz/ Rostkreuz« fahren solle. Nun stand er am Mündungsdelta ihm bislang unbekannter Straßen und wusste nicht, welche Richtung einzuschlagen war. Zu fragen verbot ihm sein Stolz. Irgendwo in Richtung Boxhagener Platz musste es sein. Also ging er los. Programmgemäß begann der Schnee leise zu rieseln – und ebenso verlässlich seine Blase zu drücken. Um nicht wegen Erregung öffentlichen Ärgernisses belangt zu werden, suchte er nach einer passenden Nische und verlor sich dabei in Gegenden, von denen er nie geglaubt hatte, dass es sie gibt, und die auch schon am frühen

Abend verlassen wirkten wie eine ehemalige Goldgräberstadt am Yuba River.

Er musste immer dringender. Endlich fand er einen stillen Baum und damit Erlösung. Laisser-faire, Laisser-aller – alles so laufen lassen, wie es gerade kam. Kein Weihnachtsgeschenk hätte ihn glücklicher gemacht. Doch schnell war aller Rausch vorbei, als ihm bewusst wurde, dass er sich verlaufen hatte. Kindliche Ängste schossen in ihm auf, Urängste. Wer bin ich? Wo bin ich? Er geriet in eine solche Panik, dass ihm der Atem wegzubleiben schien. Seine Kreislaufstörungen, seine Herzneurose. Schuld daran war sicher auch der Glühwein, den ihm sein Bruder reichlich eingeflößt hatte. Schwindel packte ihn. Die Kälte … Wenn ich hier in den Schnee falle, dann erfriere ich. Ein Telefon, eine Taxe … Seine Hand fuhr in die Manteltasche … Das Handy lag zu Hause auf der Flurgarderobe. Er fluchte anhaltend.

Vor ihm ragte ein gerade eben restauriertes Fabrikgebäude in den Himmel. Sein Blick ging nach oben. In einigen Fenstern brannte noch Licht. Wahrscheinlich eine Weihnachtsfeier. Er überlegte nicht lange und ging zur Eingangstür. »Zu …« Instinktiv blickte er nach oben, ob da nicht jemand … In diesem Augenblick – träum ich oder wach ich – kam ein Weihnachtsengel auf ihn zugeflogen. Weit bauschte sich das weiße Gewand. Ein letzter Gedanke schoss ihm durch den Kopf, eine Überschrift: Mein schönstes Sterbeerlebnis …

Hans-Jürgen Mannhardt, Erster Kriminalhauptkommissar und Leiter der 12. Mordkommission, saß mit seinem Sohn am Küchentisch und war mit schwindender Nervenkraft dabei, Weihnachtsplätzchen auszustechen. Ganze Berge. Damit man nachher die Hälfte wegwerfen konnte.

Heike, die Gefährtin seines Lebens, führte die Oberaufsicht und ermahnte ihn ständig, diesmal mit dem Ausruf: »Hör auf, immerzu Pistolen auszustechen.« Er räsonierte leise: »Besser Pistolen als Augen.« Sie schalt ihn daraufhin einen Sadisten und meinte, dass es mit seiner »déformation professionelle« immer schlimmer würde. Mannhardt nahm es gelassen. »Keine Sorge. Schlimm wird es erst, wenn ich selber einen Mord begehe und mich dann auf der Stelle festnehme. Überschrift: Die Tat schon aufgeklärt, bevor sie begangen wurde.« Heike fand, dies sei wohl nicht das Richtige für die Ohren eines Kindes, zumal noch in der Weihnachtszeit. Sie brach aber ab, denn ... »Telefon!« Mannhardt ignorierte ihren Ausruf und nahm das Nudelholz, um neuen Teig auszurollen. »Telefon«, wiederholte Heike. Seine Reaktion war an Sitcom-Serien orientiert. »Denkst du, ich hab's für ›Kling, Glöckchen, kling‹ gehalten ...?« Das Gelächter blieb aus, das Pokerspiel ging weiter. »Hans-Jürgen, bitte, es könnte deine Mutter sein ...« – »Ja, sie will mir aber nur sagen, dass sie soeben einen Herzschlag erlitten hat.« – »Mein Gott, ganz sicher wieder was Dienstliches für dich.« – »Und wenn, dann wird's nicht so topsecret sein, dass man's dir nicht auch ... Ich hab die Hände voller Mehl.« – »Und ich voller Butter ...« Silvio, ihr Vierjähriger, nutzte die Chance, sich in Szene zu setzen, lief zum Apparat, nahm den Hörer hoch und lauschte. Eigentlich hieß der Knabe Silvester, nach dem berühmten Papst und weil sie ihn Silvester gezeugt hatten, aber das hatte zu viel Gespött Anlass gegeben, sodass sie Silvio daraus gemacht hatten. »Papa, Tante Yaiza ...« Mannhardt sprang auf. »Das ist keine Tante, das ist ...« Yaiza Teetzmann war seine engste Mitarbeiterin, eine Kommissarin aus Marzahn. Sie unterrichtete ihn über das, was am Ostkreuz vorgefallen war.

»Gaschka-Electronic, Gürtelstraße ... Da ist ein Weihnachtsengel aus der Firma gefallen ...«

Mannhardt gab sich leicht genervt. »Silvio musst du die Märchen erzählen, nicht mir.«

Yaiza Teetzmann blieb so sachlich wie früher eine Nachrichtensprecherin des DFF der DDR. »Bei der Toten handelt es sich um die 31-jährige kaufmännische Angestellte Swantje Schwiederowski, zuständig für Marketing und Werbung. Die Mitarbeiter waren zur Weihnachtsfeier zusammengekommen, und Swantje hatte sich als Weihnachtsengel verkleidet, um die Julklapp-Geschenke zu verteilen. Der Zeitpunkt des Vorfalls beziehungsweise der Tat konnte schon genau ermittelt werden: 18.27 Uhr.«

Mannhardt war noch immer etwas ungehalten. »Wenn jemand aus dem Fenster fällt, dann ist das noch kein Grund, ehrbare Christenmenschen daran zu hindern, Kekse zu backen.«

»Vieles spricht dafür, dass es kein Unfall, sondern Mord gewesen ist.«

Mannhardt stand am Fenster, sah auf die Straße hinunter und kam sich vor wie am Rande des Grand Canyon. Obwohl ... Schneegestöber und Kälte passten nicht zum Bild, ebenso wenig die regelmäßig verstreuten Lichter tief unten: die Straßenlaternen. Irgendetwas in ihm schrie, die Arme auszubreiten und in die Nacht hinauszufliegen, in die Ewigkeit. Wenn er jetzt sprang, erfüllte ihn dann in den Sekunden, bis er unten aufschlug, ein Glück, das schwerer als ein ganzes Leben wog? Lohnte es sich? Die Brüstung war niedrig, er brauchte nur ganz leicht nach vorne zu kippen ...

»Vorsicht!« Yaiza Teetzmann zog ihn zurück.

Mannhardt verscheuchte seine Sehnsucht, das Jenseits

zu schauen. »Hier also hat Swantje Schwiederowski gestanden ... Und jemand brauchte sie nur ganz leicht anzutippen, um sie aus dem Fenster in die Tiefe zu stürzen. Hatte sie denn ganz spezielle Feinde in der Firma?«

Diese Frage war an einen Mann gerichtet, dessen Outfit sich seit der »Hair«-Uraufführung 1967 in New York kaum verändert hatte, an Schulze-Brusenberg, den allseits ergrauten Betriebsratsvorsitzenden. »Ob Swantje Feinde hatte ...? O Mann, hier ist jeder der Feind des anderen, Wolf unter Wölfen, seit wir rote Zahlen schreiben und die Managementberater am Ausholzen sind. Rationalisierung, Stellenabbau. Hoch qualifizierte Leute werden arbeitslos und belasten die öffentlichen Kassen ... Partikularinteressen versus Systemrationalität.«

Mannhardt nickte. Schulze-Brusenberg hatte die gewerkschaftliche Fortbildung mit einer glatten Eins hinter sich gebracht. »Sie meinen also, einer der lieben Kollegen hat die Chance genutzt, eine Konkurrentin loszuwerden ...?«

»Da bin ich mir sicher. Ein Stoß mit dem Ellenbogen ... Mord als ultimatives Mittel der Personalauswahl. Von Darwin lernen heißt siegen lernen.«

Yaiza Teetzmann hatte wenig Freude an Tönen wie diesen. »Können wir mal sachlich bleiben? Genau 106 Personen haben an der Weihnachtsfeier in der Firma teilgenommen. Die sitzen jetzt in der Kantine, und ehe sie nach Hause dürfen, müssen wir die Personalien festhalten und uns Skizzen machen: wer wo mit wem an einem Tisch gesessen hat und, vor allem, wer vor der Tatzeit den Saal verlassen hat.«

»Okay.« Mannhardt nickte und kramte sein bestes Amtsdeutsch hervor. »Lass uns aber erst einmal die Örtlichkeiten in Augenschein nehmen.«

Sie befanden sich in der vierten Etage und zwar im Raum

4.14, der aber nicht das Büro der Toten war, sondern das Kommunikationszentrum des Betriebsrats mit Couch und Plauderecke. Dies war sehr sinnvoll, weil sich ein paar Meter weiter die Kantine befand, wo gefeiert worden war. Die Tür war nie verschlossen, und so war es auch erklärlich, dass Swantje Schwiederowski hier kurz vor ihrem Auftritt als Weihnachtsengel noch einmal ans Fenster getreten war, um frische Luft zu schnappen und sich innerlich zu sammeln. Mehr als hundert Julklapp-Geschenke aus dem großen Sack zu ziehen und mit launigen Sprüchen unters Volk zu bringen, das war harte Arbeit. Gleich neben dem »Raum des offenen Ohres«, wie der Betriebsrat ihn nannte, befand sich die Toilette. »Das ist nötig, weil sich bei uns alle mal so richtig auskotzen wollen.«

Als sie an der Toilettentür vorbeikamen, hing dort ein großes, handgemaltes Schild mit der Aufschrift »Vorübergehend außer Betrieb! Bitte Toiletten ein Stockwerk tiefer benutzen!«

»Komisch«, sagte Schulze-Brusenberg. »Die Toiletten hier sind doch total in Ordnung. Das muss ein Scherzbold gewesen sein.«

»Oder …« Mannhardt brach ab, denn in dieser Sekunde kam Charles Gaschka auf sie zugeschossen, der »Chef von's Janze«, wie Schulze-Brusenberg flüsterte. Mannhardt war sich sicher, den Jungunternehmer schon einmal gesehen zu haben, fragte sich nur, in welcher Talkshow und auf welchem Wahlplakat. Er kam nicht drauf. Es konnte überall gewesen sein.

Charles Gaschka war von eisiger Herzlichkeit. »Schön, dass die Berliner Kripo bei den bekanntermaßen knappen Ressourcen noch so viele freie Kapazitäten hat, sich auch um jeden Selbstmord und jeden Unfall zu kümmern …«

Mannhardt hatte Verständnis für eine solche Strategie, und er wäre vielleicht mit einem »Morgen ist auch noch ein Tag« wieder nach Hause gefahren, wenn nicht in diesem Augenblick sein Handy in der Tasche gedudelt hätte. Es war einer seiner Mitarbeiter. »Du, inzwischen haben wir die Mutter der Toten ausfindig machen können … Und die hat ganz spontan ausgerufen: Das kann nur diese Claudia gewesen sein! «

Claudia Kammacher war anzusehen, dass sie viel geweint hatte, als sie ihnen im Besucherzimmer der Gaschka-Electronic gegenübersaß. Aber darin unterschied sie sich nicht von den anderen Kolleginnen. Die Weihnachtswar zur Trauerfeier geworden. Wortlos und sichtlich geschockt hatten alle an ihren schön geschmückten Tischen gesessen und gewartet, bis die Polizeifotografen mit ihrer Arbeit und die Kripoleute mit ihren Fragen fertig waren.

Zwar hatte Mannhardt das Gebot »Lass dich nicht gelüsten deines Nächsten Weibes« voll verinnerlicht, doch bei Claudia Kammacher half das wenig. Schnell war seine Fantasie auch diesmal mit ihm durchgegangen. Am liebsten trieb es der Kommissar mit einer Mörderin – würde die Boulevardpresse schreiben, wenn denn wirklich …

Schulze-Brusenberg zufolge konnte man der Claudia Kammacher zwei Motive unterstellen: »Beide, sie und Swantje, haben sich immer in dieselben Männer verliebt und sich schon oft genug die Augen ausgekratzt. Aber das wird es nicht allein gewesen sein: Swantje war ja auch Claudias Chefin – und Claudia wird sie nun beerben. Leiterin der Abteilung Marketing und Werbung – das ist schon immer ihr großer Traum gewesen.«

Diese Sätze im Kopf, probierte es Mannhardt mit der

Taktik des Einlullens. »Swantje und Sie ... Man hört, dass Sie immer gut miteinander ausgekommen sind ...?«

»Nein, sind wir nicht. Aber ich hab ihr vor der Feier sogar noch ins Engelskleid geholfen ...«

»Und sie dann in den Himmel befördert ...«

»Das ist doch absurd. Ich hab sie nicht aus dem Fenster gestoßen, ich war zur Tatzeit mit einem Kollegen zusammen ... also ... Die Toiletten hier oben sind ja gesperrt, und alleine habe ich mich nicht durchs Treppenhaus getraut. Alles dunkel. Die neuen Lampen sind ja wieder mal kaputt gewesen. Als ich Licht anschalten wollte, hab ich mir den Finger aufgeratscht und wollte wieder zurück. Da kam mir dann gleich Steffen entgegen – der Steffen Duft –, und den hab ich gefragt, ob er mal schnell mitkommen kann.«

Als Mannhardt die breite Tür zur Kantine aufgezogen hatte, herrschte sofort angstvolles Schweigen. Die Mitarbeiter, die eben noch gefeiert hatten, schienen sich alle als seine Geiseln zu fühlen. Er musste automatisch an Dürrenmatt denken, »Besuch der alten Dame«, das Theaterstück, in dem die Bewohner einer Stadt kollektiv morden. Sollte auch hier bei Gaschka ...? Wenn Mobbing eskalierte ... Swantje Schwiederowski als Sündenbock für alles?

»Können wir nun endlich nach Hause gehen?!«, rief der Schreihals vom Dienst. »Das ist ja Freiheitsberaubung, was Sie mit uns hier machen.«

Mannhardt wusste, dass man mit solchen Querulanten vorsichtig umzugehen hatte. Wandten sie sich an die Presse oder an ihren Wahlkreiskandidaten, gab es wieder einigen Ärger. Er versuchte, die Sache und den Mann in den Griff zu kriegen, indem er den Fernsehmoderator spielte. »Beifall für unseren jungen Freund! Und natürlich können alle gehen, wenn vorher einer aufsteht: der Täter.«

Dumm nur, dass Yaiza Teetzmann in dieser Sekunde bei jenem Mann angekommen war, den man ihr als Steffen Duft bezeichnet hatte. Als er sich erhob, glaubten alle Bescheid zu wissen. Die Blicke trafen ihn wie Pfeile, und Mannhardt machte alles nur schlimmer, als er darauf hinwies, dass das bitte nicht als Geständnis anzusehen sei. »Wir brauchen ihn nur als Zeugen.« Dennoch sprang nun alles auf, schien doch der Fall gelöst zu sein. Mannhardt entschloss sich, den harten Hund zu spielen und loszudonnern: »Sie bleiben bitte hier, bis wir ...« Wenn das man juristisch auch in Ordnung war, aber wie auch immer. Alle nahmen wieder Platz, wenn auch murrend, während Yaiza Teetzmann und er mit Steffen Duft in Richtung Besucherzimmer gingen. Dort war dann alles schnell geklärt.

»Ja, Claudia hat mich gefragt, ob ich als Geleitschutz mit ihr ... und da bin ich mit. Als wir wieder zurück in den Saal gekommen sind, war Swantje schon ...«

Weiter kam er nicht, denn Claudia Kammacher stand plötzlich in der Tür und schrie, dass in der Garderobe und einigen Büros eingebrochen worden sei. »Als ich mir mein Feuerzeug aus dem Mantel holen wollte, da ...«

Sie hatte Recht. Der Einbrecher hatte die Chance genutzt und sich ans Werk gemacht, während sie alle gebannt auf den Weihnachtsengel und die Julklapp-Geschenke gewartet hatten.

»Damit dürfte ja jeder Verdacht gegen meine Mitarbeiter hinfällig sein«, sagte Charles Gaschka, als er davon erfuhr. »Das ist doch eindeutig: Der Einbrecher ist von Frau Schwiederowski überrascht worden. Es ist zum Kampf gekommen, und er hat sie aus dem Fenster gestoßen.«

Das war so überzeugend, dass Mannhardt und Yaiza Teetzmann nicht anders konnten, als Feierabend zu machen und die Leute nach Hause zu schicken.

Motte zog durch das Labyrinth der Berliner U-Bahn und versuchte, seine Obdachlosenzeitung zu verkaufen. »Fünzig Cent für mich, fünfzig Cent für ein Wohnprojekt in der Cuvrystraße.« Dazu hustete er lang anhaltend, was ihm gründlich das Geschäft verdarb. Wer seinen Anfall für eine Masche ansah, hielt ihn automatisch für bekloppt, doch seine Lunge war wirklich zerfressen. Deshalb auch sein Name. Motte glaubte nicht an Wunder, und so wusste er sofort, was Sache war, als er sah, wie Rico am U-Bahnhof Schlesisches Tor eine Schachtel Zigaretten mit einem Hunderter bezahlte. Der stammte garantiert aus dem Einbruch bei Gaschka, da, wo auch der Weihnachtsengel ... Die Zeitungen waren ja voll davon. Und mit Rico hatte Motte noch eine alte Rechnung zu begleichen ...

So kam es, dass die Kripo durch einen anonymen Anruf auf Rico kam, Rico Krull, 24, Lagerarbeiter in einem Gemüsehandel, unzählige Vorstrafen. Er wohnte in der Wrangelstraße, war aber nicht zu Hause, als zwei Polizeibeamte ihn sprechen wollten. Bei der Durchsuchung seiner Wohnung fand man eine Visitenkarte des Ingenieurs Steffen Duft ... und damit war das Ganze ein Fall für die Mordkommission Mannhardt.

»Lieber würde ich ja dem Felix Krull begegnen«, sagte Mannhardt, als sie die Kneipen zwischen Schlesischem Busch und Kottbusser Tor abklapperten, das Fahndungsfoto in der Hand. »Obwohl ja dieser hier ebenfalls hoch stapelt, wenn auch nur Kisten.« Vor einem Obst- und Gemüseladen an der Naunynstraße trafen sie ihn dann.

Er war gerade dabei, sich faustgroße Tomaten in eine grüne Tüte zu stopfen. Als Yaiza Teetzmann ihn ansprach, reagierte er blitzschnell und warf ihr eine der Tomaten ins Gesicht. Kein tödliches Geschoss, aber eines, das sie für entscheidende fünf Sekunden außer Gefecht setzte.

Schon war Rico Krull in einem Hausflur verschwunden. Mannhardt hinterher. Steile Treppen ging es hinauf. Mannhardt behielt den Anschluss, denn Krull war zwar an die dreißig Jahre jünger als er, aber ziemlich ausgelaugt, kein Wunder bei dem, was er soff und spritzte. Der Dachboden. Die Tür war offen. Als er hindurchgeschlüpft war, schlug Krull sie so schnell und heftig zu, dass Mannhardt mit der Stirn gegen die Stahlkante prallte und einen Schmerzensschrei nicht unterdrücken konnte. Eine Leiter. Rico erreichte sie mit fünf Metern Vorsprung und kletterte in affenartigem Tempo nach oben, riss die Luke auf, klappte sie nach hinten und stand auf dem Flachdach, bevor Mannhardt ihn packen konnte. Schnee lag auf Ziegeln und Dachpappe. Es war glatt und eisig hier oben, doch Rico Krull hetzte ohne Zögern Richtung Oranienstraße.

Mannhardt hielt einen Augenblick inne, um auf Yaiza Teetzmann zu warten. Als er sie rufen hörte, setzte er dem mutmaßlichen Mörder Swantje Schwiederowskis hinterher. Krulls Vorsprung schmolz mit jedem Atemzug. Da bekam Mannhardt den Schornstein, zu dem er wollte, nicht mehr zu packen, er rutschte weg, geriet auf die schräg abfallenden Ziegel und fühlte sich wie ein Skispringer, der eine Schanze hinunterrast. Links unter ihm die Straßenschlucht, die Tiefe, der Tod …

Rico Krull wurde noch am Abend von einer Funkstreife in der Kreuzberger Manteuffelstraße festgenommen und unterschrieb später auf der Wache das folgende Protokoll:

»… sah ich durch Zufall, wie die Angestellten zur Weihnachtsfeier in das Gebäude der Gaschka-Electronic gingen, und beschloss spontan, diese Gelegenheit zu nutzen, um in die Garderobe einzubrechen und mir die dort verwahrten Wertgegenstände widerrechtlich anzueignen. Das nach dem Fenstersturz der Angestellten Swantje Sch. herrschende Durcheinander habe ich mir zur Flucht nutzbar machen können, mit deren Tod aber habe ich nicht das Geringste zu tun. Weder hat sie mich auf frischer Tat ertappt, noch habe ich sie zu Gesicht bekommen, auch den Raum 4.14 habe ich nicht betreten.«

Mannhardt saß in seinem Büro und telefonierte mit dem Weihnachtsmann, das heißt jenem Studenten der Betriebswirtschaftslehre, der Heiligabend bei ihnen in Tegel als solcher auftreten und seinen Sohn beglücken sollte. »… und bitte nichts aus der Trickkiste der schwarzen Pädagogik, Stichwort: ›Warst du auch immer schön artig?‹ und Schläge mit der Rute.« Nein, wurde ihm versichert, und außerdem garantiere ja Corinna, seine Begleiterin, dass es sanftmütig zuginge. Mannhardt stutzte und wurde dahingehend belehrt, dass man zusammen mit dem Weihnachtsmann auch einen Engel buchen müsse, da ja sonst die Kommilitoninnen leer ausgingen. »Ja doch, in Zeiten der Gleichstellung«, murmelte Mannhardt, »ich verstehe …« Er bat nur noch, bevor er auflegte, dass Corinna ein möglichst durchsichtiges Gewand tragen möge.

»Du siehst ja so verzückt aus …« Yaiza Teetzmann kam ins Zimmer und riss ihn aus all seinen Tagträumen.

»Ich habe mir gerade vorgestellt, wie es ist, dich zu umarmen. Komm, wir klettern noch einmal aufs Dach … und du darfst mich wieder retten.«

»Dem Schneegitter haste dein Leben zu verdanken, dass

das so stabil war, nicht mir ...« Sie war bemüht, das Thema schnell zu wechseln. »Weil bei dir dauernd besetzt war, hat Swantjes Mutter bei mir angerufen und diesen Steffen Duft noch einmal ganz gehörig belastet. Er und der Weihnachtsengel sollen eine sehr heftige Affäre miteinander gehabt haben.«

Mannhardt reagierte träge. »Den Duft, den haben wir doch eh zu zehn Uhr einbestellt. Ich rieche ihn auch schon, gleich wird er anklopfen ...«

Und so war es denn auch. Er begrüßte die Beamten wie gute alte Bekannte. »... wir hatten uns ja schon ... als Sie mich nach Claudia gefragt haben ... ob ich die auf die Toilette begleitet habe, also als Begleitschutz ...«

Mannhardt nickte und bat den Ingenieur, doch bitte Platz zu nehmen. Als er es tat, entstand bei ihm zwischen Sakko und Oberhemd eine Luftströmung, die mehrere Schwaden eines schweren italienischen Parfüms freisetzte. Duft schien einen verzweifelten Kampf gegen seinen Namen zu führen. Hatte er das nötig? Er war doch ein schöner Mann. Sonnenstudiobräune, kraftvolles Stoppelhaar, Goldkettchen, alles vorhanden. Sie wussten vom ihm, dass er 42 Jahre alt war, ein Loft an der Oberbaumbrücke bewohnte, hedonistischer Single war und mit viel »passion and obsession« das Fallschirmspringen betrieb.

Das war eine Information, die Yaiza Teetzmann auf eine Idee – und eine Frage – brachte: »Sind Sie denn in Ihrer Zeit mit Swantje Schwiederowski auch zusammen abgesprungen?«

»Nein ...« Steffen Duft hatte dicht gemacht.

»Ich habe da nur so ein ganz bestimmtes Bild vor Augen: Da stehen die doch immer kurz vor dem Absprung im Flugzeug oben an der offenen Tür, den Fallschirm auf dem Rücken … und wer sich nicht traut, bekommt einen kleinen Schubs … ab in die Tiefe.«

Der Ingenieur sagte ohne jede erkennbare Emotion, dass er Swantje Schwiederowski nicht aus dem Fenster gestoßen habe. »Zu einer solchen Tat wäre ich niemals fähig gewesen.«

Nun griff Mannhardt ein und an. »Ein Motiv hätten Sie aber allemal gehabt: ihre narzisstische Kränkung. Sie haben zwei Wochen bei Swantje gewohnt – dann hat sie Sie rausgeschmissen. Und zwar – glaubt man Swantjes elektronischem Tagebuch in ihrem Palm – mit den Worten: ›Du bist doch der letzte Arsch, verdufte endlich!‹ Und: ›Auch wenn du 'ne ganze Packung Viagra auf einmal schluckst – bei Eunuchen hilft das auch nicht mehr.‹«

Yaiza Teetzmann stieß nach. »Wenn man da als Mann nicht total ausflippt und auf Rache sinnt … das ist doch ein absolutes Trauma beziehungsweise eine Sache der Ehre.«

Steffen Duft blieb so cool, wie es zu seinem Typ gehörte. »Ich war es nicht. Und außerdem war ich zur Tatzeit mit Claudia in der Damentoilette …«

»In der Damentoilette?« Mannhardt hatte genau hingehört. »In – und nicht nur davor …?«

»Ja, und wenn Sie's ganz genau wissen wollen …« Steffen Duft begann nun doch Gefühle zu zeigen und wurde laut. »Dann haben wir da auch miteinander … ganz ohne Viagra.«

Wirkungstreffer, dachte Mannhardt. Ihm fiel nun nichts weiter ein, als Duft danach zu fragen, wem er denn die Tat zutrauen würde. »… bei Ihnen aus der Firma?«

»Niemandem. Meiner Ansicht nach hat Swantje Selbstmord begangen. Sprechen Sie mal mit ihrer Freundin darüber, mit Rebecca …«

Rebecca Schade studierte im vierten Semester Psychologie, was ihr auch deutlich anzumerken war. »Die Affäre mit Steffen war für Swantje ein Trauma. Nicht nur, dass er sie mit anderen Frauen betrogen hat, er hat sie auch instrumentalisiert, um von ihr Firmengeheimnisse zu erfahren und diese dann zu verkaufen. Nach alldem hat Swantje eindeutig sozialdynamische Störungen erkennen lassen. Sie hat sich abgesondert, Rückmeldungen verzögert, Sympathiebeziehungen unterbunden und den Kontakt zu mir zunehmend kaptativ, also besitzergreifend gestaltet. Immer depressiver ist sie geworden, trotz der Therapie, zu der ich sie gedrängt habe, und immer öfter hat sie von Selbstmord gesprochen. Die desolate Lage ihrer Firma war ein zusätzlicher Faktor, auch das Mobbing durch andere, insbesondere diese Claudia Kammacher. Die Weihnachtsfeier und sie als Engel, das muss ihr alles als fürchterliche Heuchelei erschienen sein. Da hat sie dann am offenen Fenster gestanden und …«

Dr. Niebergall, der zuständige Werksarzt, sollte Mannhardt und Teetzmann später auch bestätigen, dass er bei Swantje Schwiederowski schwere Depressionen diagnostiziert hatte, und auch er hielt einen Selbstmord für sehr wahrscheinlich, doch ein Abschiedsbrief ließ sich nicht finden, so sehr sie auch suchten.

»Es wird so spontan gewesen sein, dass sie nicht mehr dazu gekommen ist«, sagte Yaiza Teetzmann.

Mannhardt blätterte den neuesten Katalog der Gaschka-Electronic durch. Irgendwer hatte ihm den zugeschickt. Vielleicht konnte er etwas gebrauchen und bekam Prozente wegen seiner Verdienste um die Firma. Aber was sollte er mit einer Digital-Lötstation, einer 3-Kanal-Wetterstation mit Funkaußensensor, einer – er musste es zweimal lesen – Profi-Vier-Kanal-Mikrofon-Duo-Tower-Lauflichtorgel mit vier Leuchtenspots oder einem Infrarot-Bewegungsschalter, vom abgebildeten Vertriebsleiter Marco Holz mit den Worten angepriesen: »Licht ist Sicherheit!«

Mannhardt stutzte, denn unter dieser Zeile gab es eine Computerschrift – Arial 10 –, die zu der anderen Schrifttype überhaupt nicht passte: »Ich weiß hundertprozentig, wer Swantje Schwiederowski aus dem Fenster gestoßen hat: Es war dieser Marco Holz. Sehen Sie mal in die Akten rein. Er ist aggressiv, verliert schnell die Kontrolle über sich und ist mehrfach vorbestraft wegen gefährlicher Körperverletzung und sexueller Belästigung von Frauen. Er hat mir erzählt, dass er sich während der Weihnachtsfeier an Swantje ranmachen will. Sie wird ihn abgewiesen haben, widerlich wie er ist, und da hat er sie dann ermordet. – Beste Grüße! – Ein Freund der Gerechtigkeit.« Jemand hatte offenbar die Seite aus dem Katalog gerissen, in seinen Drucker gelegt und später wieder eingefügt.

»Anonyme Briefe gehören in den Papierkorb und werden von mir nicht zur Kenntnis genommen«, sagte Mannhardt. Trotzdem holte er Yaiza Teetzmann ab, um mit ihr abermals zum Ostkreuz zu fahren, nicht ohne vorher einige Erkundigungen über Marco Holz einzuziehen.

Marco Holz saß in seinem Büro, und Mannhardt wie Yaiza Teetzmann zuckten bei seinem Anblick unwillkürlich zusammen, denn der Vertriebsleiter sah aus wie Al Bundy aus der Kultserie »Eine schrecklich nette Familie«, zumindest wie sein Double. Wenn er auch solche Käsefüße hatte wie Al, dann war es kein Wunder, dass ihn die Frauen mieden. Mannhardt erinnerte sich an eine Folge, in der die Atemmasken von der Decke gekommen waren, als sich Al im Flugzeug die Schuhe ausgezogen hatte. Auch bei Holz im Büro roch es unrein, obwohl er sündhaft teure Treter an den Füßen hatte. »Womit kann ich dienen?«, fragte er.

»Mit einer Auskunft darüber, was Sie von diesem Text hier halten …« Mannhardt hielt ihm die Katalogseite hin, auf der der Vertriebsleiter des Mordes bezichtigt wurde.

Holz überflog sie – und verlor sofort die Contenance. »Das ist ja eine derartige Sauerei, dass ich sofort Anzeige wegen Verleumdung und übler Nachrede stelle. Gleich bei Ihnen.«

Yaiza Teetzmann winkte ab. »Wir sind die Mordkommission … und wissen, dass Sie kein unbeschriebenes Blatt mehr sind.« Sie zählte einiges auf. »Was Frauen betrifft, immer nach dem Motto: Und bist du nicht willig …«

»Diese Delikte habe ich als Heranwachsender begangen …« Holz wurde nun förmlich. »Das ist alles verjährt, mehr als zehn Jahre her. Ich bin inzwischen ein ganz anderer Mensch geworden, Vertriebsleiter immerhin …«

Mannhardt fixierte ihn. »Und zur Tatzeit waren Sie mit den anderen im Saal?«

»Ja.« Marco Holz hatte mit dieser Antwort keine Sekunde gezögert.

»Stimmt nicht!«, rief aber Schulze-Brusenberg, der Betriebsratsvorsitzende, als Mannhardt und Yaiza Teetzmann ihn wenig später sprachen. »Ich habe selber gesehen, wie er Swantje hinterhergelaufen ist, als die hinausgegangen ist, um den Sack mit den Geschenken zu holen. Auf dem Flur draußen. Er hat sogar versucht, sie festzuhalten.«

Yaiza Teetzmann sah ihn verwundert an. »Und warum sagen Sie uns das erst jetzt?«

Schulze-Brusenberg senkte den Kopf. »Wenn Gaschka dichtmacht, dann … Ich bin über fünfzig und habe eine Frau und drei Kinder zu ernähren. Und Marco hat mir versprochen, dass ich bei ihm arbeiten kann … Er will 'ne eigene Firma aufmachen. Aber meine Frau sagt, dass ich unter diesen Umständen … nicht bei einem Mörder!«

Charles Gaschka hatte die Chance genutzt, die Mordkommission nach ihrem Besuch bei Marco Holz noch einmal kräftig zu attackieren. »Mein Vater hat immer gesagt: Ich lass mir doch von dir kein Kind in den Bauch reden! Und Sie wollen mir und der Welt um jeden Preis einreden, dass hier ein Mord geschehen ist. Wer steckt da wohl dahinter? Die, die mich schon seit langem fertig machen wollen …«

»Mäßigen Sie sich bitte«, sagte Yaiza Teetzmann pflichtgemäß.

»Ist doch wahr! Da wird ein schlichter, wenn auch schrecklicher Unfall zu einem Mordfall aufgeblasen. Frau Schwiederowski hatte vorher einiges an Sekt getrunken und sich vor ihrem Auftritt als Weihnachtsengel noch ein bisschen erfrischen wollen … Sie lehnt sich aus dem Fenster, verliert das Gleichgewicht und … Ich würde mein ganzes Vermögen darauf verwetten, dass es ein Unfall gewesen ist.«

»Ta …!« Mannhardt gab den Ausruf seines Sohnes wieder, wenn der ebenso erstaunt wie ratlos war.

Gerade als sie wieder gehen wollten, nudelte Mannhardts Handy. Er lauschte, nickte und gab dann an die Kollegin weiter, was er eben vernommen hatte, ohne weiter auf Gaschka zu achten. »Im Labor haben sie hinten auf dem Gewand des Weihnachtsengels Spuren eines Sprühpflasters gefunden. Mit Einlagerungen von Blut. Offenbar war es noch nicht ganz getrocknet, als der Täter … als die Täterin Frau Schwiederowski aus dem Fenster gestoßen hat.«

»Das kann auch vorher beim Tanzen passiert sein!«, rief

der Firmeninhaber. »Ta …!«, wiederholte Mannhardt. Yaiza Teetzmann hingegen hatte das gewisse Leuchten in den Augen. »Du, ich hab's!«

Yaiza Teetzmann begann den Morgen mit einem kleinen Vortrag. »Es war nachweislich kein Sekunden- oder Alleskleber, sondern ein Sprühpflaster mit Poly …« – das musste sie ablesen – »…isobutylen, isopropylhydrogenmaleat, methylacrylat … und so weiter. Da ist kein Irrtum möglich.«

Claudia Kammacher machte eine wegwerfende Handbewegung. »Da wird sie sich selber hinten auf dem Rücken gekratzt haben.«

Mannhardt gab zu, dass das anatomisch durchaus möglich gewesen sein konnte. »… aber in der Gerichtsmedizin haben sie bei Frau Schwiederowski keine Wunde an den Fingern gefunden.«

»Und was weiterhin gegen Swantje Schwiederowski spricht, ist die Tatsache, dass in diesem Sprühverband ein wenig Blut eingeschlossen war … etwa so wie die Fliege im Bernstein …« Yaiza Teetzmann machte eine kleine Pause, um dann ihren Schmetterball zu setzen: »Ihr Blut, Frau Kammacher, das Blut mit Ihrer DNA.« Man hatte sich von allen vier Verdächtigen eine Speichelprobe geben lassen.

Claudia Kammacher hielt es noch immer durch, das Ganze wie eine heitere TV-Show zu nehmen. »Klar kann das mein Blut sein. Ich hab ihr doch beim Anlegen ihres weißen … äh … Kleides geholfen, also vom Weihnachtsengel das … und ihr auf die Schulter geklopft und toi-toi-toi gewünscht.«

Ließ sich der Einwand vom Tisch wischen? Mannhardt glaubte sich noch daran zu erinnern, dass sie sich den Finger erst nach der Umkleideaktion aufgerissen hatte. Das hatte sie doch selbst gesagt. Oder ...? So ganz sicher war er sich allerdings auch nicht mehr. Sein Alter.

Er machte weiter im Text. »Sie sind es doch, die den meisten Nutzen vom plötzlichen Ableben der Swantje Schwiederowski hat: Sie erben den Chefsessel ... und Sie haben Steffen Duft nun ganz für sich allein. Gott, wenn das keine Motive sind!«

Aber noch immer zeigte Claudia Kammacher keine Reaktion. »Ein Motiv haben heißt doch nicht automatisch, dass man's auch tut. Aber abgesehen davon: Ich kann es gar nicht gewesen sein, denn ich habe ja zur Tatzeit auf der Toilette gesessen ... mit sozusagen einem Wächter davor: dem Steffen. Und der ist dann ja – wie Sie wissen – auch noch zu mir reingekommen ...«

Mannhardt grinste. Yaiza Teetzmann griff zum Telefon. »Fragen wir ihn noch mal ... Er wartet noch im Nebenzimmer.« Mannhardt sah dem Ingenieur mit Spannung entgegen. Hatte er diesen Steffen Duft richtig eingeschätzt, das war jetzt die Frage. War das wirklich der Egomane, der hedonistische Single, der eine panische Angst davor hatte, sich länger als höchstens ein Jahr an ein und dieselbe Frau zu binden ...? »Herr Duft, Sie bleiben also bei Ihrer Aussage, Frau Kammacher am fraglichen Abend der Weihnachtsfeier zur abgelegenen Toilette begleitet zu haben ...«

»Ja ...«, hauchte Steffen Duft, so blass geworden, dass seine tiefe Studiobräune die Farbe trockenen Lehms angenommen hatte.

»Nachdem Sie vorher an die Toilettentür das Schild gehängt haben: Vorübergehend außer Betrieb«, hielt Mannhardt ihm vor.

»Das war ich nicht. Die Toilette war wirklich kaputt. Das mit dem Schild war der Klempner. Ehrlich!«

Mannhardt nickte, das hatte er natürlich schon recherchiert. Doch ein wenig Verunsicherung beim Befragten konnte nicht schaden. Nun begann Mannhardt erst so richtig zu bluffen und gab seine hypothetische Konstruktion als Wirklichkeit aus. »Sie haben aber dann nicht die ganze Zeit vor der Damentoilette gewartet, geschweige denn, dass Sie mit der Dame dort intim geworden sind, sondern Sie sind selber schnell einmal verschwunden ... ein Stückchen weiter in die Herrentoilette?«

»So ein Unsinn. Aber bitte, wenn Sie meinen ...« Duft schien zu ahnen, dass es keinen Sinn machte, weiter zu lügen. Offenbar glaubte er, dass die Kripo etwas entdeckt hatte, das ihn ans Messer liefern konnte. Mitgefangen, mitgehangen ... nein!

Mannhardt fuhr fort: »Und als Sie dann wieder zurück an der Damentoilette waren, ist Frau Kammacher nicht aus der Tür gekommen, hinter der sie fünf Minuten vorher verschwunden war, sondern sie kam den Gang entlang ...«

Claudia Kammacher sprang auf, stürzte auf Steffen Duft zu, umarmte ihn und schrie: »Nein, nein, nein!«

Eigentlich war das Geständnis genug, aber das Flehen der Frau rührte Mannhardt derart an, dass er nicht mehr nachsetzen konnte. Was blieb Yaiza Teetzmann anderes übrig, als das für ihn zu tun? »Doch, doch, doch! Denn Sie, Frau Kammacher, waren inzwischen oben und haben Swantje Schwiederowski aus dem Fenster gestürzt. Als Sie aus der Toilette rauskommen, ist Herr Duft nicht mehr da – weil er ja selber seine Notdurft verrichtet –, und da wollen Sie allein hinauf in den Festsaal. Aber als Sie am Betriebsratsbüro vorbeikommen, sehen Sie Swantje am offenen Fenster lehnen ... Die Brüstung ist niedrig, die Gelegenheit günstig. Pech nur für Sie, dass Ihr Sprühpflaster noch nicht ganz trocken ist … und dass Herr Duft …« – dies nun ironisch gesprochen – »… die Wahrheit doch mehr liebt als Sie und nicht ihretwegen jahrelang wegen Beihilfe einsitzen will.«

Claudia Kammacher kämpfte drei Stunden lang tapfer und couragiert, dann aber war sie von Mannhardt und Yaiza Teetzmann so weich geklopft worden, dass sie nicht anders konnte, als ein Geständnis abzulegen.

Ostern beißt Haase ins Gras

»Jetzt kommt die Osterzeit,/ alle Hasen machen sich bereit./ Alle Jahre wieder/ ertönen ihre Osterlieder.« Seine Töchter hatten die Kassette mit dem Häschen Hopp so oft abgespielt, dass er es auch beim Joggen unentrinnbar im Ohr hatte. Es war wie bei einem Tinnitus. Und dabei hatte Horst Hastenteufel die Zeit nutzen wollen, um über den Plot seines nächsten Romans nachzudenken. Beim Laufen hatte er die besten Einfälle. »Mein kreatives Keuchen«, nannte er das. Er hatte in Hermsdorf in der Bertramstraße eine Doppelhaushälfte gemietet und somit eine wunderschöne Laufstrecke direkt vor der Haustür: Immer am Tegeler Fließ entlang bis hinauf zu den Mönchmühler Teichen. »Jetzt kommt die Osterzeit,/ alle Hasen machen sich bereit./ Alle Jahre wieder/ ertönen ihre Osterlieder.« Hastenteufel schlug sich mit den flachen Händen gegen die Ohren, doch umsonst. Na schön. Man musste das Beste daraus machen. Er hielt kurz an, nestelte sein Diktiergerät vom Gürtel und notierte akustisch: »Die Hasen halten meinen Kopf weiterhin besetzt, er ist ihr Bau. Ihre Gänge ziehen sich durch mein Gehirn, von einem Ohr zum anderen, von der Kopfhaut bis zum Kinn. Ende.« Ein Bild, das er hübsch fand und sicherlich irgendwo in seinen Texten verwenden konnte. Sein neuester Roman trug den Arbeitstitel »Ein Mord am preußischen Hofe« und spielte zur Zeit der Märzrevolution 1848. Der Held war ein junger Leutnant im Gefolge Friedrich Wilhelms IV. Wie konnte man einen Osterspaziergang am Tegeler Fließ in die Handlung einbauen – das war die Frage. Konversation ließ sich hier zweifellos ganz trefflich machen. »Die Gegend gilt als superb, Gnädigste, das Tegeler Fließ ist die Mosel en miniature, was die Mäander betrifft.«

Hastenteufel folgte den Windungen und ließ seinen Blick mal nach links schweifen, hin nach Glienicke/ Nord-, nicht Mordbahn, mal nach rechts, wo die Häuser und Stallungen von Alt-Lübars wie Scherenschnitte am Morgenhimmel klebten. Konnte man das wirklich so formulieren? Am liebsten hätte er seine Lektorin gefragt, ersatzweise auch seine Frau. Manchmal sprach er wildfremde Menschen an, wenn sie nur ausreichend gebildet aussahen, um solche Stilfragen mit ihnen zu klären. Doch leider war er heute, zwei Sonntage vor Ostern, der einzige Läufer weit und breit. Nein, da hinten hockte jemand hinter den Büschen und schien Darm und/oder Blase zu entleeren. Da sich aus der Ferne nicht klar erkennen ließ, ob es sich dabei um eine Frau handelte, sah er schnell wieder weg. Weiter. Bis zum nächsten Berlin-Marathon war es nur noch ein halbes Jahr.

Ein Stückchen vor ihm flatterten rot-weiße Bänder im Wind. Eine Absperrung. Irgendwer verlegte Kabel oder Rohre. Offensichtlich auch am Sonntag, denn auf dem Rasen vor den aufgeschichteten Rohren lag ein Monteur und schien etwas zu suchen. Irrtum, der bewegte sich ja gar nicht, der schlief. Komisch. Der Boden war doch eigentlich zu kalt und nass dazu – oder? Und dann noch mit dem Gesicht nach unten. Mensch, der wird … »Ist der März schön warm und trocken, kann man schon im Freien bocken ...« Nein, der Mann war absolut allein, und nichts an ihm bewegte sich.

Hastenteufel legte einen kleinen Zwischenspurt ein, um ihn zu wecken. Der holte sich sonst noch eine Nierenbeckenentzündung. Als er näher kam, schrie Hastenteufel auf. Es war gar kein Monteur, der da auf dem Bauch lag, sondern ein anderer Jogger, und der hatte eine so gewaltige Wunde am Kopf, dass er ganz offensichtlich erschlagen worden war.

Hans-Jürgen Mannhardt, Erster Kriminalhauptkommissar und Leiter der 12. Mordkommission, lag noch im Bett, schlief aber nicht, sondern leistete harte Arbeit, Erziehungsarbeit, denn sein Sohn zwang ihn mit sozusagen vorgehaltener Waffe (»Sonst schreie ich so laut, dass Mama wach wird!«), eine Ostergeschichte nach der anderen vorzulesen.

»Es war bereits März, und der Frühling strengte sich an, den Winter zu vertreiben. Die ersten Blumen steckten ihre Knospen aus der Erde, und die Hasen hoppelten über die Felder ...«

»Papa, basteln wir jetzt was Schönes?«

»Nachher. Wir gehen zu Oma in den Garten und sammeln Moos, Steine und Zweige – und daraus bauen wir uns ein Osternest.«

»Legt der Osterhase da schon vor Ostern Schokoladen-Eier rein?«

»Du sollst nicht so viel naschen – sagt Mama immer.«

Da ertönte eine scharfe Stimme aus dem Off: »Schieb nicht immer alles auf mich. Dass ich die Böse bin und dem Kind alles verwehre.« Heike hatte also gar nicht mehr geschlafen, sondern sich nur schlafend gestellt, um Mannhardts Handeln klammheimlich zu kontrollieren. »Du weißt doch selber, wie schädlich Süßigkeiten sind.«

Mannhardt tat so, als spielten sie in einer Vorabendserie. »Jetzt weiß ich endlich, wo meine Bauchschmerzen herkommen, meine Süße.« Weiter kam er nicht: Das Telefon klingelte. Er sprang aus dem Bett, um den Hörer von der Gabel zu reißen, konnte aber das Telefon nicht finden. Irgendwer hatte es unter die Couch geschoben.

»Geh doch endlich mal ran!«, schrie die Gefährtin des Lebens genervt. »Es ist doch sowieso nur deine kerngesunde Mutter. Und will dir mitteilen, dass sie gerade eben gestorben ist. Zum fünften Mal in diesem Jahr.«

Doch es war Yaiza Teetzmann, Mannhardts engste Mitarbeiterin. Sie unterrichtete ihn über das, was am Tegeler Fließ vorgefallen war. »Ein Jogger ist erschlagen worden, offenbar in dem Augenblick, in dem er Liegestütze gemacht hat, aber kein ganz gewöhnlicher Jogger, sondern ein höchst prominenter …«

»Joschka Fischer …?!« Mannhardt war entsetzt, konnte es nicht fassen. »Aber der läuft doch immer mit ein paar Personenschützern durch die Gegend …«

»Quatsch. Der Fußballer, den Bayer Leverkusen gerade für zehn Millionen Euro aus Berlin weggekauft hat, der Sebastian Haase …«

Hans-Jürgen Mannhardt wohnte am Tegeler Hafen und hatte damit keine Mühe, schon eine Viertelstunde nach Yaiza Teetzmanns Anruf am Tatort zu sein. Er war immer hocherfreut, wenn die Leute ganz in seiner Nähe mordeten. Er begrüßte die weniger erfreuten Mitarbeiter und sah sich das Opfer an. Mit stillem Gruß, wie seine Mutter das ausgedrückt hätte.

Yaiza Teetzmann informierte ihn. »Das Tatwerkzeug

ist zwar noch nicht gefunden worden, wir kennen es aber nichtsdestowenigertrotz: Es ist garantiert eine von diesen zugespitzten Eisenstangen hier, an denen die Flatterbänder hängen. Vier sind es gewesen, eine fehlt. Mit der hat Haase eins über den Kopf bekommen, und außerdem ist ihm das Ding auch noch in den Hintern gerammt worden.«

»Als sei's der Ausruf: Du Arsch du!«, fuhr Mannhardt fort. »Welch tiefe Symbolik. Früher sind die Leute auf diese Art und Weise gepfählt worden, wenn sie heftig gefehlt hatten. Nun wird er uns fehlen – seinem Verein, der ganzen deutschen Nation. Der dritte Sebastian, der Deutschlands Fußballhoffnung war. Nach Sebastian Deißler und Sebastian Kehl. Nun haben wir bei der WM 2006 keine Chance mehr gegen die Faroer Inseln.«

»Der Fall ähnelt dem im Volkspark Wilmersdorf ... Du weißt doch, der Jogger, der kurz vor Weihnachten 2001 erstochen worden ist, und wo es mit Sicherheit auch kein Raubmord war.«

Mannhardt sah sie an. »Du meinst also: ein Serientäter, der auf Jogger fixiert ist? Überschrift: Er war scharf auf ihren Schweiß. Glaube ich nicht. Das hier riecht mir eher nach Beziehungstat. Wer hat ihn denn gefunden?«

»Der Jogger da, ein gewisser Horst Hastenteufel.«

»Den kenn ich, der schreibt Krimis unter dem Pseudonym Hoss McDevil. Vielleicht hat er Haase umgebracht, um in die Schlagzeilen zu kommen und endlich mehr Bücher zu verkaufen.«

Viel brachte Hastenteufels Aussage nicht. Nur der Hinweis auf die Person, die im Gebüsch gesteckt hatte, schien interessant. Mannhardt schickte die Spurensicherung hin. »Guckt mal nach, ob da wirklich Kot und Urin zu finden sind.« Das Ergebnis war eindeutig: »Nichts!« Damit war die Sache klar. »Die fragliche Person ist also nicht hinter den Büschen verschwunden, um sich zu erleichtern.« Ergo war sie der Tat verdächtig.

Inzwischen war der Vereinsvorsitzende von Askania 1900 am Fließ erschienen. »Hans-Gert Hagenow mein Name. Man hat mich angerufen. Ich soll sehen, ob das wirklich unser Haase ist.« Als man das Laken vom Körper zog, schrie er auf. »Ja, das issa!«

Nach einem Verdacht befragt, zögerte der Askanier keine Sekunde. »Sehen Sie sich zuerst den mal an, der ihn neulich beim Training bedroht hat, und zwar mit den Worten: Verräter gehören umgebracht! Patschinsky heißt er, Maik Patschinsky. Vom Fan-Club Sebastian Haase. Ein Nichtsnutz ist das, der ewige Versager, der sich nur von den Frauen aushalten lässt, von älteren ...«

Zum Hochhaus am Zabel-Krüger-Damm waren sie gern gelaufen, hinauf in die zehnte Etage aber nahmen sie doch lieber den Fahrstuhl. Zu viel Bewegung war auch nicht gut. Peter Patschinsky stand auf dem Namensschild. Das musste der Vater sein, Kraftfahrer seines Zeichens. Eine Mutter gab es nicht, die war, wie sie auch schon erfahren hatten, vor Jahren an Lungenkrebs gestorben. Auf ihr Klingeln hin öffnete ihnen ein Mann von knapp fünfzig Jahren. Sie stellten sich vor. »Sebastian Haase ist ermordet worden, und Ihr Sohn kann uns bei der Suche nach dem Täter sicher weiterhelfen.«

Patschinsky senior stöhnte auf und schlug die Hände vors Gesicht. »Mein Gott, das darf doch nicht wahr sein.«

»Doch, leider.« Mannhardt nahm sich das Recht, in das Zimmer zu treten, von dem er wegen des Haase-Posters an der Tür annehmen konnte, dass es dem Sohn gehörte. Es war indessen leer. »Wo steckt denn Maik?«

»Der schläft noch. Bei mir. Im Bett meiner Frau. Dadurch hat er bei sich im Zimmer mehr Platz. Er ist erst um zwei Uhr nachts aus der Disco nach Hause gekommen. Und etwas getrunken hatte er auch.«

»Was ist denn Ihr Junge so für ein Mensch?«, fragte Mannhardt.

»Ganz normal. Die Schule hat er geschafft, nur mit der Lehre hat es nicht so geklappt. Gebäudereiniger … Aber das ist nicht seine Schuld, Höhenangst ist eben 'ne Krankheit. Aber Arbeit findet er immer irgendwo. Er lebt nur für seinen Verein. Den Fan-Club Sebastian Haase hat er sogar selber gegründet, und bei jedem Spiel ist er dabei, auch auswärts.«

»Wenn Sie ihn bitte einmal wecken würden«, sagte Yaiza Teetzmann.

Maik Patschinsky erschien und brach in Tränen aus, als man ihm mitteilte, Haase sei tot. Mannhardt sah Yaiza Teetzmann an, und der war deutlich anzumerken, dass ihr Maik gefiel. Mannhardt steckte ihn in die Schublade »Soziopath«, wie ihn der Psychiater Hervey Cleckley schon 1941 beschrieben hat: »Sehr sympathisch, sehr charmant, ein echter Sunny Boy, aber pathologisch egozentrisch, antisoziales Verhalten, Unfähigkeit, das Leben zu planen.«

Sie warteten, bis Maik Patschinsky in sein Zimmer gegangen war und sich auf seine Couch gesetzt hatte. Man musste ihm Zeit lassen. Mannhardt sah sich indessen ein wenig um. An der Wand hing ein Riesenposter von Diego Maradona. Das fand Mannhardt bei einem Fußballnarren verständlich, was ihn aber in Erstaunen versetzte, waren die unterschiedlich großen Fotos und Porträts daneben, etwa: Alexander der Große, Aristoteles, Beethoven, Dürer, Bill Clinton, Charlie Chaplin, Bob Dylan, Albert

Einstein, Henry Ford, Mahatma Gandhi, Michelangelo, Leonardo da Vinci, Nietzsche, Newton und sogar Franz Kafka. Die Wand über dem Computertisch war hingegen allein Sebastian Haase und dem Verein gewidmet. Jetzt krebste Askania 1900 in der Regionalliga Nord herum, in seinen Glanzzeiten aber hatte der Verein in der Bundesliga gespielt. DAHIN MÜSSEN WIR ZURÜCK!, hatte Maik Patschinsky mit Riesenlettern an die Wand geschrieben, eingerahmt von Fotos, Programmheften, Eintrittskarten, Zeitungsausschnitten, Wimpeln und Trikots.

»Und dies wäre nur mit Sebastian Haase gegangen«, sagte Mannhardt. »Das haben Sie gewusst, Maik, und darum haben Sie gerufen: Verräter gehören umgebracht! Und heute früh gegen 6.30 Uhr haben Sie dann zugeschlagen. Im Affekt.« – »Nein!«, schrie Maik Patschinsky. »Ich habe den Bastian doch geliebt. Echt.«

Zweckdienliche Hinweise im Mordfall Haase hatte es bis zum späten Vormittag noch keine gegeben. Bis jetzt hatten ja auch nur die Radiosender über den Tod des Jungstars berichtet. Nur in der unmittelbaren Nachbarschaft und bei den Spielern von Askania 1900 wusste man es schon und spielte an diesem Sonntag entweder gar nicht oder nur mit Trauerflor. Mitglieder des Fan-Clubs Sebastian Haase hatten am Tegeler Fließ ein hölzernes Kreuz aufgestellt, Blumen niedergelegt und Kerzen angezündet. Mädchen saßen beisammen und weinten.

Mannhardt war sehr angerührt von diesem Bild und glaubte, nicht mehr die Kraft zu haben, heute noch mit Haases Eltern zu sprechen. Yaiza Teetzmann musste ihn gleichsam hinzerren. Es war nicht weit bis zur Benekendorfstraße, wo Sebastian Haase mit den vorab als Darlehen überwiesenen Millionen aus Leverkusen ein schönes

Haus gekauft hatte, in dem nun seine Eltern wohnten. Der Vater war Sachbearbeiter im Rathaus Reinickendorf, die Mutter Erzieherin. Dies alles hatte Yaiza Teetzmann schon eruiert: »Herrlicher Blick aufs Fließtal. Bastian hat sich da im Anbau eingerichtet. Nur provisorisch. Ende Juni sollte er ja schon in Leverkusen mit dem Training anfangen. Ist ja auch eine gute Adresse.«

Als sie am Gartentor geklingelt hatten, erschien oben im Fenster der Vater. Sie stellten sich vor und sprachen ihm ihr Beileid aus. »Wir hätten nur ein paar Fragen …«

»Okay, was sein muss, muss sein.« Der Vater Harald Haase kam ans Gartentor, um sie hereinzulassen. »Die Kripo, ja. Obwohl … Mir wäre lieber, Sie würden den Täter nie finden. Dann wäre das so, als hätte Bastian Krebs gehabt oder wäre bei einem Autounfall ums Leben gekommen. Aber dann der Prozess, das alles durchstehen. Meine Frau ist gerade erst ins Krankenhaus gekommen. Ein Herzanfall.« Er suchte gefasst zu bleiben. »Was soll man machen … Das Leben geht weiter. Wenn wir in Afghanistan oder in Palästina leben würden, da werden einem die Söhne auch genommen …«

Jeder hat seine eigenen Bewältigungsmechanismen, dachte Mannhardt, während Yaiza Teetzmann die Fragen stellte. Ob der Sohn in letzter Zeit von jemanden beobachtet worden sei? Nein. Ob nach dem Vereinswechsel jemand Drohungen ausgesprochen habe? Ja: Maik Patschinsky. Ob ihn jemand von seinen engeren Bezugspersonen ganz besonders gehasst habe?

»Ja: Sarah Laws, seine Ex-Freundin. Und die ist eine der besten Speerwerferinnen in ganz Berlin … Mit so viel Kraft im Arm, dass sie ihn mühelos … Seit Bastian mit Laura liiert war, hat sie ihm die Hölle heiß gemacht.«

Es war genau zwölf Uhr, als sie am Reinickendorfer Zehntwerderweg von Sarah Laws begrüßt wurden. Hager und athletisch war sie, herb und schon ein wenig maskulin, auch viel älter, als Mannhardt gedacht hätte, knapp über dreißig sicher. Sie hätte als Double von Martina Navratilova durchgehen können, nur hingen bei ihr im Flur keine Tennisschläger, sondern Speere. Von Beruf war sie Lehrerin, Sport und Erdkunde. Sie trug zerknautschte und etwas schmuddelige Schlabbersachen und war noch nicht dazu gekommen, sich zu schminken.

»Ich habe aus dem Radio erfahren, was passiert ist«, begann sie, nachdem man im Wohnzimmer Platz genommen hatte. »Mein Ikarus ... Abgestürzt, bevor er der Sonne zu nahe kommen konnte. Ich habe ihn entdeckt, damals im Sportunterricht, ich habe ihn aufgebaut und zu dem gemacht, was er dann war: der Star von Askania 1900 und den Leverkusenern zehn Millionen Euro wert.«

»Und ein Paar sind Sie auch gewesen?«, fragte Mannhardt, der an diesem Thema immer stark interessiert war.

»Ja, obwohl ... oder weil ich neun Jahre älter bin als er.«

Yaiza Teetzmann fixierte sie. »Und dann ist diese Laura gekommen, 17 Jahr, blondes Haar, und hat Ihnen den Bastian weggeschnappt?«

»Ich wusste, dass es eines Tages passieren würde. C'est la vie.«

»Und da haben Sie ihm versprochen, dass er in seinem ganzen Leben keinen glücklichen Tag mehr haben werde.« Mannhardts Handy dudelte. Er riss es ärgerlich aus der Tasche, meldete sich und hörte zu. Einer seiner Leute. Langsam hellte sich sein Gesicht wieder auf. »Ja, danke ...« Er steckte das Gerät zurück in die Tasche und sah die beiden Frauen an.

»Man hat soeben die Tatwaffe aus dem Tegeler Fließ gefischt. Es handelt sich tatsächlich um eine dieser unten angeschliffenen Eisenstangen, an denen die Flatterbänder gehangen haben. Das sind Dinger wie eine Lanze, wie ein Speer ... Man sieht gerade nach, ob noch eine Widmung darauf steht – vielleicht, Frau Laws: From Sarah with love?«

Sie schloss die Augen und stöhnte leise auf. »Das ist doch absurd.«

»Ein Alibi haben Sie sicher nicht.« Mannhardt nahm vorweg, was sie sagen würde – und sie tat das dann auch: »Ich habe zur Tatzeit hier im Bett gelegen und geschlafen.«

»Allein?«

»Sollte ich mir extra für diesen Fall einen Lover zulegen?«

«Den Ton lassen wir mal bitte.« Mannhardt mit seinen vielen Vieren und Fünfen in den Zeugnissen hatte gelinde Vorurteile gegen alle Lehrerinnen und Lehrer und konnte sich nicht ganz zurückhalten, als er sie anwies, ihnen all ihre Turnschuhe auszuhändigen. »Für unser Labor.«

»Stehe ich also unter Tatverdacht?«

»So kann man es formulieren. Bei einer derart schweren Kränkung, wie Sie sie erlitten haben, da können die Sicherungen schon einmal durchbrennen. Es war ja offenbar kein lange geplanter Mord, sondern eine sehr spontane Tat. Wir geben Ihnen aber gern die Chance, uns andere mögliche Täterinnen und Täter zu nennen, die ebenfalls im Affekt gehandelt haben könnten ...«

Da brauchte Sarah Laws nicht lange nachzudenken. »Da ist vor allem dieser Uwe Wumke, mit dem Bastian im Dauer-Clinch gelegen hat, manchmal ziemlich heftig sogar. Der ist x-mal vorbestraft und ein übler Typ.«

»Hoppel, Häschen, hoppel, schnell musst du verschwinden. Ich seh den Fuchs am Waldesrand. Er darf dich hier nicht finden.« Mannhardt sang Yaiza Teetzmann das Osterlied vor, das er seinem Sohn gerade beigebracht hatte. »In unserem Fall ist der Ha(a)se nicht schnell genug verschwunden … Wie sagte man früher immer: Wer früher stirbt, ist länger tot. Zynisch, aber logisch.« Sie hatten sich an sein Auto gelehnt, genossen die Sonne wie die Auenlandschaft und warteten, was die Abfrage »Uwe Wumke« bringen würde. Die Kollegen in der Zentrale waren noch mit der Suche beschäftigt.

Nach einer Viertelstunde bekamen Mannhardt und Yaiza Teetzmann per Handy Bescheid. Wumke, 41 Jahre alt, war Hausmeister in einem Hochhaus am Zabel-Krüger-Damm, wohnte aber in einer Laube in der Nähe des Tegeler Fließes. Er hatte eine Karriere als Profiboxer und Zuhälter hinter sich, in beiden Fällen nicht eben erfolgreich, und war wegen Nötigung, gefährlicher Körperverletzung, Betrug und weiterer Delikte einige Zeit im Knast gewesen, in Tegel, Fuhlsbüttel und anderswo. Seine Prognosen seien allerdings günstig.

Diese Informationen im Kopf, nutzten sie das schöne Wetter und machten einen kleinen Spaziergang von Sarah Laws Wohnung am Zehntwerderweg zu der Laube von Uwe Wumke, die etwa auf Höhe des Eichwerdersteges zu finden sein sollte. Mannhardt glaubte sie sogar zu kennen, denn vor Jahren – nach der Trennung von seiner Frau und seinen Alkoholexzessen – hatte er in dieser Laubenkolonie gehaust. »Eine schreckliche Zeit …«

Wumkes Laube war kaum zu übersehen. So viel Western Style war in dieser Gegend doch recht ungewöhnlich. Breite und ungehobelte Bretter, über der Tür UWE'S RANCH ins Holz gebrannt, Pferdehalfter und Sättel, Wagenräder, die Südstaatenfahne und noch einiges andere zierten den Bau. Statt einer Klingel gab es an dem Gartentor eine große Glocke. Drinnen in dem Holzhaus bellte ein Hund, doch keiner öffnete.

»Der scheint wohl ausgeflogen zu sein«, stellte Yaiza Teetzmann fest.

Mannhardt erinnerte sich daran, dass in dieser Laube früher seine alten Freunde Blaubacke und Suppenhuhn gewohnt hatten – und in alter Gewohnheit griff er über den Zaun, öffnete von hinten das Tor und betrat die Parzelle. Yaiza Teetzmann blieb lieber etwas zurück. Mannhardt ging zur Laube, um durch das größte der drei Fenster ins »Wohnzimmer« zu gucken.

In diesem Moment … Alles ging nun so schnell, dass er es kaum registrieren konnte … Jedenfalls kam ein Kampfhund, ein Pitbull, auf ihn zugeschossen. Mannhardt reagierte blitzschnell und hechtete hoch, um die Dachrinne zu packen und sich aufs flache Laubendach zu ziehen. Er hing auch schon dran und wollte mit einer Art Flanke die Beine nach oben schleudern, da war der Hund bereits heran und hatte auch schon zugebissen, aber offenbar nur den Schuh erwischt, den linken. Dann fielen zwei Schüsse. Jetzt erst kam der Schmerz. Mannhardt stürzte zu Boden und versank im schwarzen Nichts.

»Ich habe mit Sebastian bei Askania 1900 zusammen in der A-Jugend Fußball gespielt. Damals hat er einmal in einer Halbzeit den doppelten Hattrick geschafft, also sechs Tore hintereinander. Das war was. Das wäre mal ein zweiter Maradona geworden …«

»Und Sie haben ihn dann massiert?«

»Nee, damals war ich noch nicht beim Rettungsdienst

der Feuerwehr. Aber jetzt kann ich das bestens, das Massieren. Zeig ich Ihnen gerne mal …«

Wo bin ich? Mannhardt kehrte langsam wieder ins Leben zurück. Nach weiteren zehn Sekunden realisierte er, dass er in einem Rettungswagen lag und einer der Sanitäter dabei war, mit Yaiza Teetzmann zu flirten. Endlich bequemte man sich, zur Kenntnis zu nehmen, dass er die Augen wieder aufgeschlagen hatte.

»Na, Gott sei Dank!«, rief Yaiza Teetzmann. Dies trotz ihrer atheistischen Erziehung in Marzahn. »Es ist nichts weiter passiert, du hast nur ’ne kleine Wunde an der linken Wade. Und die ist bereits bestens versorgt.«

»Warum hast du eigentlich versucht, mich zu erschießen und nicht den Hund?«

»Na, rate mal. Aber der ist tot – und du hast nur ’n Streifschuss. Also, willst du jetzt abtreten vom Dienst oder …?«

Kommissar Mannhardt wälzte sich von der Liege, kletterte aus dem Wagen und machte ein paar Schritte. »Nein, danke, es geht … Wo wir in Berlin überall sparen sollen, spare ich mir das Jammern. Los, nehmen wir diesen Wumke in die Mangel.«

Uwe Wumke erfreute sich der Bewachung durch zwei Schutzpolizisten. Er trauerte um seinen Pitbull und schwor sich, Yaiza Teetzmann vor Gericht zu bringen. »Diese Mörderin, die!«

»Apropos: Mord, Herr Wumke … Sie haben den Sebastian Haase ja schon immer mal ermorden wollen …«

»Wat man so sagt, wenn man uff Hundert is.« Wumke strich sich über seine Glatze.

»Sie pflegen ja Ihren Hass auf Haase schon seit Jahren, seit er es gewagt hat, sein dreckiges Fahrrad in den Hausflur zu stellen, den Sie gerade gewischt hatten.«

Das wussten Mannhardt und Yaiza Teetzmann von Sarah Laws, dass Haase und Wumke jahrelang im selben Hochhaus gewohnt hatten.

»Und dann haben Sie den Leuten dubiose Fondsgeschäfte vermittelt – und Haase hat dafür gesorgt, dass man Ihnen das Handwerk legt. Das hat die Sache noch einmal eskalieren lassen. Und Sie sind ja ein Mensch, für den Rache etwas Heiliges ist.«

»Zujegeben, 'n blödet Schwein is det schon jewesen.« Wumke hatte einen der vielen Pickel zwischen Ohr und Nase aufgepolkt und besah sich nun die Masse aus Blut und Eiter, die er am rechten Zeigefinger kleben hatte. »Ick hätte ihn umbringen können, da ham Se Recht, aber ick hab et nich jetan.«

Wumkes Laube war angefüllt mit Trimmgeräten aller Art, und er hatte auch die Figur eines Bodybuilders. So war Yaiza Teetzmanns Frage selbstverständlich, ob er denn auch jeden Morgen joggen würde.

»Klar. Bloß heute nich.« Wumke grinste. »Und wenn Se nach mei'm Alibi fragen: Die Romina is die janze Nacht hier bei mir jewesen.«

Mannhardt war vom Ehrgeiz gepackt. »Vielleicht schaffen wir es noch, den Fall Haase diesen Sonntag aufzuklären, an einem Tag also. Dann kann der Senat endlich mal positive Werbung machen: Berlin – wer morgens mordet, ist abends schon im Knast gelandet.«

Aber noch waren Mannhardt und seine Kollegin Yaiza Teetzmann von ihrem hehren Ziel weit entfernt. Diese Romina, von der Wumke gesprochen hatte, kam aus dem Rotlicht-Milieu und tat alles, was man von ihr verlangte, und damit war auch das Alibi des Hausmeisters ziemlich wertlos. Sie mussten also weitersuchen und fuhren deshalb zu Hans-Gert Hagenow, dem dicken Vereinsvorsitzenden von Askania 1900.

»Was macht der eigentlich beruflich, dass er sich so einen Verein als Hobby leisten kann?«, fragte Mannhardt, um sich gleich selber die Antwort zu geben. »Ah, Raumausstatter ist er. Na, logisch bei einem Fußballnarren wie ihm: Wird er den Raum ausgestattet haben, aus dessen Tiefen Günther Netzer einstmals gekommen ist.«

Bei Hagenow im Büro war dann Yaiza Teetzmann eher am Ball. »Sagen Sie mal ... Kann es nicht auch einer aus der Mannschaft selber gewesen sein, einer der neidisch auf Sebastian Haase war ...? Neid ist ja nicht nur eine der sieben Todsünden, sondern allemal ein Motiv für eine Affekttat wie diese.«

Der Herr der Askanier dachte lange nach. »Nein, denn wir alle sind eine verschworene Gemeinschaft, die nichts anderes im Kopf hat als den Aufstieg in die zweite Bundesliga.«

»Was ja nach Haases Entschluss wegzugehen, nicht nur illusorisch, sondern auch unsinnig geworden war. ›Von nun an geht's bergab‹, wird's in Ihrer Mannschaft geheißen haben – getreu nach der Knef. Und wem werden die Spieler wohl die Schuld daran gegeben haben: Sebastian Haase natürlich! ›Der kriegt seine zehn Millionen – und wir haben leere Portemonnaies, der ist der Winner, wir sind die Loser.‹ Und da wollen Sie uns weismachen, es gab keinen Neid in Ihrer Mannschaft. Nun mal raus mit der Sprache, es geht hier schließlich um ein Kapitalverbrechen: Wer hat Haase den Erfolg so sehr geneidet, dass er sogar zu einer solchen Tat fähig gewesen wäre ...?«

Nach nochmaligem Zögern kam es dann ganz leise: »Na, höchstens der Rio ...«

»Wie: Rio Reiser? Der hat doch a) nicht bei Ihnen gespielt und ist b) schon seit 1996 tot …«

»Nein, unser Argentinier, der Marcelo Pecos. Sein erster Trainer war ein Karl-May-Fan und hat ihn deshalb immer Rio gerufen.«

»Ah ja …« Kommissar Mannhardt wusste Bescheid. Winnetou und seine Apachen – beziehungsweise Apatschen – hatten ihre Jagdgründe unten am Rio Pecos gehabt. »Danke für den Hinweis.« Fehlte nur, dass er die genialen Gaben eines Old Shatterhand hatte. Der hätte nur einen schnellen Blick auf die Fährten am Tatort werfen müssen und sofort gewusst, wer die Nummer 10 vom Stamme der Askanier erschlagen hatte.

Marcelo Pecos wohnte in Hermsdorf, in der Hedwigstraße, also auch nur ein paar Jogger-Minuten vom Tatort entfernt, und zwar allein in einer Doppelhaushälfte, die Hagenow gehörte. Als der Fußballspieler Mannhardt und Yaiza Teetzmann öffnete, glaubte Mannhardt, Diego Maradonas Double vor sich zu haben. Das war dann auch der Anknüpfungspunkt, als sie am Esszimmertisch Platz genommen hatten.

»Señor Pecos, der Verein, bei dem Sie spielen, der SC Askania 1900 ist ja nun leider nicht der SC Neapel …?«

Pecos wich Mannhardt aus. »In Deutschland setzen sie alle auf Brasilianer, obwohl der argentinische Fußball dem deutschen viel ähnlicher ist.«

Mannhardt schmunzelte. Wenn der Mann so akzentfrei deutsch spielte wie er sprach, konnten sie auch gleich einen Deutschen nehmen. »Sie sind in Dortmund nicht zum Zuge gekommen, haben dann da in der Amateur-Mannschaft gespielt und waren schließlich froh, bei Askania 1900 ein paar Euro zu verdienen.«

»Das war nur als Übergang. Wenn wir aufgestiegen wären, dann ... Auch jetzt schon: Was meinen Sie, wie die Spielerbeobachter an der Seitenlinie stehen, wenn ich spiele ... Von Union, Hertha und Bayern, von allen Bundesliga-Vereinen.«

»Und dann nehmen die nicht Sie, sondern ihren Mitspieler Sebastian Haase und werfen dem ein so genanntes Darlehen in Höhe von zehn Millionen Euro hinterher. Das muss Sie doch mächtig getroffen haben, geschmerzt haben ...«

Rio Pecos blieb ganz cool. »Nein, ich habe mich mit dem Bastian zusammen riesig gefreut.«

»Trotzdem halten Sie einige im Verein für den Täter«, sagte Yaiza Teetzmann. »Was haben Sie denn zur Tatzeit gemacht, heute Morgen so zwischen sechs und sieben Uhr ...?«

»Geschlafen. Hier nebenan in diesem Bett – und zwar allein.«

Was ihn weiter frustriert haben dürfte, dachte Mannhardt, aber mit einem Fakt wie diesem und einem fehlenden Alibi konnte man keinen in die Untersuchungshaft bringen. Der Richter würde nur müde abwinken: »Wenn Sie weiter nichts haben.« Nein, hatten sie nicht. Nicht nur Artisten unter der Zirkuskuppel konnten mächtig ratlos sein. »Na dann: Auf Wiedersehen ...«

Als sie draußen im Wagen saßen, meldete sich einer der Kriminaltechniker aus ihrem Team per Handy. »Es ist alles noch vorläufig, aber der Gerichtsmediziner hat sich Haase im Institut in Dahlem gleich mal angesehen. Und wir haben uns parallel dazu noch einmal die Skizzen vom Tatort vorgenommen. Du, der Täter – oder die Täterin – ist mit großer Wahrscheinlichkeit Linkshänder, Linkshänderin …« Mannhardt bedankte sich und gab die Information an Yaiza Teetzmann weiter.

»Tut mir Leid, mir ist bei keinem unserer Tatverdächtigen etwas aufgefallen.«

»Mir auch nicht … Doch, warte mal …!« In diesem Augenblick hatte er, was selten vorkam, eines dieser sprichwörtlichen Aha-Erlebnisse.

Michael, Mannhardts Sohn aus erster Ehe, wohnte mit seiner Familie am Hermsdorfer Damm, und so hatte es nahe gelegen, schnell zu ihm zu fahren und ihn zu bitten, seinen Computer einzuschalten und im Internet nach »etwas über Linkshänder« zu suchen. Nach einer Viertelstunde war er fündig geworden und konnte seinem Vater eine Liste berühmter Linkshänder ausdrucken: Alexander der Große, Muhammed Ali, Aristoteles, Ludwig van Beethoven, Charlie Chaplin, Bill Clinton, Albrecht Dürer, Bob Dylan, Albert Einstein, Henry Ford, Mahatma Gandhi, Bill Gates, Greta Garbo, Franz Kafka, Karl der Große, Ivan Lendl, Leonardo da Vinci, Diego Maradona, Paul McCartney, Michelangelo, Marilyn Monroe, W. A. Mozart, Martina Navratilova, Friedrich Nietzsche, Isaac Newton, Pele, Robert Redford, Bubi Scholz, Robert Schumann und Ringo Starr.

Mannhardt las sie Yaiza Teetzmann alle vor, und als er fertig war, sah er sie an, als ginge es um die 100 000-Euro-Frage: »Weißt du nun, wer unser Linkshänder ist?«

Sie überlegte eine Weile. »Wo gibt's denn da Parallelen? Zwei vom Tennis sind dabei. Sarah Laws ist zwar keine Tennisspielerin, aber auch fürs Speerwerfen braucht man ja einen kräftigen Armzug …«

Mannhardt schüttelte den Kopf: »So kommt man doch nicht weiter. Kleiner Denkfehler.«

Doch Yaiza Teetzmann war noch nicht bereit, das Handtuch zu werfen. »Dann vielleicht dieser Uwe Wumke, der ist doch Boxer gewesen – genau wie Bubi Scholz.«

»Auch nicht. Die Sportart hat doch nichts mit Linkshändern zu tun. Denk doch mal nach. Diese ganzen Namen da! Maik Patschinsky ist es gewesen. In seinem Zimmer hängt überm Sofa diese ganze Ahnengalerie der Linkshänder. Ich hab mich, als wir da waren, gewundert, was das soll – jetzt weiß ich's. Nichts wie hin.«

Yaiza Teetzmann gab sich kulturkritisch. »Er wird sich freuen, dass er morgen der Mann des Tages ist. Ich bin in den Medien, also bin ich.«

»Erst in den Medien, dann im Knast.«

Maik Patschinsky war allein zu Haus, als sie am Zabel-Krüger-Damm erschienen. Mannhardt erklärte ihm, dass man noch einige Punkte zu klären habe. »Bei Haase ist auch ein Drohbrief eingegangen, und darum müssen wir von allen Verdächtigen das Schriftbild der Drucker vergleichen.« Das war natürlich nur eine Finte, um Patschinsky an seinen Computer zu locken. Und richtig: Er bediente die Maus mit der linken Hand.

Mannhardt setzte zu einem kleinen Vortrag an. »Ach, Linkshänder sind Sie, Herr Patschinsky, interessant. Wie Ihre großen Leidensgenossen hier an der Wand, Maradona und Co. Ja, wie soll ich beginnen … Heute wissen wir zwar, dass Linkshändigkeit völlig normal ist, und dennoch werden Linkshänder noch immer diskriminiert. Das steckt noch so drin in uns, seit der berühmte Cesare Lombroso Linkshändigkeit als ein Merkmal der Degeneration beschrieben hat und Linkshänder grundsätzlich als Tölpel gegolten haben. Das »böse Händchen« hat man sogar eingegipst, um es stillzulegen und die Kinder auf rechts umzupolen. Dabei löst gerade das die Schwierigkeiten aus, dass man mitunter ungeschickter ist, dass man eine schlechte Handschrift hat. Und bei Ihnen – wie war das da: Hat man Sie auch gehänselt?«

»Ja, in der Klasse schon manchmal. Da kommt ja unser Linkspatsch! Klar, wenn man Patschinsky heißt. Und mein Vater hat mich verprügelt, als ich nicht mit rechts schreiben und mit rechts die Zange und den Schraubenzieher halten wollte.«

»Und da haben Sie Trost bei denen hier gesucht …« Mannhardt zeigte abermals auf die Linkshänder-Sammlung an der Wand.

»Ja. Die haben's ja alle zu was gebracht.«

Yaiza Teetzmann war etwas ungeduldig geworden. »Kurz und gut, Herr Patschinsky, was sagen Sie nun dazu, dass Sebastian Haase mit Sicherheit von einem Linkshänder erschlagen worden ist?«

»Was ich dazu sage …?« Maik Patschinsky zögerte zwar einen Augenblick, war aber weit davon entfernt, die Nerven zu verlieren. »Wenn man alle dazu zählt, die freiwillig oder unter Zwang umgeschult worden sind, dann haben wir fast fünfzig Prozent Linkshänder in Deutschland.«

»Aber nur einen unter unseren vier Tatverdächtigen«, konterte Mannhardt. »Nämlich Sie.«

Yaiza Teetzmann kam zu ihm, um ihm etwas ins Ohr zu flüstern. »Was mit den anderen drei los ist, wissen wir doch noch gar nicht. Wohl ein kleiner Kunstfehler …« Dies als Retourkutsche.

Nun … Sie wussten das zwar, aber Maik Patschinsky wusste es nicht, und so hatte er eine halbe Stunde später ein umfassendes Geständnis abgelegt.

»Ja, ich stehe voll dazu: Verräter gehören umgebracht!

Mein Vater hat mich nur schützen wollen. Mit seinem Alibi. Ich habe nicht im Bett gelegen, ich bin wirklich heute Morgen joggen gegangen und habe den Bastian da unten am Tegeler Fließ seine Liegestütze machen sehen. Da ist es dann passiert. Einfach so. Ich weiß auch nicht wie. Ganz automatisch. Seine Schuld, warum ist er nicht bei Askania 1900 geblieben?!«

Blutiger Advent

Seit zwölf Jahren war der erste Advent ein Ritual, auf das sich Edith Reinsch schon lange vorher freute. Da kamen fünf auserwählte Freundinnen zu ihr nach Wilmersdorf, um die Weihnachtspyramide anzuschieben, wie das bei ihnen hieß. Gleich nach der Wende hatte man das gute Stück bei einem Holzbildhauer in Wolkenstein im Erzgebirge gekauft.

»Weißt du noch, Lottchen, wie du dem Mann beim Schnitzen zugesehen hast …? Richtig becirct hast du den. Dann hat er sich auch prompt in den Finger geschnitten.«

»Ja, und ich hab gelacht und gesagt: Dass Ihnen solche Schnitzer unterlaufen können, das hätte ich ja nie gedacht.«

»Ein Jahr später habt ihr dann geheiratet.«

»Das war nun wiederum mein größter Schnitzer – aber das hat sich ja nun von selbst erledigt …«

Die Rentnerinnen konnten sich nun ausschütten vor Lachen. So ging das schon, seit sie gesungen hatten: »Advent, Advent,/ ein Lichtlein brennt./ Erst eins, dann zwei, dann drei, dann vier,/ dann steht das Christkind vor der Tür.«

Die rote Kerze, akkurat auf den selbst gebundenen Adventskranz gesteckt, war den ersten Zentimeter hinuntergebrannt. Ihr helles, flackerndes Licht beleuchtete die Ruine des fast aufgegessenen Napfkuchens. Edith Reinsch lief in die Küche, öffnete ihren Kühlschrank und kam mit einer Flasche Champagner zurück. Unter dem Jubel der anderen wurde die dann wie jedes Jahr von Gretchen geköpft. Keine schaffte es wie sie, den Korken kunstvoll gegen die Decke zu schießen und die anderen so vollzuspritzen wie bei einer Siegesfeier der Formel-1-Rennfahrer. Auch diesmal wieder gelang es ihr.

»Noch ein Loch in der Decke!«, jammerte Edith Reinsch.

»Besser ein Loch in der Decke als eins im Bauchfell«, war Margots Trost.

»Und der Knall. Da schickt mir die Hettstedt wieder einen Brief, dass man die Sonn- und Feiertagsruhe zu beachten habe.«

»Deine Vermieterin wohnt doch unter und nicht über dir«, warf Annettchen ein.

Nach ein paar Minuten hatte Edith Reinsch alles vorbereitet, das heißt, die Kerzen auf der Bodenplatte an der Weihnachtspyramide sämtlich angezündet. Doch die Heiligen Drei Könige, die Sternensänger, die Mohren und all die anderen entzückenden Figuren auf den einzelnen Ebenen drehten sich noch nicht, weil sie ein dünner weißer Zwirnsfaden, der am anderen Ende an eine Stuhllehne gebunden war, fixierte. Nun griff die Gastgeberin zu einer großen Papierschere, und die anderen begannen zu zählen: »Zehn, neun, acht …« Dann kam das heiß erwartete Schnipp – und die Pyramide begann sich zu drehen. Alle stießen sie nun an, schlürften ihren Champagner und wünschten sich eine frohe Adventszeit.

Eigentlich war jetzt eine lange Canasta-Runde angesagt,

doch Lottchen sah sich wegen ihrer schmerzenden Gichtknoten außer Stande, die vielen ausgeteilten Karten in der Hand zu halten, und schlug daher vor, mal wieder Roulette zu spielen. Die anderen jubelten, doch Edith Reinsch war wenig begeistert: »Das Roulettespiel liegt unten im Keller.« Was half es, die anderen drängelten so lange, bis sie nachgab und den Kellerschlüssel vom Haken nahm. »Aber nur, wenn Lottchen mitkommt: Da unten ist es immer so gruselig.« Nach deren Zustimmung stiegen sie von der zweiten Etage zum Keller hinunter.

»Psst!«, machte Edith Reinsch, als sie an der Wohnung der Hauseigentümerin vorbeikamen. Auf Zehenspitzen passierten sie die Gefahrenzone. Dass die Kellertür nicht abgeschlossen war, ärgerte die Reinsch. »Die Kinder immer …« Das Kellergeschoss war zweigeteilt. In der einen Hälfte befand sich die Heizanlage, in der anderen hatte ein jeder Mieter einen etwa zwei mal drei Meter großen Verschlag, begrenzt von ungehobelten und grob zusammengenagelten Brettern. Obwohl die Leute hier zumeist Gerümpel lagerten und höchstens einmal ihr Fahrrad abstellten, waren die Türen zu den Verschlägen allesamt mit Vorhängeschlössern gesichert.

Edith Reinsch hatte den Keller Nummer 6, und als sie ihn aufschloss, erklärte sie ihrer Freundin, dass keiner so ordentlich sei wie ihrer. Dennoch musste sie eine Weile nach dem länglichen Kasten mit dem Roulettespiel suchen. »Offenbar steckt er ganz unten. Lottchen, leuchte doch mal.«

»Gott, die Taschenlampe haben wir oben liegen lassen. Ich kann nur meinen Geist leuchten lassen.«

Darauf mochte Edith Reinsch keine Antwort geben. Das Halbdunkel sprach für sich. Andererseits kaschierte es auch ihren Sperrmüll. Jedenfalls fuhr sie mit ihrer rechten

Hand mitten ins Gerümpel hinein, wühlte in aufeinander gestapelten Plastiktüten herum und suchte das Roulette unter einem wackeligen Teetisch und einem ausrangierten Lattenrost.

Plötzlich griff sie in etwas Feuchtes. Das Abflussrohr wieder …? Oder hatten die Ratten …? Vom Ekel erfasst zog sie ihre Hand zurück.

»Iiii – das ist ja Blut!«

Ihr Schrei hallte durch das ganze Haus.

Hans-Jürgen Mannhardt, Erster Kriminalhauptkommissar und Leiter der 12. Mordkommission, saß am Wohnzimmertisch und spielte im Scheine der Adventskerze mit seinem kleinen Sohn Silvio Memory. Dies sehr ungern, denn in letzter Zeit gewann er kaum noch. Die Zeiten waren vorbei, als er in der Kita zum Entsetzen der Erzieherin und der anderen Eltern cool gesagt hatte: »Ich schlage meinen Sohn täglich …« – um erst Sekunden später hinzuzufügen: »Na, beim Memory.« Verdammt, wo war die zweite Karte mit dem roten Apfel? War es die fünfte Karte in der obersten Reihe oder die sechste? Er zögerte lange – und deckte dann mit nachtwandlerischer Sicherheit die falsche auf.

Silvio nahm es gelassen auf, aber Heike, die Frau, die sein Leben »gefährdete«, wie Mannhardt gerne kalauerte, konnte ein gemeines Feixen nicht völlig unterdrücken: »Wenn ihr bei eurer Arbeit auch so viel Fortune entwickelt …«

Kurz darauf klingelte das Telefon. »Wenn man vom Teufel spricht …«, murmelte Mannhardt.

Es war Yaiza Teetzmann, seine erprobte Mitarbeiterin aus dem schönen Marzahn. »Du kannst deine Adventskerze auspusten: In Wilmersdorf, in der Bruchsaler Straße, liegt eine Tote im Keller.«

Hans-Jürgen Mannhardt war ein eingefleischter Nord-Berliner, und somit lag Wilmersdorf für ihn fast schon in Bayern. Prompt verpasste er die Ausfahrt Detmolder Straße und musste bis zum Innsbrucker Platz auf der Autobahn bleiben, um dann abzufahren und zu wenden. Bis vor einer halben Stunde hatte er gar nicht gewusst, dass es in Berlin eine Bruchsaler Straße gibt, und erst im Stadtatlas nachsehen müssen. Gleich hinter dem Bundesplatz lag sie und führte in leichter Krümmung von der Wex- zur Durlacher Straße. Kaum Kriegsschäden, fand er, als er einbog, Heimat der bundesweit bekannten Wilmersdorfer Witwen. An sich Schutzmannsruh, aber heute angefüllt mit Blaulicht und Entsetzen. Hinter einem der grünen Mannschaftswagen fand er einen Parkplatz und stieg aus, um sich in den Keller führen zu lassen.

Yaiza Teetzmann, seit Urlaubsende mit kurzen blonden Haaren und noch mehr Powerfrau als sonst, begrüßte Mannhardt wie immer mit einer freundschaftlichen Umarmung. Sie hatte die wichtigsten Fakten schon parat: »Bei der Toten handelt es sich um die 41-jährige Hauseigentümerin Hanna Hettstedt. Sie ist mit hoher Wahrscheinlichkeit im Keller erschlagen worden, und zwar auf dem Gang hier, und dann in einen der Verschläge geschleift worden. Die Mordwaffe haben wir auch schon: einen Weihnachtsbaumständer.«

»Wie passend für diese Jahreszeit«, merkte Mannhardt an. »An sich hätte es aber ein Adventskranz sein müssen.«

»Kränze wird sie bald genug haben«, fügte Yaiza Teetzmann hinzu.

»Bitte ein bisschen pietätvoller«, mahnte Mannhardt, während sie sich der Toten näherten. Schrecklich, wie immer. Er war lange genug im Dienst, um leichenfest zu sein, aber noch immer nicht immun gegen einen Anblick wie diesen. »Sag mal: Ist das ihr eigener Verschlag, in dem sie liegt?«

»Nein, die Hettstedt hatte die Nummer 4, gefunden wurde sie aber in Nummer 5. Und der Zeugin Reinsch, die die Tote entdeckt hat, gehört Keller Nummer 6. Da ist das Blut rübergeflossen.«

Mannhardt überlegte. »Wenn die Hettstedt in ihrem Keller liegen würde, dann wäre die Sache sonnenklar: Sie will ihren Weihnachtsbaumständer aus dem Keller nach oben holen, zieht ihn aus ihrem Verschlag, stellt ihn ab, als sie abschließen und wieder nach oben gehen will – und wird erschlagen. Der Täter will sie nicht im Gang liegen lassen, sondern in einem Verschlag verstecken, um Zeit zu gewinnen – auch klar. Aber warum schleift er die Hettstedt dann nicht zurück in ihren eigenen Verschlag mit der Nummer 4?«

»Den hat sie doch wieder abgeschlossen gehabt, oder … Mit dem Nummernschloss da, siehste ja. Also hatte der Täter keine Chance.«

Mannhardt checkte die Sache noch immer nicht ganz. »Und der Verschlag nebenan, die Nummer 5 – der hat zufällig offen gestanden?«

»Als wir kamen, war er jedenfalls auch verschlossen. Und zwar ebenfalls mit einem Nummernschloss. Mit der Leiche drin.«

Mannhardt griff auf Sokrates zurück. »Dann weiß ich nur, dass ich nichts weiß. Und wem gehört der Verschlag mit der Nummer 5?«

»Einer Mieterin mit Namen Gehlberg. Marie-Luise. Über die hat mir die Reinsch auch schon einiges erzählt. Zu Hause ist sie auch.«

»Schön, dass hier jemand Reinsch heißt.« Das ließ sich Mannhardt nicht entgehen.

»Auf, auf zur Gehlberg!« Yaiza Teetzmann stieß ihn voran.

Für Mannhardt war es immer wieder eine gewisse voyeuristische Lust, eine fremde Wohnung zu betreten, und diese steigerte sich noch, wenn die Räume einer so attraktiven Frau wie der Gehlberg gehörten. Sie war 39 Jahre alt und von Beruf Physiotherapeutin. Die großformatigen Fotos in ihrem Flur zeigten sie als Volleyballerin. Wie sie zum Netz hochstieg und schmetterte. Länger und schöner konnten Beine kaum sein. Mannhardt stellte sich vor, nicht als Kommissar zu ihr zu kommen, sondern als ihr Lover. Sie wurden hereingebeten und im Wohnzimmer auf der Couch platziert. Die Einrichtung war lupenreiner Vorabendserien-Stil.

»Okay, dann wollen wir mal, Frau Gehlberg.« Yaiza Teetzmann liebte es, sofort zur Sache zu kommen. »Das ist ja nun wirklich überraschend, dass man die Tote ausgerechnet in Ihrem Kellerverschlag gefunden hat.«

Marie-Luise Gehlberg brach in Tränen aus und musste erst nach einem Taschentuch suchen. »Hanna war meine älteste Freundin.«

Mannhardt nahm den Faden auf. »Das tut uns Leid, Frau Gehlberg, aber damit ist unsere Frage noch nicht beantwortet: Wie kommt die Tote in Ihren Keller?«

»Weiß ich doch nicht. ›Wie kommt Kuhkacke aufs Dach?‹, hat meine Oma immer gefragt. Ich war vor einer Woche zum letzten Mal unten im Keller.«

Warum ist sie so aggressiv?, fragte sich Mannhardt, blieb aber gelassen. »Und haben da Ihren Verschlag wieder sorgfältig verschlossen?«

»Ja, wie immer. Mit meinem alten Nummernschloss.«

»Dessen Nummer kannte wer?«

»Nur ich.«

»Nur Sie?«, fragte Yaiza Teetzmann nach.

»Ja.«

»Und wann und wo haben Sie das Ding gekauft?«

»Ich nicht. Das war schon da, das hab ich beim Einzug übernommen mitsamt der Nummer. Aber das ist ja schon ewig her.«

Yaiza Teetzmann wollte noch weiter nachhaken, aber Mannhardt unterbrach sie.

»Die Tür wurde mit Sicherheit nicht aufgebrochen. Der Täter, die Täterin muss also die Zahlenkombination gekannt haben. »Welche Zahlen waren es denn ...?«

Die Gehlberg zögerte nicht lange. »Sieben – eins – sieben – zwei.«

»Ah ja, danke.« Mannhardt notierte: 7172. »Ihr Geburtstag: 7.1.72 ...?«

»Sehr charmant. Nein, ich bin 1963 auf die Welt gekommen. Aber Sie sind ja ein zweiter Johannes Heesters.«

Mannhardt hatte am Vergleich mit dem greisen Operettenstar schwer zu knabbern und zögerte nicht, sich ein wenig zu revanchieren. »Dass Sie unter Mordverdacht stehen, können Sie sich denken ...?«

»Ich, wieso?«

»Weil ...« Yaiza Teetzmann warf einen Blick auf ihre Notizen. »Alle hier im Haus wissen doch, was zwischen Ihnen und Hanna Hettstedt gewesen ist. Als Ihre Freundin wegen einer Knieoperation ins Krankenhaus musste ... Vorher hatte Hanna Sie gebeten, sich ein bisschen um ihren Mann zu kümmern. Was Sie dann ja auch getan haben – allerdings mit dem Ergebnis, dass Horst-Eberhard anschließend von der ersten in die vierte Etage gezogen ist, von Hanna zu Ihnen. Aber die Ermordete hatte ihren Mann nicht freigeben wollen, sie hat um ihn gekämpft. Offensichtlich auch mit Erfolg, denn ich habe gehört, dass er Weihnachten wieder mit seiner Frau verbringen wollte.«

Marie-Luise Gehlberg wand sich. »Ja schon, aber …«

Mannhardt fixierte sie. »Aber ein Alibi haben Sie? Heute vor 17 Uhr?«

»Ich war heute nach dem Essen hier bei mir in der Wohnung und habe geschlafen.«

»Mit wem?«, entfuhr es Mannhardt.

»Allein!«

»Also nicht mit Herrn Hettstedt?«

»Fragen Sie doch Horst-Eberhard selber«, kam es von der Gehlberg, und zwar wiederum ziemlich patzig.

Die 12. Mordkommission hatte ihren Arbeitsplatz am Abend des ersten Advent in der Wohnung der ermordeten Hanna Hettstedt. Ihre Sachen waren durchzusehen. Ob sich irgendwo ein Hinweis fand. Und Mieter mussten befragt werden. Vor allem aber hofften Mannhardt und Yaiza Teetzmann, dass Horst-Eberhard, der Noch-immer-Ehemann des Opfers, auftauchen würde. Der war und blieb verschwunden. Die Gehlberg wollte keine Ahnung haben, wo er sich aufhielt, seit er bei ihr wieder ausgezogen war, und die amtliche Abfrage hatte auch nichts gebracht.

»Vielleicht lebt er im Grunewald in einem Erdloch«, sagte Mannhardt. »Wir sollten Bundeswehr-Tornados mit Infrarotkameras anfordern.«

Yaiza Teetzmann war zu sehr sozialistische Fundamentalistin, als dass sie an dieser Hervorbringung westlich-dekadenter Ironiekultur ihre Freude gehabt hätte, und blieb folglich ernst. »Wenn er's wirklich war, ist er jetzt auf der Flucht.«

»Ihn zur Fahndung auszuschreiben, dafür reicht der Anfangsverdacht ganz sicher nicht.« Mannhardt gähnte. »Gucken wir uns mal an, was die Hettstedt im Computer und in ihren Leitz-Ordnern hat. Setz du dich mal vor den Bildschirm, ich übernehme das Gedruckte.«

Die Hauseigentümerin hatte für jede ihrer Wohnungen einen Ordner angelegt, auch für die eigene. Mannhardt begann zu blättern. Zumeist waren es Miet- und Heizkostenabrechnungen, aber auch viele Briefe von Mietern, die sich über ihre lärmenden Nachbarn wie über den Schmutz im Treppenhaus beschwerten. Zudem wurden fällige Reparaturen angemahnt. Besonders viel Ärger schienen die Mieter einer Wohnung gehabt zu haben – und zwar in der vierten Etage rechts, wo es seit Jahren immer mal wieder durchregnete. Jeder gab seiner Empörung anders Ausdruck. Eine Margarete Mertens drohte der Hettstedt mit dem Zorn Gottes, wenn sie nicht bald für neue Dachziegel sorgte. Ihr Nachfolger, ein Johannes Nordmeier, schwor, eines Tages auch die Wohnung der Vermieterin unter Wasser zu setzen. Der nächste Mieter, ein gewisser Gerald Cossmann, wollte einen Roman schreiben und die Hettstedt darin als herzlose Blutsaugerin brandmarken, nach ihm kam Marie-Luise Gehlberg. Die hatte in ihrem Brief gedroht: »Wenn da nicht bald etwas passiert, entziehe ich dir, liebe Hanna, für immer die Freundschaft.«

Am Computer schrie Yaiza Teetzmann plötzlich auf: »Du, guck mal, das ist ja eine interessante E-Mail hier! An eine offenbar neue Freundin in Bremen.«

Mannhardt ging zum Bildschirm hinüber und las mit: »Ach, liebe Susanne, das ist eine schwierige Sache mit meinem Mann. Einerseits ist er ein liebenswerter Mensch und wunderbarer Liebhaber, andererseits aber … Eigentlich ist er ja Maschinenbauingenieur, aber nun – seit sie ihn bei Kötterheinrich gefeuert haben – nur noch Langzeitarbeitsloser. Er trinkt, sitzt dauernd in Spielhallen herum, treibt es mit meiner besten Freundin und ist hinter meinem Geld her, um damit die Firma Kötterheinrich zu kaufen und sich für den Rausschmiss zu rächen …«

»Wenn das kein Motiv ist«, merkte Yaiza Teetzmann an.

»Den Seinen gibt's der Herr im Schlafe«, war eine von Mannhardts Lieblingswendungen, und als er am Montagmorgen vom Telefon aus dem Schlaf gerissen wurde, da war es Yaiza Teetzmann mit der Mitteilung, dass man Horst-Eberhard Hettstedt volltrunken und leicht lädiert am Breitenbachplatz aufgelesen und ins Klinikum Benjamin Franklin gebracht habe.

»Dann nichts wie hin!« Wieder musste sich Mannhardt vom hohen Norden, sprich Tegel, in den tiefen Süden begeben. Diesmal aber reiste er mit Bahn und Bus. Das musste ihn derart erschöpft haben, dass er, als sie ins Zimmer des »mutmaßlichen Tatverdächtigen« traten, geistesabwesend »Guten Tag, Herr Bettstedt« sagte. Yaiza Teetzmann stöhnte leise auf. Sie begrüßten Hettstedt und setzten sich ans Bett.

»Meine arme Hanna! Ich kann das alles nicht fassen.« Hettstedt, der furchtbar elend aussah, bekam einen regelrechten Weinkrampf. Erst nachdem ihm eine herbeieilende junge Ärztin eine Beruhigungsspritze gegeben hatte, ging es wieder. Er schilderte, wie er seine Frau kennen gelernt hatte. »Hanna war Grundschullehrerin, und erst 1992 hat sie das Mietshaus in der Bruchsaler Straße von ihrer Mutter geerbt. Da hat sie dann in der Schule aufgehört, auch weil ihre Bandscheibe ihr so zugesetzt hat. Von den Mieteinnahmen kann man ja, konnte man ganz gut leben.«

Yaiza Teetzmann hatte ganz genau hingehört. »... kann man ja, sagen Sie. Sie auch? Erben Sie denn alles?«

Hettstedt fuhr hoch, und sein eben noch so blasses, fast gelbliches Gesicht verfärbte sich in Richtung bläulich-rot. »Wenn Sie meinen, dass ich sie deswegen ...!«

Mannhardt hatte sich umgehört und wusste, dass Hettstedt mit hoher Wahrscheinlichkeit Alleinerbe war. Kinder hatten sie nicht, und auf Seiten seiner Frau gab es keine erbberechtigten Verwandten. »Wir wollen Ihnen nichts unterstellen, Herr Hettstedt, wir sammeln nur die Fakten. Und ein Fakt zum Beispiel ist, dass Sie bei der Firma Kötterheinrich rausgeflogen sind und sich geschworen haben, den ganzen Laden einmal aufzukaufen und Ihrerseits diejenigen zu feuern, die Sie gefeuert haben. Eine richtige fixe Idee soll das bei Ihnen sein.«

»Irgendeinen positiven Anker muss der Mensch doch haben.«

»Ich denke, Ihr positiver Anker ist Frau Gehlberg gewesen?«

»Nein, die hat mich nur benutzt. Ich wollte ja auch wieder zu Hanna zurück.«

Mannhardt hatte an dieser Stelle eine Art Aha-Erlebnis: Dass sich die beiden getrennt haben, ist womöglich nur ein Trick, um uns auf die falsche Fährte zu locken, dachte er – in Wahrheit haben der Hettstedt und die Gehlberg die Tat wohl gemeinsam verübt.

Ein ausreichendes Alibi hatte auch Horst-Eberhard Hettstedt nicht. Er erklärte, zur Tatzeit im Wilmersdorfer Volkspark spazieren gegangen zu sein. »Weil ich mich nicht getraut habe, bei Hanna zu klingeln ... So, wie ich angezogen war. Ich habe ja im Obdachlosenheim in der Tromsöer Straße gewohnt.«

»Wenn Sie es nicht gewesen sind – wer käme denn Ihrer Meinung nach als Täter in Frage?«

Hettstedt überlegte nur kurz. »Vielleicht der Liebhaber, den Hanna zuletzt gehabt hat – Brehna heißt der Mann, Raoul Brehna. Oder der Ex-Mieter, der sie immer bedroht hat, dieser Irre da, der Cossmann.«

Seine Lebensgefährtin war es, die Mannhardt am Dienstagmorgen auf eine Spur brachte, auf die er von selber nie gekommen wäre. »Hast du mal daran gedacht, dass für den Mord an der Hettstedt auch der Täter vom Tempelhofer Damm in Frage kommen könnte?«

»Nein, denn a) ist dafür eine andere Mordkommission zuständig und b) handelt es sich da um einen Triebtäter, der seine Opfer vorher nicht gekannt hat, während wir in der Bruchsaler Straße von einer Beziehungstat ausgehen müssen.«

Heike ließ sich nicht so leicht überzeugen. »Ich würd's aber trotzdem nicht ausschließen. Vielleicht wollte er ja die Hettstedt ... und ist nur gestört worden.«

»Na schön, dir zuliebe.« Und so war Mannhardt zu den Kollegen gegangen, um sich kundig zu machen. Die hatten anhand von Zeugenaussagen und gentechnischen Analysen herausbekommen, dass es sich bei dem Täter vom Tempelhofer Damm mit an Sicherheit grenzender Wahrscheinlichkeit um den 29-jährigen Bauhilfsarbeiter Oliver Rackwitz aus Marienfelde handelte. Die Fahndung lief schon.

Mannhardt liebte es, als einsamer Wolf durch die Straßen zu ziehen, und so gering die Wahrscheinlichkeit auch war, dass gerade er Rackwitz erwischte, es schreckte ihn nicht ab. Er spielte ja auch Lotto, und da war die Chance, sechs Richtige zu bekommen, mit 1:14 Millionen noch viel geringer. So fuhr er also mit der S-Bahn bis Tempelhof und spazierte den Tempelhofer Damm auf und ab, ein Foto von Rackwitz in der Manteltasche. Natürlich kam es, wie es kommen musste: Er traf einen alten Schulfreund und einen längst resozialisierten Totschläger wieder, er sah Hunderten von Menschen ins Gesicht – nur Oliver Rackwitz war nicht darunter. Was blieb ihm da anderes, als aufzugeben? Um den Weg nach Tempelhof nicht ganz umsonst gemacht zu haben, beschloss er, über die Ringbahn- zur Germaniastraße zu laufen, weil dort seine Tochter Elke in einem Medienzentrum arbeitete.

Und nach einer Viertelstunde geschah es dann: Aus einem Fabrikgebäude kam ein Mann, der dem Gesuchten verblüffend ähnlich sah. Quatsch. Mannhardt wusste, dass man mitunter das sah, was man sehen wollte. Trotzdem fragte er, eigentlich gegen seinen Willen, doch noch ganz naiv: »Entschuldigung, sind Sie der Herr Rackwitz?« Dann ging alles ganz schnell. Er konnte nur noch »Treffer« registrieren, denn der so Angesprochene hetzte sofort im Sprintertempo über ein Firmengelände zur Autobahn. Mannhardts Assoziationen waren eindeutig: »Da kommt der doch nie hinüber. Die Autos fliegen doch wie Geschosse heran.« Doch Rackwitz riskierte es. Und Mannhardt hinterher. Von aller Vernunft verlassen, nur noch von seinen Instinkten gesteuert, vom Jagdtrieb besessen. Bremsen quietschten, Reifen rauchten, die Hupen waren auf Dauerton gestellt. Mannhardt lief Slalom. Und auch er kam drüben an. Nun ging es über die S-Bahn-Gleise hinüber. Aufgepasst auf die Stromschienen. Ja. Rackwitz war vielleicht dreißig Meter vor ihm. Und Mannhardt frohlockte schon, denn im hohen Maschendrahtzaun, der den Flugplatz Tempelhof absicherte, würde der andere ganz sicher hängen bleiben. Doch Irrtum. Da, wo der Schienenstrang zum Flughafen ging, stand ein Tor offen. Bauarbeiten. Rackwitz und Mannhardt waren lange hindurch, ehe die Bauarbeiter reagierten. Vor ihnen lag das Flugfeld. Offen und weit wie ein Stück Prärie. In der Ferne wie eine lang gestreckte Bergkette der ockergelbe Block des Abfertigungsgebäudes. Dahinter die Kirchtürme am Südstern und der Fernsehturm am Alexanderplatz. Die südliche Rollbahn. Ein Blick in Richtung Treptow. Nichts. Mannhardt hatte die bessere Kondition und Rackwitz nur noch einen Vorsprung von knapp zwei Metern. Nur ein paar Meter noch, dann konnte er ihn packen. Da kam ein dunkler schwerer Schatten von links her auf sie zugeschossen. Eine große Propellermaschine kurz vor dem Aufsetzen. Der Tod. Mannhardt warf sich auf die Rollbahn. Die Fokker 50 zog über ihn hinweg.

Mannhardt überlebte. Wenig später hatte ein Hubschrauber der Berliner Polizei, an sich stationiert in Diepensee und nur zum Tanken hier, Rackwitz verfolgt. Eine Zivilstreife nahm ihn vor der Columbiahalle fest.

Zur Vernehmung von Oliver Rackwitz mussten sich Mannhardt und Yaiza Teetzmann am Tag darauf in die Moabiter Haftanstalt begeben und wählten dazu die S-Bahn. Auch um einmal im baldigen neuen Hauptbahnhof ausgestiegen zu sein. Mannhardt konnte trotz seines posttraumatischen Belastungssyndroms schon wieder spotten: »Advent, Advent, ein Mörder rennt.«

Rackwitz genoss es sichtlich, so wichtig zu sein. Der Doppelmörder vom Tempelhofer Damm. Alle Zeitungen hatten große Berichte über ihn gebracht. Ein Schriftsteller würde sicher auch bald bei ihm nachfragen, wegen eines

Romans. Vielleicht wurde sein Leben auch einmal verfilmt, zumindest fürs Fernsehen. Er hätte nie davon geträumt, einmal so erfolgreich zu sein.

Mannhardt las ihm das alles vom Gesicht ab. Das Übliche. Von wegen: Crime doesn't pay. Verbrechen zahlt sich nicht aus. Nicht in einer Zeit, in der gilt: Ich bin nur, wenn ich in den Medien bin. Na schön. Es war die Sache des Schöpfers, die Welt zu verändern, nicht seine, Mannhardts.

Yaiza Teetzmann machte den Eröffnungszug. »Sie haben uns rufen lassen, um ein weiteres Geständnis abzulegen …?«

»Ja, das habe ich.« Rackwitz grinste. »Erst die beiden Frauen am Tempelhofer Damm, aber das hab ich ja Ihren Kollegen schon erzählt, und dann die in der Bruchsaler.«

»Die Hanna Hettstedt, da haben Sie ja gleich zugeschlagen, wie war das denn mit der?«

»Ich bin von der S-Bahn gekommen, und die schöne Lady ist mir aufgefallen, als sie aus ihrem Auto gestiegen ist. Das war Sonntagmittag. Von da ab bin ich ihr gefolgt. War ja nicht schwer rauszukriegen, wo sie wohnt. Da hab ich mich dann im Hausflur versteckt und gewartet, bis sie in den Keller gegangen ist. Aber die hat sich ja gewehrt. Und wie, so richtig stark. Da hab ich den Weihnachtsbaumständer genommen und zugeschlagen.«

»Und dann?«

»Na, dann hab ich sie in den Verschlag nebenan reingeworfen.«

Mannhardt staunte: »Das muss doch Stunden gedauert haben, bis Sie die Kombination des Zahlenschlosses geknackt hatten?«

»Wieso? Die Tür hat doch offen gestanden.«

»So …?«

Auf dem Weg zur S-Bahn war sich Mannhardt absolut sicher gewesen, dass Oliver Rackwitz sie angelogen hatte. »Und wegen eines falschen Geständnisses bin ich nun um ein Haar totgegangen.«

Yaiza Teetzmann sah es anders. »Nein, wieso denn: Der Verschlag der Gehlberg könnte doch wirklich offen gestanden haben.«

So sehr sich Kriminaltechniker und Gerichtsmediziner auch mühten, im Mordfall Hanna Hettstedt gab es auch am Donnerstag, dem vierten Tag nach der Tat, keine neuen Erkenntnisse. Den Mittwoch hatte die 12. Mordkommission nach der Vernehmung von Rackwitz noch genutzt, um die Mieter in der Bruchsaler Straße und die Freundinnen, Verwandten und Bekannten der Ermordeten ausgiebig zu befragen. Dabei hatte man eine Menge über die beiden verbliebenen Tatverdächtigen – Cossmann und Brehna – erfahren, am wertvollsten aber schien ihnen die Aussage eines zwölfjährigen Nachbarjungen zu sein. Der war kurz vor dem Mord aus dem Keller gekommen, wo er am Nummernschloss der Gehlberg gespielt hatte. »Immer, wenn ich unten bin und für meine Katze Streu hochholen muss, versuche ich, die richtigen Zahlen rauszufinden. Einfach so – aus Spaß. Und da ist der Verschlag zu gewesen. Echt.« Da man seine Fingerabdrücke nicht gefunden hatte, war davon auszugehen, dass der Täter alles abgewischt hatte.

Das also war der Sachstand, als Mannhardt und Yaiza Teetzmann nach Reinickendorf in die Psychiatrie des Vivantes Humboldt-Klinikums auf dem Gelände der ehemaligen Karl-Bonhoeffer-Nervenklinik fuhren, um mit Gerald Cossmann zu reden. Er war gerade auf Entzug. In Mannhardts Notizbuch stand Folgendes: 47 Jahre alt, Schauspieler, ohne Beschäftigung. Ist von der Hauseigentümerin nach verschiedenen vorangegangenen Zwischenfällen wegen Ruhestörung nach exzessivem Alkoholkonsum auf die Straße gesetzt worden, worauf es mit ihm steil bergab gegangen ist – bis hin zu einem Leben als Obdachloser. Die Schuld an seinem Abstieg gibt er der Hettstedt und dem Haus in der Bruchsaler Straße als Ganzem. Mehrmals soll er gedroht haben, den Gasanschluss unten im Keller zu manipulieren und alles in die Luft zu sprengen.

Gerald Cossmann war trotz allem eine sympathische Erscheinung. Trotz all seines Elends. So der Typ Hamlet in der Schaubühne. Beneidenswert.

Mannhardt eröffnete das Gespräch, als sie ihm im Besucherraum gegenübersaßen. »Sieht schlecht aus mit neuen Rollen, im Film wie im Fernsehen, was …?«

»Wenn ich will, kriege ich immer noch was. Neulich in der einen Serie da … Aber ich mach doch nicht jeden Scheiß.«

Yaiza Teetzmann sah auf ihre Notizen. »Wie hat die Knef immer gesungen: ›Von nun an ging's bergab.‹ Und bei Ihnen, Herr Cossmann, war das der Moment, als Sie von Hettstedt auf die Straße gesetzt wurden, sprich: fristlos gekündigt.«

»Ich war froh, dass ich die Dame nicht mehr sehen musste. Die hat doch ihr Haus nur als Bühne benutzt, wo sie jeden Tag das verruchte Luder spielen konnte.«

»Mehrere Mieter haben uns bestätigt, dass Sie ihr gedroht haben, eines Tages den Gasanschluss im Keller zu manipulieren und das ganze Haus mitsamt der Hettstedt in die Luft zu jagen.«

»Quatsch. Was man so sagt, wenn man in Rage ist.«

Mannhardt nannte ihm die Tatzeit. »Da werden Sie ja ein Alibi haben.«

Cossmann überlegte. »Am ersten Advent … Keinen blassen Schimmer. Da hab ich mich schon am Vormittag volllaufen lassen.«

»Allein oder mit anderen zusammen?«

»Keine Ahnung, absoluter Filmriss.«

Mannhardt und Yaiza Teetzmann aßen nur schnell an einem Imbissstand an der Ollenhauerstraße ein Baguette und tranken eine Tasse Kaffee dazu, dann setzten sie sich in die S-Bahn und fuhren nach Lichterfelde Ost, wo Raoul Brehna eine Villenetage gemietet hatte. Die Informationen über ihn hatte Yaiza Teetzmann zusammengetragen: 43 Jahre, Manager im Geschäftsbereich Telekommunikation der Euromag. Zeitweise Geliebter der Hettstedt. Aus ihrem Tagebuch geht hervor, dass sie von einer Straftat wusste, die er begangen hat: Insidergeschäfte mit den Aktien seiner Firma, dass sie aber nicht zur Polizei gegangen ist – aus Liebe zu ihm.

Und genau da setzte Yaiza Teetzmann dann an, als sie Brehna gegenübersaßen. »Frau Hettstedt hat Sie geliebt – und Sie haben sie verlassen …«

»Ein Lebensabschnitt ist eben nur ein Lebensabschnitt.«

Mannhardt kam nicht umhin, Brehna zu beneiden: diese Haltung, dieses Outfit, dieses Charisma. Das schmale Gesicht, die grauen Haare – wie ein englischer Konservativer. Aristokratisch konnte man sagen. Und eine naturgegebene Arroganz. Dazu kam eine sonore Stimme und der Charme eines Boulevard-Schauspielers. Ein Mensch, zum Führen geboren. Abgerundet wurde dieses Kunstwerk von Mann von seiner erlesenen Kleidung. Und dennoch: Wäre die Hettstedt wirklich zur Polizei gegangen, hätte all die Herrlichkeit ein schnelles Ende gefunden. Mannhardt begann laut zu denken: »Wer so hoch oben ist wie Sie, Herr Brehna, kann auch tief fallen. Haben Sie nie Angst vor einer Erpressung gehabt?«

»Ich wüsste nicht, wo und wie ich erpressbar wäre.«

»Natürlich wissen Sie das«, sagte Yaiza Teetzmann. »Und Hanna Hettstedt wusste es auch. Letzte Woche hat sie ihr Wissen um Ihre Insidergeschäfte dann auch nutzen wollen und Sie angerufen: Entweder du kommst zu mir zurück – oder ich lasse dich auffliegen. Da wurde es dann Zeit zu handeln.«

Ohne die Contenance zu verlieren, erhob sich Brehna. »Ich darf Sie bitten, meine Wohnung auf der Stelle zu verlassen.«

»Na gut, um die Insidergeschäfte werden sich jetzt eh unsere Kollegen kümmern.«

»Und ich werde über eine Dienstaufsichtsbeschwerde nachdenken. Der Tatbestand der Beleidigung scheint mir jedenfalls erfüllt zu sein.«

»Auch auf die Gefahr hin, Sie weiter zu beleidigen: Wir hätten aber schon gern gewusst, wo Sie sich zur Tatzeit aufgehalten haben.«

»Hier zu Hause an meinem Schreibtisch. Wo denn sonst?«

»Was nun?«, fragte Yaiza Teetzmann, als sie wieder in ihrem Büro in der Keithstraße saßen. »Ein Motiv haben sie alle, aber kein hieb- und stichfestes Alibi. Und der große Knackpunkt ist und bleibt das Nummernschloss. Wer – außer der Gehlberg – könnte die Zahlenkombination noch gekannt haben? 7172. Keiner.«

»Doch«, sagte Mannhardt. »Ich kann's mir denken, denn …«

Weiter kam er nicht, weil in diesem Moment die Kollegin vom Festkomitee den Raum betrat und für die Weihnachtsfeier sammeln wollte.

Musste Mannhardt in einer Nervenklinik ermitteln, empfand er das als Psychofolter, denn zu deutlich hatte er noch die Bilder vor Augen, wie er selbst einmal in einer solchen Anstalt behandelt worden war. Damals war seine Ehe gescheitert und er hatte viel getrunken, zu viel. Als er dann im Dienst von seinem Vorgesetzten gemobbt worden war, hatte er einen Hohllochziegel genommen und ihn zu erschlagen versucht. Zum Glück war es bei einer Platzwunde geblieben. Aber die Parallelen zu Gerald Cossmann waren erschreckend.

Als sie durch den lang gestreckten Park der psychiatrischen Klinik auf dem Gelände der ehemaligen Karl-Bonhoeffer-Nervenklinik gingen und auf das Stationsgebäude zuhielten, in dem sie den Schauspieler untergebracht hatten, war Mannhardt voller Mitgefühl für ihn. »Ich kann das alles nachvollziehen …«

Yaiza Teetzmann vermochte ihm nicht zuzustimmen. »Das Opfer ist die Hettstedt, nicht er. Bei allem Verständnis für ihn: Mord bleibt Mord. Und, so makaber das klingt: Wenn er die Hettstedt nicht erschlagen und dann in Panik die Flucht ergriffen hätte, wäre die Sache noch viel schlimmer geworden, dann hätte er wirklich das ganze Haus in die Luft gesprengt.«

»Hör auf.«

»Du warst es doch, der die Idee hatte, dass Cossmann es gewesen sein könnte. Und du hattest ja auch Recht: Er wollte aus Rache für seinen Rauswurf die Gasleitung im Keller manipulieren und das ganze Mietshaus in die Luft sprengen. Da wurde er dann von Hettstedt überrascht.«

Mannhardt wurde immer depressiver, immer larmoyanter. »Ich lass mich pensionieren, ich halt den ganzen Stress nicht mehr aus.«

So übernahm Yaiza Teetzmann die Gesprächsführung, als sie Cossmann erneut im Besuchsraum gegenübersaßen. »Herr Cossmann, Sie haben selber einmal in dem Haus an der Bruchsaler Straße gewohnt, in dem Frau Hettstedt erschlagen worden ist.«

»Ja.«

»Und zwar in der vierten Etage oben rechts, gleich unterm Dach.«

»Ja, da, wo es immer durchgeregnet hat.«

»Ihre Nachmieterin war die Frau Gehlberg. Haben Sie die noch selber kennen gelernt?«

»Nein. Keine Ahnung, wer das ist.«

Jetzt griff auch Mannhardt ein. Er wollte sein Geld nicht umsonst verdienen. »Als Sie ausgezogen sind, haben Sie da alle Ihre Sachen mitgenommen, auch die aus dem Keller?«

Cossmann zögerte ein wenig mit der Antwort. »Nein, da war ja nur Gerümpel drin.«

»Trotzdem hatten Sie ein Schloss davor, eines mit vier Zahlen ...?«

»Weiß ich nicht ...«, wich Cossmann aus.

»Mehrere Mieter haben uns das bestätigt. Sie sollen sich, als Sie damals eingezogen sind, geweigert haben, ein Schloss anzubringen – und da hat Frau Hettstedt selber eins besorgt und Ihnen in Rechnung gestellt.«

»Kann sein.«

»Als Sie ausgezogen sind, ist es dann drangeblieben, und Frau Gehlberg hat es übernommen. Aber die Zahlenkombination haben Sie sozusagen mitgenommen: 7 – 1 – 7 – 2.«

»Kann ich mich wirklich nicht mehr dran erinnern.«

»Kommen Sie! Sie als Schauspieler, wo Sie ein Computergedächtnis haben. Und dann auch noch bei dieser leicht zu merkenden Zahlenfolge.«

»Lassen Sie mich in Frieden!«, schrie Cossmann.

Doch Mannhardt und Yaiza Teetzmann setzten ihm weiter zu. Und am Abend hatten sie sein umfassendes Geständnis.

Ostern stirbt der Eierkopf

Das Schönste am Osterfest war für Harald Demuth der Eierlikör. Zu anderen Zeiten waren harte Sachen angesagt, und er hätte mit seiner Leidenschaft als Weichei gegolten, am Gründonnerstag aber brauchte er sich keine Zügel anzulegen. Die Krönung des Genusses war es, wie ein Ameisenbär mit der Zunge ins kleine Glas zu fahren und das süße Zeug rundherum vom Rand zu schlecken.

Als er die Flasche geleert hatte, machte er sich auf zu einem letzten Rundgang durch die Hochschule für Management und Organisation, seine HMO. Seit ihrer Gründung war er Hausmeister hier in Oberschöneweide auf dem alten AEG-Gelände. Er liebte seinen Job, und wenn manche sagten, er sei der eigentliche Herr im Hause, dann stimmte das schon irgendwie. »Unser Harald Demuth ist die Spinne im informellen Netz. Ohne ihn läuft nichts in punkto Mikropolitik.« Einer der Professoren sagte das jedes Jahr zu den neu immatrikulierten Studenten, und es erfüllte Demuth mit Stolz. Er machte immer große Ohren, wenn irgendwo etwas geflüstert wurde, und er las alles, was auf den Schreibtischen lag. Zwar stritt er heftig ab, mitunter auch in Papierkörbe und Abfallbeutel zu schauen, um das herauszufischen, was andere weggeworfen hatten, doch es stimmte. Mit erheblicher Erregung glättete er zerknüllte Papiere und setzte Zerrissenes wieder zusammen.

Eine gespenstische Ruhe lag über dem HMO-Gelände. Alles war ausgeflogen in die Osterferien. Auch die letzte Putzfrau ging nach Hause. Nur die Karnickel hoppelten weiter über die Rasenflächen zwischen den einzelnen Gebäuden. Richtig österlich. Demuth lief zum Ufer der Spree hinunter. Leichte Nebel stiegen auf. Das Wasser war augenscheinlich wärmer als die Luft. Leer war der Fluss. Motorboote, Ruderer, Paddler und Angler gab es kaum, erst recht nicht, wenn es langsam dunkel wurde, und Lastschiffe, meistens aus Polen, waren in den letzten Jahren auch selten geworden.

Der Hausmeister, der ein schlechter Schwimmer war, hatte einen Heidenrespekt vor bösen Wassergeistern, prüfte aber dennoch, ob die »Undine« fest an der Kaimauer lag. Die Yacht war der ganze Stolz der HMO und diente vor allem dazu, Geldgeber und ausländische Gäste mit Fahrten über den Müggelsee bei Laune zu halten.

»Alles in Ordnung«, murmelte Demuth und machte wieder kehrt. Prüfend glitt sein Blick über das Hauptgebäude. Nur im Hochparterre brannte noch Licht. Das musste das Zimmer von Dr. Zarge sein. Der war bekannt dafür, dass er bis spät in der Nacht am Computer saß und schrieb. Gerade arbeitete er an einer Monografie über den Neo-Taylorismus in Deutschland. Das Buch sollte schnell auf den Markt, und zu Hause wartete auf Dr. Zarge sowieso nichts als Leere und Frust. Der Hausmeister wusste das aus einigen Gesprächen mit dem besten Betriebswirt, den die HMO seit langem hatte – ein richtiger »Egg Head«, wie Amerikaner zu ihm gesagt hätten, ein vergeistigter Forscher. Aber auch Kinder riefen ihm »Eierkopf« hinterher – er sah halt so aus. Demuth beschloss, noch einmal bei Dr. Zarge vorbeizuschauen und ihm ein schönes Osterfest zu wünschen. Trotz allem.

Wenig später stand er vor der Tür des Dozenten und klopfte. Einmal, zweimal – doch das vertraute »Herein – bitte!« kam diesmal nicht. Konnte es auch gar nicht, denn als Demuth die Tür nach innen gedrückt hatte, sah er Dr. Zarge lang hingestreckt am Boden liegen. In einer riesigen Blutlache.

Hans-Jürgen Mannhardt, im Dienst leicht ergrauter Leiter der 12. Mordkommission, hatte einmal an den Bundespräsidenten geschrieben, doch bitte, um Geld wie Nerven zu sparen, die christlichen Feste nach dem Muster der Olympischen Spiele nur noch alle vier Jahre stattfinden zu lassen, aber er hatte nie eine Antwort auf seinen Brief bekommen. Ostern war zwar nicht ganz so stressig wie Weihnachten, aber dennoch ...

»Du, Papper ...?«, fragte sein Sohn. Seit sie Silvio Hunholz, gezeugtem Mannhardt, das Berlinern ausgetrieben hatten, also immer Eima statt Eimer und Butta statt Butter zu sagen, vermied er auch das Mama und Papa. »Du, Papper, kommt der Osterhase auch wirklich zu mir, so wie der Weihnachtsmann?« – »Nein, das nicht.« Zum Glück waren die studentischen Dienste noch nicht auf die Idee gekommen, ihre Kommilitonen für fünfzig Euro bar auf die Hand als Osterhasen auftreten zu lassen. »Aber er legt die Eier, morgens wenn du noch schläfst, bei Oma im Garten unter die Büsche.«

»Auch die Eier, die wir jetzt bemalen?«

Das war eine höchst knifflige Frage, und Mannhardt musste seinen IQ ein bisschen überziehen, um eine Antwort zu finden, die von der übergeordneten Erziehungsinstanz, sprich: der Mutter des Kindes, nicht beanstandet wurde, denn die saß in der Nähe und hörte mit. »Nun … ja, wir stellen sie abends vors Haus, damit der Osterhase sie einsammelt und versteckt.«

»Das ist doch Quatsch!«, rief Heike, die Gefährtin seines Lebens. »Die Eier, die ihr bemalt, bleiben bei uns im Kühlschrank.«

Vater und Sohn überboten sich nun an Einfällen, denn für Kreativität gab es bei Heike immer Sonderpunkte. Nach einer halben Stunde fröhlichen Schaffens kam sie mit einer ziemlich inquisitorisch klingenden Frage: »Ihr habt bestimmt wieder kein Ei für Oma Ina bemalt?«

»Doch«, entfuhr es Mannhardt. »Das mit der Hexe drauf.«

»Das gibt Rache!«, rief Heike, denn Oma Ina war ihre Mutter, und sie griff sich eines der angeknacksten rohen Eier, um es Mannhardt an den Kopf zu werfen. »Treffer!«

Der wehrte sich, und im Nu waren vier Eier einer Bestimmung zugeführt, die manche Bürger, dachten sie an bestimmte Politiker, als durchaus sinnvoll ansahen. Und die Schlacht hätte noch manch Eieropfer mehr gekostet, wenn nicht in diesem Augenblick das Telefon geklingelt hätte. Am Ton erkannte Mannhardt schon, dass es etwas Dienstliches sein musste. Und richtig: Es war Yaiza Teetzmann.

»Du wirst deine bemalten Ostereier im Laden kaufen müssen: In Oberschöneweide, in der Hochschule für Organisation und Management, liegt ein Toter im Büro. Also: Setz dich in Bewegung.«

Von Tegel nach Oberschöneweide waren es nach Mannhardts erster Schätzung fast 25 Kilometer, und er verfluchte die Armut seiner Behörde, die immer noch keine Geräte zum Beamen ihrer Beamten angeschafft hatte. In der Privatwirtschaft war das ja längst gang und gäbe. Also musste er sich in Heikes Auto setzen und die Stadt von oben links nach unten rechts durchqueren. Weil er sein Leben lang in Berlin lebte, gelang ihm dies, ohne dass er sich mehr als zweimal verfuhr. Zwischen Oranienburger und Holzmarktstraße erlitt er das gleiche Schicksal wie Ernest H. Shackleton damals am Südpol: Er konnte die richtige Passage nicht finden. Zum Glück hielten sich seine Erfrierungen bei österlichen Temperaturen in erträglichen Grenzen.

Die zweite Panne gab es dann am S-Bahnhof Schöneweide, wo er – »Du kleines Träumerle«, hätte seine Mutter gesagt – die Ausfahrt links zur Treskowbrücke verpasste und, nun total durcheinander, den Riesenumweg über Adlershof, die Dörpfeldstraße, Spindlersfeld und Köpenick machte, ehe er die Wilhelminenhofstraße sozusagen von hinten herum glücklich erreichte. Verfall und Aufbruch bestimmten das Bild. Zwischen Dönerbuden und Banken fand er einen Parkplatz. Als er die alten Fabrikgebäude aus gelbem Industrieklinker sah, fiel ihm ein, dass sein Großvater einmal bei der AEG gearbeitet hatte. »Wo das ist, Junge? Na, in Oberschweineöde.«

Yaiza Teetzmann sah ihn vorwurfsvoll an, als er endlich am Tatort eingetroffen war. »Ich hatte schon gedacht, du würdest gar nicht mehr kommen …«

»Besser zu spät als zu früh«, murmelte Mannhardt, ehe er sich zum Tatort führen ließ. »Wie ist denn der Stand der Dinge?«

Sie fasste zusammen. »Bei dem Opfer handelt es sich um den 34-jährigen Betriebswirt Dr. Rainer Zarge. Er war schon seit Jahren Lehrbeauftragter an der Hochschule für Management und Organisation, der HMO, und weil er auch im Fachbereichsrat saß, hat er sogar ein eigenes Zimmer gehabt. In dem er dann auch getötet worden ist. Der Hausmeister hier, Herr Demuth, hat ihn gefunden. Verdächtiges hat er aber vorher nicht beobachten können. Die Tatzeit dürfte zwischen 17 und 18 Uhr liegen. Zarge war nicht verheiratet, Kinder hatte er auch keine. Ab und an soll er Beziehungen zu Studentinnen unterhalten haben. Ein gut aussehender Mann …«

Mannhardt fand, dass Männer, denen man den Schädel eingeschlagen hatte, nicht mehr ganz so gut aussahen. Das Tatwerkzeug lag neben dem Toten: eine Bronzestatue von Armeslänge. Ein scheußliches Gebilde.

»Das ist der Ehren-Taylor«, erklärte ihm der Hausmeister. »Den bekommt der beliebteste Dozent des Jahres verliehen.«

»Elizabeth Taylor hatte ich mir immer anders vorgestellt«, sagte Mannhardt, worauf ihm der inzwischen ebenfalls eingetroffene Präsident der HMO verriet, dass es auch einen Frederick W. Taylor gab, den Begründer des Scientific Management und der Philosophie des »One best way«. »Taylorismus steht für: absolute Kontrolle des Arbeiters, Ökonomie der Handlungsabläufe, Arbeitszerstückelung, vollständige Fremdbestimmung, zentrale Lenkung des Arbeitstaktes und Motivation nur durch den Lohn.«

»Danke, Herr Professor.« Mannhardt versprach, die fälligen Crashkursgebühren gleich morgen zu überweisen. Dann nahm er sich wieder des Hausmeisters an. Demuth hieß der Mann. Menschen, die sich so auffällig bieder gaben, misstraute er stets. Jemanden zu töten und dann selber die Polizei zu rufen war auch kein schlechter Trick. Aber: Demuth kommt vor dem Fall. »Wann haben Sie Dr. Zarge denn gefunden?«

»Es muss kurz nach halb sieben gewesen sein.«

»Und da waren Sie noch nicht zu Hause?«

»Ich wollte gleich von hier ins Kino fahren. Vorher habe ich noch einen Rundgang gemacht, denn in regelmäßigen Abständen werden wir von Dieben und Vandalen heimgesucht. In jedem Hörsaal steht ja ein teurer Overheadprojektor, und jeder Professor hat seinen Computer.«

»War denn Dr. Zarge Professor hier?«

»Nein, noch nicht, aber er wollte es werden.« Der Hausmeister musste ein wenig ausholen. »Dr. Zarge stand auf der Berufungsliste für Betriebswirtschaftliche Organisationslehre an erster Stelle.«

»Und wer an zweiter?«, fragte Yaiza Teetzmann.

»Der Herr Dr. Kurbjuweit aus Petzow am Schwielowsee.«

»Dann haben wir ja schon das erste Motiv.«

Das Dörfchen Petzow liegt lieblich gebettet auf der hügeligen Landbrücke zwischen Glindow und dem Schwielowsee und verdankt seinen bescheidenen Ruhm einer von Schinkel entworfenen Kirche und einem kleinen Schloss, das an die Tudors und an Windsor Castle erinnert und in einem Park gelegen ist, den der große Lenné gestaltet hat.

Yaiza Teetzmann wusste noch einiges andere. »Zu DDR-Zeiten hat es hier am See das Schriftstellerheim Friedrich Wolf gegeben …«

»Konrad Wolf.« Mannhardt als Wessi wusste das selbstverständlich besser.

»Nein: Friedrich«, korrigierte ihn Yaiza Teetzmann. »Konrad war doch der Filmregisseur – ›Solo Sunny‹ und so –, und Friedrich war der Dramatiker.«

»Ah ja, ich weiß: ›Nackt unter Wölfen‹.«

»Mann, das war Bruno Apitz. Und ›Wolf unter Wölfen‹ ist von Fallada.«

»Na, hoffentlich laufe ich mir jetzt keinen Wolf.« Mannhardt suchte seine Niederlage zu kaschieren. Bettelarm, wie das Land Berlin geworden war, hatten sie mit Bahn und Bus anreisen müssen und waren etwa zwei Haltestellen zu früh ausgestiegen. »Ohne ein GPS-Satellitennavigationssystem ist der moderne Mensch nun mal verloren.« Lang war der Fußweg. Endlich trafen sie einen Einheimischen, der Dr. Karsten Kurbjuweit kannte und wusste, wo er sich sein Eigenheim hingesetzt hatte.

Der Lehrbeauftragte der HMO erwies sich als baumlanger Mann, der langsam auf die vierzig zuging. Wenn er leicht vornübergebeugt ging, dann lag das wohl nicht am beginnenden Morbus Bechterew, sondern an den Sorgen, die ihn drückten. Vier schulpflichtige Kinder hatte er und eine Frau, die wegen einer psychischen Erkrankung nicht mehr arbeiten konnte. Jahr für Jahr hangelte er sich von Projekt zu Projekt und musste sich und die Seinen mit schlecht bezahlten Lehraufträgen über die Runden bringen. Aber auch die wurden immer knapper.

»Und einen Job in der freien Wirtschaft finden Sie nicht?«, fragte Mannhardt.

Kurbjuweit lächelte. »Dazu ist das Holz, aus dem ich geschnitzt bin, nicht hart genug.«

Yaiza Teetzmann fixierte ihn. »Dann war also die C3-Professur an der HMO die letzte Chance für Sie, Herr Kurbjuweit ...?«

»Ja ...« Kurbjuweit erschrak, als ihm bewusst wurde, dass er den beiden Kriminalbeamten damit eine schöne Steilvorlage geliefert hatte. »Und darum erscheint es Ihnen logisch, mich als Tatverdächtigen zu sehen ...«

»In Dr. Zarges Terminkalender stand: 17 Uhr Kurbjuweit. Das ist der Fakt.«

»Ja, wir mussten uns kurz abstimmen, wer im nächsten Semester die Einführungsvorlesung übernehmen sollte. Unser Gespräch hat keine fünf Minuten gedauert. Ohne ein böses Wort. Als ich dann gegangen bin, hat er mir noch die Tür aufgehalten.«

»Zeugen dafür gibt es aber keine?«

»Nein. Wie denn auch, es waren ja schon alle weg. Höchstens noch ... Den Babetzki hab ich hinten auf dem Flur gesehen.«

Das Dumme war, dass die Techniker an der Tatwaffe keine verwertbaren Spuren gefunden hatten. Mannhardt fluchte. »Und das, wo die HMO doch das Mekka derer ist, die alles kostengünstig und effizient haben wollen. Da haben wir ein Recht darauf, Fingerabdrücke oder etwas für die DNA-Analyse zu finden.«

Die 12. Mordkommission war sich einig, dass man – wollte man den Mörder Dr. Zarges finden – einiges mehr über die HMO, die Hochschule für Management und Organisation, in Erfahrung bringen musste, und so sah man sich ihre Organisationspläne an und sprach mit dem Präsidenten, dem Kanzler und dem Sprecher der studentischen Vertretung. Wichtigste Informationsquelle blieb aber Harald Demuth. Am Dienstag nach Ostern waren sie gleich morgens wieder in der HMO und suchten ihn als ersten auf.

»Sagen Sie ...« Yaiza Teetzmann versuchte, möglichst gleichmütig zu wirken. »Welches waren denn die größten Feinde, die Dr. Zarge hatte?«

Der Hausmeister musste nicht lange nachdenken und nannte ihnen fünf Namen, darunter auch Torsten Babetzki, einen Gruppenleiter in der akademischen Verwaltung der Hochschule.

»Und warum gerade der?«, fragte Mannhardt.

»Keine Ahnung. Ich hab nur mitgekriegt, wie sie sich angeschrien haben – Babetzki und Dr. Zarge. Vor zwei Wochen vielleicht. Um einen Lehrbeauftragten ist es da gegangen, einen Dr. Köckeritz.«

»Kennen Sie den?«, wollte Yaiza Teetzmann wissen.

»Nein. Hier war nie ein Dr. Köckeritz bei uns.«

»Komisch.« Mannhardt schrieb sich den Namen auf seinen Block. »Aber mal etwas anderes ... Sie haben doch die Osterfeiertage sicher noch einmal über alles nachgedacht ... Wer könnte denn Ihrer Meinung nach der Täter sein?«

»Für mich war es einer dieser Jugendlichen, die hier durch die Gegend streunen. Mal sprühen sie uns die Wände voll und zertöppern uns die Fensterscheiben, mal klauen sie uns die Computer und die Overheadprojektoren. Wahrscheinlich waren sie in Dr. Zarges Büro, als der von der Toilette zurückgekommen ist ...«

Weiter kam er nicht – sein Telefon ... Er riss den Hörer hoch, lauschte einen Augenblick, nahm Haltung an und winkte dann Mannhardt herbei. »Für Sie: Herr Professor Weiler.«

Heinrich Weiler war der Präsident der HMO. »Wenn Sie bitte einmal zu mir nach oben kommen würden, ich habe da etwas für Sie ...« Und was er da hatte, war höchst interessant. »Wir werden im Augenblick von einer Beraterfirma durchleuchtet, ausgerechnet wir. Das ist schlimmer als eine Revision im alten Preußen. Und da habe ich gerade erfahren, dass ein leitender Mitarbeiter der AV – der akademischen Verwaltung – einige Verfehlungen begangen haben soll ... Spesenabrechnungen gefälscht, Studenten Klausuraufgaben verkauft und Honorare an Dozenten überwiesen, die nie bei uns gewesen sind.«

»Und wer ist das?«

Nach einigem Hin und Her nannte der Präsident den Namen des Angeschuldigten. »Torsten Babetzki … Und erste Recherchen meinerseits lassen befürchten, dass das wirklich stimmt, was ihm da vorgeworfen wird. Ich konnte Babetzki aber selber noch nicht sprechen – er hat nach Ostern ein paar Tage Urlaub.«

Torsten Babetzki, gerade 32 Jahre alt geworden, sah so aus, als hätte er die Wahl zu Deutschlands Superstar nur knapp verloren. Dass es Männer wie ihn auch in Wirklichkeit gab und nicht nur im Fernsehen, wunderte Mannhardt. Was es wohl kostete, dass aus einem Nichts von jungem Mann eine solche Type wurde? Sicherlich eine Menge. Zumal wenn man in einem Loft am Kreuzberger Spreeufer wohnte. Yaiza Teetzmann rutschte unruhig in ihrem Sessel hin und her, und Mannhardt fürchtete schon, sie würde beim Anblick von Babetzki, wenn das so weiterging, ihre Hand nicht mehr allein zum Halten ihres Kugelschreibers benutzen. Poster an den Wänden verrieten, dass Babetzki schon einmal geschauspielert hatte – und zwar als Old Shurehand bei irgendwelchen Karl-May-Festspielen. Und alle Romane des sächsischen Großmeisters standen bei ihm im Regal – von Band 1 »Durch die Wüste« bis Band 78 »Das Rätsel von Miramare«. Mannhardt, auch er ein Karl-May-Kenner, wusste das zu schätzen und urteilte in der Folge weniger ätzend über Babetzki. Seine einleitende Anmerkung erinnerte dann auch eher an eine Party mit gepflegten Small Talk als an eine Vernehmung.

»Fahren Sie denn morgens immer mit einer eigenen Motoryacht zur HMO – die Spree hinunter …?«

Babetzki lachte. »Mit A 12 kann sich das wohl keiner leisten.«

»Auch ein Amtsrat kann sich noch nebenbei was verdienen ...«

Babetzki blieb cool. »Wie denn?«

»Na.« Mannhardt musste da nicht lange überlegen. »Indem er gefälschte Spesenrechnungen einreicht. Oder wohlhabenden, aber nicht sonderlich fleißigen oder auch etwas weniger begabten Studenten Klausurthemen verkauft ... Irgendwo müssen die schließlich kopiert werden. Man kann auch Dozenten, die es gar nicht gibt, Gelder auf Konten überweisen, die einem selbst gehören.«

»Sagen Sie bloß ...« Babetzki ließ sich auch damit nicht aus der Ruhe bringen. »Haben Sie solche Fälle wirklich schon gehabt?«

»Nein, bis jetzt noch nicht.« Yaiza Teetzmann nahm den Faden auf. »Aber Ihr Vorgesetzter lässt schon gegen Sie ermitteln, und wahrscheinlich wird man Ihnen noch heute mitteilen, dass Sie vorläufig vom Dienst suspendiert sind.«

»Und deswegen sind Sie jetzt hier?«

»Nein, wird sind hier, weil vieles dafür spricht, dass Dr. Zarge von Ihren Verfehlungen gewusst hat, aber offenbar gezögert hat, Professor Weiler offiziell davon in Kenntnis zu setzen. Wahrscheinlich aus Angst davor, dass Sie dann in der Berufungskommission, in der Sie ja als Vertreter der Dienstkräfte sitzen, gegen ihn Stimmung machen könnten.«

»Das sind doch alles üble Verleumdungen. Ich sage nur: Mobbing. Man hat eben viele Neider.«

»Okay ...« Yaiza Teetzmann gab sich verständnisvoll. »Wir ziehen ja auch sofort wieder ab, wenn Sie uns sagen, wo Sie am Gründonnerstag zwischen 17 und 18 Uhr gewesen sind ...«

Torsten Babetzki überlegte nicht lange. »Wo schon? In meinem Wagen natürlich. Kurz nach fünf bin ich losgefahren.«

»Und vorher sind Sie nicht mit Dr. Zarge zusammengetroffen?«

»Nein.«

»Hat Sie jemand auf dem Parkplatz gesehen?«

»Weiß ich nicht. Der Demuth wahrscheinlich, der sieht ja immer alles. Fragen Sie den mal auch, warum er den Dr. Zarge so heiß und innig geliebt hat ...«

»Warum hat er denn?«

»Weil er mit Dr. Zarge zusammen eine Firma hatte, die dann pleite gegangen ist. All sein Geld hat er dabei verloren, seine ganze Erbschaft. Die Schuld daran hat er Dr. Zarge gegeben.«

Die HMO war für die 12. Mordkommission fast zur zweiten Heimat geworden, und Kommissar Mannhardt fragte den Präsidenten der Hochschule für Management und Organisation schon, ob er, wenn er denn nach seiner Pensionierung hier studieren würde, seine diversen Aufenthalte in Oberschöneweide als erstes Semester angerechnet bekäme.

»Tut mir Leid, Kriminalistik ist kein Studienfach bei uns.«

»Wieso eigentlich nicht?«, fragte Mannhardt. »Wirtschaft und Kriminalität gehören doch eng zusammen.«

Damit verschwand er, um Yaiza Teetzmann vor dem Büro des Hausmeisters zu treffen. Gemeinsam gingen sie hinein – sie wollten Demuth nach seinen Geschäften mit Dr. Zarge befragen. »Was war'n das eigentlich?«

Harald Demuth gab bereitwillig Auskunft. »STARTplus hieß unsere Firma. Er hatte die Idee und ich das Geld.

Aus einer kleinen Erbschaft. Mein Bruder war nach Mexiko gegangen und hatte dort ein Geschäft aufgemacht. Ich war auch ein paar Mal drüben und wollte da, aber …« Er brach ab. »Egal. Also zurück zu STARTplus. Wir – Dr. Zarge und ich – haben für unsere Absolventen Kontakte mit Managern aus der Wirtschaft geknüpft, mit Männern und Frauen in Spitzenpositionen. Die sollten sich um die jungen Leute kümmern und ihnen bei ihrer Karriere helfen. Mentoring heißt das.«

»Das hat aber nichts abgeworfen?«

»Nein. Die Kosten waren zu hoch, und die Absolventen wollten nicht das zahlen, was wir uns vorstellten. Und solche Kontakte bringen ja auch erst nach Jahren etwas. Außerdem hat sich Dr. Zarge zu wenig für die Firma eingesetzt. Aber das ist alles Schnee von gestern.«

Yaiza Teetzmann fixierte ihn. »Sie waren also nicht zufällig sehr sauer auf Dr. Zarge? Und als es Gründonnerstag zum Streit gekommen ist, da haben Sie ganz ruhig sein Zimmer verlassen?«

»Ich war schon seit Ewigkeiten nicht mehr in seinem Zimmer!«, rief Demuth.

Einer der Kriminalassistenten kam herein und bat Mannhardt auf den Flur hinaus. »Aussage einer Putzfrau: Es soll kurz nach 17 Uhr ein Besucher bei Dr. Zarge im Zimmer gesessen haben. Sie hat ihn von einem Hörsaal im Gebäude schräg gegenüber durchs Fenster gesehen. Er hat in einer Zeitung geblättert und etwas reingeschrieben. Und noch etwas. Meldung von einem V-Mann in einem der Jugendklubs hier in der Gegend: Ein gewisser Ingo Vielitz soll versucht haben, Laptops zu verkaufen. Und hier in der HMO werden doch laufend welche geklaut.«

Ingo Vielitz, 18 Jahr, kurzes Haar, gelernter Fensterputzer, war mit seinen diversen Vorstrafen – überwiegend Einbruch, Diebstahl und das eine oder andere Rohheitsdelikt – ein Hoffnungsträger für jene Berliner Netzwerke von vergleichsweise kleinen Kriminellen, die sich als genuine Nachfolger der legendären Ringvereine von anno dunnemals sahen. Was ihn so gefährlich machte, stand in den Urteilen: Er sei hochintelligent und verfüge über eine nur sehr geringe Impulskontrolle. Ein Jahr hatte er in den USA gelebt und sich dort beim Schüleraustausch den internationalen Schliff geholt. Gemeldet war er in der Neuen Bahnhofstraße, nahe Ostkreuz.

Yaiza Teetzmann fiel ein, dass einer ihrer Jugendfreunde in dieser Gegend gewohnt haben musste. »Der hat immer so nach Flibol gerochen.«

»Ähh …?« Mehr als den Standardausruf jener leicht debil wirkenden Kids, die in ihren Hiphop-Hosen immer so aussahen, als hätten sie kiloweise eingekotet, brachte Mannhardt nicht zu Stande.

»Flibol – Insektenvernichtungsmittel aus dem VEB Fettchemie Karl-Marx-Stadt«, klärte ihn die Kollegin aus der Marzahner Platte auf.

»Ah, verstehe. Daher kommt also der Ausspruch meines Opas: Man sollte nicht glauben, was so 'ne Mücke für'n Fett hat.«

Ihre gute Laune war aber schnell dahin, nachdem sie bei Ingo Vielitz geklingelt hatten. Typen wie er neigten zu plötzlichen Attacken.

»Wir suchen Zeugen für die Bluttat in der Hochschule für Management und Organisation in Oberschöneweide«, erklärte ihm Yaiza Teetzmann nach ein paar einleitenden Sätzen. »Sie sollen sich ja da auf dem Gelände der Hochschule des Öfteren aufgehalten haben …«

Dieser Stimulus reichte aus, um Ingo Vielitz ausrasten zu lassen. Ebenso ansatzlos wie brutal knallte er Yaiza Teetzmann die Holztür an den Kopf und schloss von innen ab. Mannhardt fing die Kollegin auf und merkte, dass sie schwer k. o. gegangen war. Das Blut lief ihr in Strömen aus der Nase. Er bettete sie auf die nach oben führende Treppe und wartete, bis sie gemurmelt hatte, es ginge schon wieder. »Kümmere dich mal um Vielitz.«

Mannhardt vermutete, dass Vielitz vom Balkon in den Hof gesprungen war. Die Wohnung lag im ersten Stock, und für einen durchtrainierten Mann war das ein Klacks – richtig. Als Mannhardt unten auf der Straße angekommen war, startete Vielitz gerade seinen Wagen. Mit einem Satz war Mannhardt heran und stellte sich vor die Stoßstange.

»Halt! Aussteigen!« Doch Vielitz dachte nicht daran, sondern zögerte keinen Augenblick, aufs Gaspedal zu treten. Mannhardt riss es die Füße weg, und dann lag er auf der Kühlerhaube, sozusagen Auge in Auge mit Vielitz. Dessen Gesicht erinnerte ihn an Boxerfilme, die er gesehen hatte: Es war zur Maske verzerrt und zeugte von einem hoch entwickelten Killerinstinkt. Zum Glück konnte sich Mannhardt mit den Fingern zwischen Blech und Scheibe einigermaßen festkrallen. Das ist doch alles nur ein Film, dachte er. Um ihn abzuwerfen, trat Vielitz plötzlich hart auf die Bremse. Doch Mannhardt schaffte es, oben zu bleiben. Er hatte nur noch eine Hoffnung: den Dauerstau in der Gegend um das Ostkreuz und die Elsenbrücke. Und richtig: Kurz vor der Kreuzung Markgrafendamm/Stralauer Allee musste Vielitz halten. Noch während der Wagen ausrollte, stieß er die Tür auf und ließ sich wie ein Stuntman auf den Asphalt fallen. Mannhardt war weniger geschickt und wartete, bis der Wagen gegen einen Laternenpfahl krachte, ehe er losließ und wieder Boden unter den Füßen hatte. Mit guten zwanzig Meter Vorsprung lief Vielitz zur Spree hinunter. Auf dem unübersichtlichen Gelände des Osthafens ließ sich ein Verfolger leichter abschütteln als auf den Straßen ringsum. Vielleicht hatte seine Gang in einem der verlassenen Speicher ein Schlupfloch.

Mannhardt geriet mit einem Fuß in die Rille einer Eisenbahnschiene und schlug lang hin. Als er sich wieder aufgerappelt hatte, war Vielitz verschwunden. Ob er ins Wasser gesprungen war? Oder in einen der Lastkähne, die an der Kaimauer lagen? Mannhardt beschloss, auf einen der Kräne zu klettern und nach Vielitz Ausschau zu halten. Doch als er die Leiter erreicht hatte und nach einer Sprosse in Griffhöhe suchte, gab es hoch über ihm ein knarrendes Geräusch. Er sah noch etwas auf sich zufliegen und dachte, dass er eine Krähe aufgescheucht hätte. Doch es war ein schwerer Sitz, von Vielitz oben herausgerissen.

Die Mitglieder der 12. Mordkommission hatten seit Gründonnerstag jede Menge Überstunden gemacht, um im Mordfall Dr. Zarge voranzukommen, doch noch immer fehlten ihnen gerichtsverwertbare Indizien oder ein Geständnis.

Kommissar Mannhardt hatte die Attacke vom Osthafen überlebt – um Haaresbreite war das Geschoss an ihm vorbeigesaust. Nur seine Hose war zerfetzt worden. Und es war ihm sogar gelungen, Ingo Vielitz festzunehmen, aber dieser bestritt vehement, Dr. Zarge erschlagen zu haben. »Kenne ich nicht, den hab ich nie gesehen.« Geflohen sei er wegen einer anderen Straftat. Was das war, verschwieg er aber. Als Alibi gab er an, zu Hause auf dem Bett gelegen zu haben. Allein. »Nur 'n Porno hab ich geguckt, 'n Video.«

Eine frisch diplomierte Kommissarin hatte sich daran gemacht, auszuwerten, was Dr. Zarge auf seiner Festplatte gespeichert hatte. Freudig kam sie zu Mannhardt ins Zimmer. »Vielleicht ist das hier eine heiße Spur. Ein Brief an einen Freund in Bremen. Ich hab's mal ausgedruckt.« Mannhardt bedankte sich und las: »Lieber Hans-Joachim, ach, es ist die alte Lust wie das alte Leid: Ich treibe es wieder einmal mit einer meiner Studentinnen. Sie trägt den schönen Namen Nora Unversucht – da konnte ich nicht anders und musste es versuchen. Mit Erfolg. Leider trachtet mir nun mein Vorgänger nach dem Leben …« Mannhardt blickte auf und fragte die Mitarbeiterin, ob sie schon herausbekommen hätte, wer das sei.

»Ja. Ein gewisser Tim Richter, eigentlich: Timothy. Fünftes Semester Betriebswirtschaftslehre. Wohnt in der Scharnweberstraße. Nicht der in Reinickendorf, sondern der am Bahnhof Frankfurter Allee. In derselben WG wie Nora Unversucht.«

Mannhardt und Yaiza Teetzmann zogen unverzüglich los. Yaiza hätte sich mit ihrem gebrochenen Nasenbein krankschreiben lassen können, doch so war sie nicht. Mit ihrer geschienten Nase drehten sich mehr Leute nach ihr um, als das bei einer TV-Moderatorin der Fall gewesen wäre. Wegen der allgegenwärtigen Staugefahr nahmen sie die S-Bahn. Weil noch Semesterferien waren und viele Hausarbeiten und Referate anlagen, hofften sie, die beiden Kandidaten zu Hause anzutreffen. Und sie hatten Glück.

Die Studentin, dunkel- und ebenso langhaarig wie -beinig, war die Versuchung in Person. Mannhardt kam nicht umhin, Dr. Zarge postum einen Preis zuzuerkennen. Vielleicht den Ehren-Uhse, nachdem ihm der Ehren-Taylor so schlecht bekommen war. Zunächst aber wandten sie sich

Tim Richter zu und verbannten Nora Unversucht in die Küche.

»Reden wir nicht um den heißen Brei herum, Herr Richter ...« Yaiza Teetzmann liebte keine langen Vorspiele, jedenfalls nicht bei Vernehmungen wie dieser. »Es ist die alte Dreiecksgeschichte, von der man uns erzählt hat: Dr. Zarge hatte ein Affäre mit ihrer Freundin Nora – und Sie sind so eifersüchtig, dass Sie gesagt haben, Zarge umbringen zu wollen. Nun ist er umgebracht worden ...«

»Aber nicht von mir!«, rief der Student. »Sehe ich so aus?!«

»Nein«, entfuhr es Mannhardt. »Sie sehen so aus, als seien Sie jetzt schon Aufsichtsratsvorsitzender der Deutschen Bank. Aber das ist noch lange keine Garantie dafür, dass Sie Dr. Zarge nicht erschlagen haben. Wo waren Sie denn am Gründonnerstag zwischen 17 und 18 Uhr?«

»In der Straßenbahn, der 67.«

»Und – war da jemand dabei, der Sie kennt und das bestätigen kann?«

»Klar: Nora. Wir haben uns ja wieder versöhnt.«

Nora Unversucht bestätigte die Angaben ihres Freundes.

Am Nachmittag saßen sie im Zimmer von Dr. Zarge und suchten nach etwas, von dem sie nicht wussten, was es denn sein konnte. »Am besten, wir schlafen dabei«, sagte Mannhardt. »Denn den Seinen gibt's ja der Herr im Schlafe. Aber für dich mit deiner atheistischen Jugendweihe made in GDR gilt das ja nicht. Du musst arbeiten.« Damit ließ er sich in Dr. Zarges Sessel fallen und schloss die Augen, und Yaiza Teetzmann begann mit der Suche.

Während er am Wegdösen war, stellte er sich vor, wie es in der Viertelstunde vor Dr. Zarges Tod in diesem Zimmer zugegangen sein mochte. Erst hatte Kurbjuweit mit ihm gesprochen – und war dann gegangen. Wirklich? Oder war er es gewesen, den die Reinemachefrau am Besuchertisch gesehen hatte? Wie auch immer: Es hatte jemanden gegeben – und der hatte auf Dr. Zarge gewartet oder ihm aufgelauert. Dabei hatte er wohl – nervös wie er war – in einer Zeitung geblättert. Dr. Zarge war dann zurückgekommen, und höchstwahrscheinlich hatte es einen kurzen, aber sehr emotionsgeladenen Streit gegeben, an dessen Ende der Täter dann in seinem unkontrollierten Zorn die Bronzefigur vom Schreibtisch gerissen hatte, um Dr. Zarge damit zu erschlagen. Zwei-, dreimal auf den Kopf. Nach einem raffiniert geplanten Mord sah das wahrhaftig nicht aus. Eine Viertelstunde mochte vergangen sein, da fuhr er in die Höhe. Yaiza Teetzmann hatte eine spitzen Schrei ausgestoßen. »Das hat sich so angehört, als hättest du gerade …« Er ließ den Satz lieber unvollendet, denn die Frauenbeauftragte seiner Dienststelle verstand, kam ihr so etwas zu Ohren, keinerlei Spaß. So wurde er lieber zum schillernden Goethe: »Was war es, sprich, was dich derart in Entzücken versetzt …?«

»Das hier …« Sie hielt ihm eine Berliner Zeitung hin, in der versucht worden war, das Kreuzworträtsel zu lösen. »Das scheint Dr. Zarges großes Hobby gewesen zu sein. Ist ja auch eine schöne Ablenkung. Jedes Kreuzworträtsel hat er sich vorgenommen – und sich ab und an sogar für die HMO-Postille selber welche ausgedacht. Das Lösungswort für den Preis war immer der Name eines Professors. Das hat mir alles Demuth mal erzählt.«

Mannhardt rieb sich den Schlaf aus den Augen. »Und was hat das nun mit seinem Tod zu tun?«

»Womöglich eine ganze Menge.« Sie zeigte auf die Mitte des Kreuzworträtsels, wo noch einige Reihen leer geblieben waren. »Da muss Dr. Zarge aufgestanden sein, um aus dem Zimmer zu gehen. Und ein anderer ist hereingekommen, hat das Rätsel gesehen und – wahrscheinlich ganz in Gedanken – begonnen, es zu Ende zu lösen.«

»Anankastischer Vollendungszwang«, murmelte Mannhardt, stolz darauf, einen Begriff aus seiner letzten Fortbildungsveranstaltung nicht vergessen zu haben.

»Ja. Wir haben hier, dazu muss man gar keinen Graphologen fragen, eine andere Handschrift. Andere Druckbuchstaben, eine andere Kugelschreibermine. Blau statt schwarz. Nur ein Wort hat der Unbekannte hinzugefügt: Bei Aztekenkaiser. Und da hat er Vitzliputzli hingeschrieben. Das sind zwölf Buchstaben, zwei mehr als vorgesehen. Wahrscheinlich, um Dr. Zarge zu blamieren – oder auch nur aus Spaß an der Freude, denn einen Aztekenkaiser mit Namen Vitzliputzli hat es nie gegeben. Die hatten nur einen mit neun Buchstaben, den Montezuma, und zwei mit zehn: den Cuitlahuac und den Quauhtemoc. Ich hab im Lateinamerika-Institut angerufen, während du geschlafen hast.«

»Dafür weiß ich jetzt, wer der Täter ist, denn das mit dem Vitzliputzli kann eigentlich nur einer gewesen sein«, sagte Mannhardt.

Es war nur eine vage Ahnung, die Mannhardt hatte, und so rief er – im Büro zurück – sicherheitshalber seine Buchhandlung an. »Sagen Sie bitte, gibt es einen Karl-May-Roman ›Professor Vitzliputzli‹ oder so?« Er möge bitte warten, wurde ihm beschieden. Es dauerte sieben Minuten und 31 Sekunden und ließ die Schuldenlast Berlins erheblich wachsen, dann bekam er die Antwort: »Ja, es gibt einen Professor Vitzliputzli bei Karl May. Das ist der Spitzname eines Privatgelehrten im Erzgebirge, der eine schrullige Leidenschaft für indianische Sprachen hat. Der gleichnamige Roman trägt die Nummer 47 und ist angesiedelt zwischen ›Die Juweleninsel‹ und ›Das Zauberwasser‹.« Mannhardt bedankte sich und sah zu Yaiza Teetzmann hinüber. »Na, bin ich nicht ein Juwel und zaubere dir den Täter herbei ...?«

»Du meinst diesen Vielitz ...?«, fragte Yaiza Teetzmann.

»Wieso?«

»Na, als der in der Hochschule für Management und Organisation auf Beutezug ist, sieht er, dass Dr. Zarge aus seinem Zimmer kommt und die Tür offen lässt. Er geht rein, sucht nach der Aktentasche, sieht das Kreuzworträtsel auf dem Tisch, bleibt da hängen und liest: Aztekenkaiser. Da spielt er mit seinem Namen: Vielitz, Fensterputzer. Daraus wird dann Vitzliputzli. Dass das nach Azteken klingt, weiß er, dumm wie er per Gerichtsurteil nicht ist.«

»Auch nicht schlecht. Aber der große Karl-May-Fan heißt Torsten Babetzki. Bei dem stehen doch alle Bände im Regal – sicher auch Band 47 ›Professor Vitzliputzli‹«, entgegnete Mannhardt.

Yaiza Teetzmann hatte zwar noch nie etwas von Sir Karl Popper gehört, agierte aber ganz in dessen Sinne und in der Tradition des Kritischen Rationalismus, als sie sich weiterhin um die Falsifizierung der Mannhardtschen These bemühte. »Der Hausmeister, der Demuth, kommt nach deiner Vitzliputzli-Logik auch noch in Frage, denn der hat doch sicher mal bei seinem Bruder in Mexiko Urlaub gemacht und war bestimmt auch in der alten Azteken-Hauptstadt.«

»Ja, beim vulkanischen Kaiser Popocatépetl, als der gerade seinen Ausbruch hatte.« Mannhardt stand auf. »Versuchen wir's mal mit der klassischen Methode: mit einer

Gegenüberstellung. Wir schaffen die Herren Demuth, Kurbjuweit, Babetzki, Richter und Vielitz herbei und fragen die Putzfrau, wen von den fünf sie am Gründonnerstag bei Dr. Zarge im Zimmer gesehen hat. Jeder sitzt auf dem Besucherstuhl und kriegt eine Berliner Zeitung in die Hand. Wir machen das nicht hier bei uns in der Mordkommission, sondern draußen in der HMO. Am Tatort. Genau zur gleichen Zeit, fünf Uhr nachmittags, und unter denselben Bedingungen.«

So wurde es dann in der Tat arrangiert. Auf die Reinemachefrau schien absolut Verlass zu sein, denn es handelte sich um eine junge Diplom-Psychologin, die das exakte Beobachten jahrelang trainiert hatte.

Als die Inszenierung vorüber war, zögerte sie keine Sekunde, um die Zahl zu nennen, auf die Mannhardt und Yaiza Teetzmann schon ungeduldig gewartet hatten.

»Ohne Zweifel hat damals die Nummer 3 in Dr. Zarges Zimmer gesessen.«

Mannhardt hätte fast wie bei einem Siegestor von Hertha oder Union die Arme hochgerissen. »Also Babetzki!« Doch Yaiza Teetzmann gab sich mitnichten geschlagen. »Dass er bei Dr. Zarge im Zimmer gesessen hat, ist ja doch noch lange kein Beweis dafür, dass er ihn auch erschlagen hat.«

»Und warum hat er abgestritten, Dr. Zarge begegnet zu sein, bevor er nach Hause gefahren ist?« Für Mannhardt war diese Lüge allemal ein Grund, Torsten Babetzki sofort festzunehmen.

Der alte Glanz war so ziemlich dahin, als der schon vom Dienst suspendierte Gruppenleiter im Vernehmungszimmer Platz genommen hatte. Mannhardt nahm ihn sofort in die Mangel.

»Ich sage Ihnen mal schnell, Herr Babetzki, wie ich mir

vorstelle, was da am Gründonnerstag in der HMO abgelaufen ist: Dr. Zarge war ein Freund von Ihnen, und Sie haben sich ja auch in der Berufungskommission sehr für ihn eingesetzt. Und worin besteht nun sein Dank? Er will Sie beim Präsidenten verpfeifen – wegen ihrer dienstlichen Verfehlungen. Zarge sitzt in der Kommission, die über die Vergabe von Lehraufträgen entscheidet. Ein Kollege ist krank geworden, und er sucht dringend jemanden, der einen Lehrauftrag übernimmt. Dr. Zarge geht die Listen durch, und da fällt ihm auf, dass ein Dr. Köckeritz einmal als Dozent eingesetzt war und auch abgerechnet worden ist. Als er Kontakt zu Dr. Köckeritz aufnehmen will, gelingt ihm das nicht. Das war vor mehr als zwei Wochen. Damals haben Sie sich doch auch schon mal wegen Köckeritz angeschrien. Der Hausmeister hat das gehört. Dr. Zarge hat offenbar weiter geforscht und festgestellt, dass der Köckeritz real gar nicht existiert. Ein Verdacht keimt in Zarge auf. Sie haben das Geld nicht an einen Dr. Köckeritz, sondern an sich überwiesen, Sie leben weit über Ihre Verhältnisse, was Ihren Lebensstil betrifft ... Was macht Dr. Zarge nun? Er ruft Sie an und bittet Sie, zu ihm ins Zimmer zu kommen. Gründonnerstag, 17 Uhr. Um noch einmal mit Ihnen zu reden, ehe die Sache auffliegt. Schließlich sind ja auch die Revisoren im Haus, die Managementberater. Vielleicht lässt sich alles noch im Vorfeld bereinigen. Als Sie hereinkommen, ist Dr. Zarge noch nicht da. Er ist nur schnell noch mal in die Vervielfältigung gegangen – oder auf die Toilette. Egal. Sie setzen sich hin, nehmen die Zeitung zur Hand und sehen das Kreuzworträtsel ... Der Aztekenkaiser ist noch offen. Sie als Kenner von Karl May denken, dass Sie den sofort finden werden, denn alles, was bei dem in Mexiko spielt, haben Sie natürlich gelesen, beispielsweise ›Benito Juarez‹. Doch Sie kommen nicht drauf. Aus Frust – oder um Dr. Zarge zu ärgern – schreiben Sie dann hin, was Ihnen gerade durch den Kopf geht, siehe Karl May. Eben: Vitzliputzli. Der ja alle indianischen Sprachen drauf hatte. Dann kommt Dr. Zarge zurück und macht Ihnen Vorhaltungen wegen Ihrer Betrügereien. Er will, vermute ich, dass Sie reinen Tisch machen, vielleicht droht er Ihnen auch, zum Präsidenten zu gehen. Sie aber wollen alles vertuschen und werten sein Verhalten als Verrat. Es kommt zum Streit … Sie verlieren die Contenance und schlagen zu …«

»Das ist doch alles nicht wahr!«, schrie Torsten Babetzki.

Zwei Tage hielt er das durch, dann hatten sie ihn weich geklopft und sein vollständiges Geständnis in der Tasche.

Mannhardt freute sich und ging in seine Stammbuchhandlung, um sich »Professor Vitzliputzli« zu kaufen.

Wenn das Weihnachtsgeld nicht reicht

Katharina Lausick schaffte es nicht, richtig wach zu werden. Immer wieder fiel sie zurück in einen Dämmerzustand, der mit marternden Träumen verbunden war. Einer ihrer Professoren stand mit einer Pistole vor ihrem Bett. Sie fuhr hoch und mühte sich erneut, einen Blick auf ihren Radiowecker zu erhaschen. Doch ihre Augen waren wie verklebt. Sie sah nur so viel, dass die roten Ziffern irre zuckten. Sie erschrak. War sie in einer Intensivstation gelandet? Nein. Die digitale Uhr war gerade von 7.14 auf 7.15 gesprungen. Sie war Leichtathletin und reagierte wie nach einem Startschuss. »Dein Referat!« Nur nicht zu spät im Seminarraum erscheinen. Schon stand sie im Bad. Da fiel ihr ein, dass ja heute Sonntag war. Erst. Aber dennoch. Spätestens um halb acht wollte sie zum Frühstück bei ihrer Mutter sein. Nicht bei ihr zu Hause, sondern in dem Restaurant, in dem sie arbeitete. Als Putzfrau. Die Gaststätte machte zwar erst mittags auf, aber vorher ließ sich dort in der Küche ganz gut frühstücken. Vor allem kostenlos. Bis jetzt hatten sie jeden Euro zweimal umdrehen müssen, aber das war ja nun vorbei, denn letzte Woche hatte ihre Mutter angerufen: »Du, Kathi, endlich habe ich mal Glück im Leben: Ich hab im Lotto gewonnen. Weihnachten feiern wir diesmal auf den Malediven.«

Katharina Lausick gönnte es ihrer Mutter. Bis jetzt hatte sie viel entbehren müssen und ein eher erbärmliches Leben geführt. Generation Sozialamt. Mit einem IQ weit über dem Durchschnitt und auf dem Wege zu einem Einser-Abitur hatte Sieglinde Lausick einen mittelständischen Unternehmer kennen gelernt, Druckmaschinen, zwanzig Jahre älter als sie, Kunstsammler und Weltenbummler, dazu gut aussehend und Single. Der Traummann. Wie aus einer Fernsehserie. Statt sich im Klassenzimmer mit audio – audis – audit – audimus – auditis – audiunt zu langweilen, war sie mit ihm durch die Welt gezogen. Als dann das Kind unterwegs war, hatten sie geheiratet. Aber ein Jahr später hatte er Konkurs anmelden müssen. Das Erbe der Väter war verspielt – und was war ihm geblieben, als Selbstmord zu begehen? Hinterlassen hatte er nichts als Schulden, und ihre Mutter hatte sie mit einfachster Arbeit durchbringen müssen. Ohne Schulabschluss, ohne Berufsausbildung. Und das bei ihrer hohen Intelligenz. Nun arbeitete sie als Putzfrau in der »Blauen Ecke« am Savignyplatz. Das ertrug sie nur, indem sie trank. »Aber du sollst es einmal besser haben als ich«, sagte sie oft.

Katharina Lausick beeilte sich. Schnell war sie angezogen und lief zum S-Bahnhof Ostkreuz. Mit zwei Freundinnen hatte sie sich eine kleine Wohnung an der Boxhagener Straße in Friedrichshain gemietet. Bis zum Savignyplatz waren es elf Stationen, also nicht mal eine halbe Stunde. Da fiel es ihr ein: Wegen der Bauarbeiten war ja am Zoo immer noch Endstation und sie hatte zehn Minuten zu laufen. Kam sie also wieder mal zu spät. Das mit dem kostenlosen Frühstück ging ja nur, wenn der Wirt und die Küchencrew noch nicht da waren.

Sie war außer Atem, als sie das Restaurant endlich erreicht hatte. Ihre Armbanduhr zeigte 8.52. Drinnen brannte Licht. Also war ihre Mutter schon eifrig am Wirken. Klar. Zu sehen war von draußen niemand. Vielleicht war sie gerade in die Küche gegangen, neues Aufwischwasser holen. Katharina wollte sie nicht erschrecken und klopfte dreimal kräftig ans Holz der Tür. Von drinnen kam keine Reaktion. So drückte sie die Klinke nach unten und rief dabei: »Hallo, Mutti, ich bin's.«

Die Eingangstür war nicht abgeschlossen. Sonst war sie es immer gewesen. Katharina wunderte sich. Sie zog die Tür auf und blickte ins Innere des Gastraumes. Die Stühle waren auf die Tische gestellt, die Lehnen hingen herab, und es war schon gewischt worden. Sie rief noch einmal nach ihrer Mutter. Wieder erhielt sie keine Antwort.

Als sie einen Blick um die Ecke geworfen hatte, wusste sie auch, warum das so war.

Hans-Jürgen Mannhardt, Erster Kriminalhauptkommissar und Leiter der 12. Mordkommission, saß zu Hause in Tegel am Frühstückstisch und stritt sich mit seiner Lebensgefährtin. Es ging um die Frage, welche der auf dem Adventskranz steckenden Kerzen an diesem Tage anzuzünden waren.

»Natürlich die vom ersten Advent und dazu noch eine zweite«, sagte Heike.

»Nicht die vom ersten Advent«, widersprach ihr Mannhardt, »sondern zwei neue Kerzen, denn wenn die erste auch heute angesteckt wird, ist sie ja viel zu schnell niedergebrannt. Das sieht dann nicht mehr so gut aus.«

»Mach doch bitte keine Grundsatzfrage daraus, lieber Ha-Jott.«

»Hör bitte auf, mich Ha-Jott zu nennen.« Er hasste es, weil es ihn an Hitlerjugend denken ließ. »Und im Übrigen bist du es doch, die hier starrsinnig ist. Am liebsten würdest du doch deswegen vors Bundesverfassungsgericht ziehen oder ein Konzil einberufen.«

»Wie immer wird auch heute die Kerze angesteckt, die schon gebrannt hat«, beharrte Heike.

»Nein. Abgesehen von der Ästhetik erhöht es auch die Gefahr, dass der Adventskranz plötzlich in Flammen steht.«

»Au ja!«, rief Silvio, und seine Augen leuchteten. »Und ich lösche ihn dann.«

»Komm …, das könnte dir so passen.« Die Abkürzung Silvio für seinen eigentlichen Namen Silvester brachte Mannhardt, seit es diesen Berlusconi gab, nicht mehr so recht über die Lippen.

»Dann musst du aber mit mir die Weihnachtskrippe basteln.«

Mannhardt stöhnte auf. »Kann ich nicht, ich hab noch vom letzten Jahr einen krippalen Infekt.«

Heike war auch heute gnadenlos. »Das gehört nun mal dazu.«

»Ich bin allergisch gegen alles, was mit Heu zu tun hat«, brummte Mannhardt. »Wirklich kein schöner Einfall der göttlichen Regie, dass das Jesuskind in einem Stall zur Welt kommt. Ein Stundenhotel hätte es wenigstens sein können …«

»Das Kind!«, kam es mahnend.

»Welches?«, fragte Mannhardt. »Unser Kind oder seins …«

Das Klingeln des Telefons unterbrach ihn. »Ah, da kommt die Antwort aus der Höh.« Er eilte zum Tischchen und nahm ab. Es war indes nur Yaiza Teetzmann, seine bewährte Kollegin aus dem unvergleichlichen Marzahn. »Du kannst aufatmen: In der ›Blauen Ecke‹ am Savignyplatz liegt eine Frau.«

»Für mich? Das wäre doch nicht nötig gewesen.«

»Mann, die ist erschossen worden.«

»Oh …« Unter Heikes strengen Blicken kam sich Mannhardt doppelt schmutzig vor. Einmal als fieser Macho und zum anderen als jemand, der so tat, als sei ein Mord eine Sitcom-Veranstaltung.

»Ich eile.«

Wer von Tegel mit dem Auto zum Savignyplatz will, kommt ohne GPS schwer ins Grübeln, welche Route wohl die optimale ist. Nicht dass Hans-Jürgen Mannhardt an diesem Problem schon zerbrochen wäre, aber allein die Grundsatzentscheidung quälte ihn erheblich: Durch Reinickendorf und Wedding stadteinwärts und hinter dem Virchow-Klinikum Richtung Zoo oder aber Holzhauser Straße auf die Stadtautobahn und im weiten Bogen bis zur Ausfahrt Messedamm? Das war etwas weiter, ging aber womöglich um einiges schneller. Allerdings hatte er bei Staus auf den normalen Straßen immer noch eine Chance, auf Schleichwegen ans Ziel zu gelangen, während er auf der Autobahn rettungslos festsaß. Was also tun? Er entschied sich für »quer durch die Mitte«, denn schließlich war es Sonntag heute. Am Augustenburger Platz vergaß er allerdings, rechts abzubiegen, und erreichte den Tatort erst nach einer kleinen Irrfahrt. Aber Yaiza Teetzmann und sein Team waren ja schon lange vor Ort.

»Ich wollte euch nur Zeit lassen, den Fall schon zu lösen, bevor ich … Wer war's denn?«

»Jemand mit einer Schusswaffe.« Yaiza Teetzmann führte ihn zum Tresen und zeigte ihm das Opfer. »Mindestens fünf Schüsse sind abgegeben worden. Die Frau muss sofort tot gewesen sein. Es handelt sich um die 42-jährige Sieglinde Lausick aus der Neuenburger Straße. Sie hat hier als Reinigungskraft gearbeitet. Gefunden worden ist sie von ihrer Tochter Katharina, mit der sie hier zum Frühstück verabredet war. Das ist kurz vor neun gewesen. Die Tochter ist mit einem Schock im Krankenhaus. Der Wirt ist eben erst eingetroffen und sitzt in der Küche, völlig fertig. Kommt aus Griechenland, ist aber in Berlin aufgewachsen. Rainer Stromattias. Bis jetzt keine Zeugen.«

Mannhardt bedankte sich und sah sich in der »Blauen Ecke« um. Eine Mischung aus Sportler-Klause und griechischem Landgasthaus – Akropolis, adieu. Überall Devotionalien großer Athleten, in der Mehrzahl Fußballer und Faustkämpfer. Trikots, Boxhandschuhe und Spikes hingen an den Wänden, dazu gut zwei Dutzend Fotos berühmter Sportler, alle unter Glas, einige mit Autogrammen veredelt. Das schönste Stück der Sammlung war ein Bild von Otto Rehagel, einst Hertha BSC, jetzt Trainer der griechischen Nationalmannschaft. Um ihn herum hatte Stromattias die blau-weiße Fahne aller Hellenen drapiert. Am meisten ins Auge fiel aber die Fotografie, die von einer der Kugeln des Mörders getroffen worden war. Ein gezielter Kopfschuss. Mitten zwischen die Augen. Mannhardt versuchte, den Text darunter zu entziffern: »René Wecker nach seinem vernichtenden K.-o.-Sieg über Ricky McPower.« Ein Kampf, an den sich Mannhardt nicht mehr erinnern konnte.

Ein Kollege von der Spurensicherung rief nach ihm. Um den Männern auf den Barhockern Halt zu bieten, lief eine Messingstange um den Tresen, und da hatten sich an einer Halterung mehrere dunkelbraune Haare verfangen. Genau über der Toten. »Die könnten vom Täter stammen. Die hat er sich ausgerissen, als er sich über die Frau gebeugt hat, um zu sehen, ob sie tot ist. Beim Hochkommen ist er dann mit dem Kopf gegen die Stange gestoßen.«

»Kann auch jeder andere Gast gewesen sein«, gab Mannhardt zu bedenken. »Aber trotzdem mitnehmen und zur DNS-Analyse geben.« Damit ging er in die Küche, um mit dem Wirt zu reden.

»Sie war eine so gute Frau und hatte keine Feinde«, klagte Stromattias. »Wer kann so was nur getan haben? Ich weiß es nicht.«

»Ein Schicksal, das Sie mit uns allen teilen. Aber gerade das sichert uns den Arbeitsplatz.«

»Wenn ich nur eine Ahnung hätte, wer es gewesen sein könnte!«, rief der Wirt.

»Pech, dass wir hier in Berlin trotz aller EU Ihre Rachegöttinnen, die Erinnyen, nicht haben«, sagte Mannhardt und zitierte freihändig Schiller: »Doch wehe, wehe, wer verstohlen / Des Mordes schwere Tat vollbracht! / Wir heften uns an seine Sohlen, / Das furchtbare Geschlecht der Nacht.« Das waren »Die Kraniche des Ibykus«. Und weiter: »Und glaubt er fliehend zu entspringen, / Geflügelt sind wir da, die Schlingen / Ihm werfend um den flüchtgen Fuß, / Dass er zu Boden fallen muss. / So jagen wir ihn, ohn Ermatten …«

Yaiza Teetzmann kam und fragte, ob er einen Arzt benötige. »Ansonsten sollten wir zusehen, dass wir schnell in die Wohnung der Lausick gelangen.«

Die Neuenburger Straße, gleich am Halleschen Tor gelegen, war so karg und trist, dass Mannhardt ans Nachkriegs-Berlin seiner Kindheit erinnert wurde. Die Wohnung der Lausick war ein kleines Kabuff und sah so ärmlich aus, dass es selbst einem Edmund Stoiber schwer gefallen wäre, hier eine Sozialschmarotzerin zu orten. Umso verblüffter war

Mannhardt, als er im Küchenschrank einen Briefumschlag mit einem dicken Packen von grünen Hundert-Euro-Scheinen fand. Gut und gerne 40 000 Euro mochten es sein.

»Das wird der Lottogewinn sein, von dem meine Mutter am Telefon gesprochen hat«, sagte Katharina Lausick, die sie aus dem Krankenhaus abgeholt hatten.

Yaiza Teetzmann stieß die Luft aus den Lungen. »Toll. Und alles in bar zu Hause.«

»Hier ist der Lottoschein.« Die Tochter hatte ihn neben dem Fernseher liegen sehen. »Ich glaube, die Zahlen stimmen wirklich. Ein Fünfer mit Zusatzzahl. Der Tipp in der dritten Reihe.«

Mannhardt rief im Präsidium an, die Zahlen von letzter Woche nachprüfen zu lassen. Kurz darauf kam die Antwort. »Stimmt wirklich.« Er war ziemlich perplex.

»Zeig mal.« Yaiza Teetzmann nahm ihm den Lottoschein aus der Hand. »Stimmt. Aber entscheidend ist die Spielquittung.« Auch die fand man. »Mensch, ooch dit is allet richtig. Die Zahlen, det Datum: 29. 11. 03. Aba warte ma ...« Sie schaltete die Wandlampe ein und hielt das dünne Papier dagegen. »Sieht aus, als ob das Datum gefälscht ist – mit diesen Aufreibbuchstaben. Wir geben ihn noch zum LKA, aber ...«

»Und was heißt das?«, fragte Mannhardt, um gleich selber die Antwort zu geben: »Da ist jemand, der viel Geld aus einer Quelle hat, die nicht ganz koscher ist, will das verdecken und ...«

»... muss deshalb sterben«, ergänzte Yaiza Teetzmann. »Fazit: Die Ermordete ist selber schuld. Woher, meinst du, könnte sie denn das Geld haben?«

»Vielleicht zahlungskräftige Männerbekanntschaften?« Mannhardt sah die Tochter an.

»Auf gar keinen Fall!«, rief Katharina Lausick. Auch sonst hatte sie nicht die Spur eines Verdachtes, wer der Täter sein konnte.

»Dann tippe ich auf Erpressung«, sagte Mannhardt. »Als Reinemachefrau hatte sie ja viele Gelegenheiten, bei ihren Arbeitgebern herumzustöbern. Wo war sie denn überall im Einsatz?«

Ihre Tochter nannte ihnen Restaurants, Praxen und Haushalte, die von der Mordkommission nun abgeklappert wurden, ohne bei den ersten vier irgendwie weiterzukommen. Die Nummer fünf auf ihrer Liste war dann der Psychoanalytiker Dr. Korbinian Otterwisch in der Giesebrechtstraße.

Es wurde Mittwoch, bis Hans-Jürgen Mannhardt und Yaiza Teetzmann eine Chance bekamen, mit dem Psychoanalytiker zu sprechen. »Herr Dr. Otterwisch weilt zu einem Kongress in Los Angeles«, war ihnen zwei Tage zuvor von seiner Vorzimmerdame sozusagen amtlich mitgeteilt worden, als sei es schon um sein Alibi gegangen. Das Ambiente der Praxis war so mondän, wie es sich für das Prädikat Kudammnähe gehörte. Der Mann gab sich alle Mühe, wie Sigmund Freud auszusehen und so einfühlsam zu wirken wie ein Fernsehpfarrer in einer Talkshow.

»Ja, meine liebe, gute Frau Lausick ... Ein trauriges Schicksal. Fehlende Liebe hat sie ein Leben lang begleitet. Einsam war sie, und nun das unerklärlich viele Geld, von dem Sie sprechen. Ich will es einmal so fokussieren: Habsucht und pathologische Absonderung sind charakteristisch für Menschen wie Sieglinde Lausick. Generell ist es so, dass es bei Schizoiden einen großen Durst nach Sein gibt, und das macht sie gierig nach Geld und führt zu einer gewissen Entmenschlichung.«

Während der Psychoanalytiker redete, sah Mannhardt aus dem Fenster. Sie saßen in einem so genannten Berliner Zimmer, und über den Innenhof hinweg hatte man eine gute Sicht in die gegenüberliegende Wohnung. Dort schien sich jemand ein Fotoatelier eingerichtet zu haben, aber auch eine Galerie konnte es sein, denn an der einen Wand hingen großformatige Schwarzweißbilder. Nicht übermäßig interessant für Mannhardt. Er reagierte erst, als eine junge Frau mit atemberaubender Figur den Raum betrat. Sie trug ein kleines Schwarzes und hohe Pumps. Mitten am Tag. Als Mannhardt sie erkannte, war ihm klar, warum dies so war. Das Atelier und ihre Leidenschaft für die Fotografie waren nur Tarnung. Mannhardt wusste das aus einem länger zurückliegenden Mordfall, in dem er die Frau als Zeugin vernommen hatte. Sie hieß Uta Kadlubowski und verwöhnte unter dem Künstlernamen Melody Prominente und andere Männer mit guter Zahlungsmoral.

Sogleich hatte Mannhardt seine Arbeitshypothese formuliert: »Sieglinde Lausick hat, während sie bei Dr. Otterwisch sauber gemacht hat, Melodys Freier beobachtet und die Männer nachher erpresst.« Während sie vor der Nachbarwohnung standen, trug er diese These flüsternd vor und klingelte erst, als Yaiza Teetzmann Zustimmung signalisiert hatte. Nachdem sie durch den Türspion gemustert worden waren, wurden sie gefragt, wer sie denn seien und was sie wollten. Die Stimme allein ließ es bei Mannhardt erheblich kribbeln. Etwas befangen betete er sein Verslein herunter. Wer sie waren und was sie von ihr wollten. »Dr. Otterwischs Reinemachefrau ist am Sonntagmorgen erschossen worden, und wir suchen alle die auf, die mit ihr Kontakt gehabt haben.«

»Ich hatte keinen Kontakt mit ihr.«

Als sie der Kadlubowski im Atelier gegenübersaßen, hätte Mannhardt am liebsten sein Handy aus der Tasche gezogen und Heike angerufen: »Du, ich bin hier im Bordell …« Er konnte sich diese Ab-, wenn nicht gar Ausschweifung leisten, denn Yaiza Teetzmann führte das Gespräch mit der Dame des Hauses, und die blieb dabei, keine Sieglinde Lausick zu kennen. Was ginge sie die Putze von gegenüber an?

»In Ihrer Rolle als Fotografin und als Uta Kadlubowski mag das ja stimmen, aber nicht, wenn Sie als Melody auftreten und all die Männer glücklich machen, die das brauchen, was Sie zu bieten haben.« Mannhardt machte eine beschwichtigende Geste, als sie Anstalten machte, aufzuspringen und ihm die Augen auszukratzen. »Keine Panik. Ich kenn das doch: Stör die feinen Leute nicht. Kann ich auch gar nicht, ich will nur wissen, ob sich einige Ihrer … Ihrer Kunden oder Freier, wie auch immer, in letzter Zeit etwas komisch verhalten haben …«

»Nein. Wieso?«

»Weil Sieglinde Lausick, die Reinemachefrau von nebenan, sie erpresst haben könnte. ›Sie‹ kleingeschrieben. Sich von Melody verwöhnen zu lassen bedeutet ja, wenn es rauskommt und in den Medien breitgetreten wird, für einige Berufsgruppen und für alle Saubermänner und Moralisten noch immer das Ende ihrer steilen Karriere. Abgesehen mal von dem Ärger, den sie mit ihren Ehefrauen haben würden.«

»Ich kann mich an nichts erinnern«, hauchte Melody. »Ich kann mir auch nie Namen merken.«

Yaiza Teetzmann nickte verständnisvoll. »Sie müssen schweigen. Geschenkt. Das gehört zum Erfolg in Ihrem Job, zu unserem aber gehört es, dass wir Mörder aus dem Verkehr ziehen …«

»Bevor sie zu Serientätern werden«, fügte Mannhardt hinzu. »Es wäre also schön, wenn Sie …« Weiter kam er nicht, weil an der Wohnungstür jemand klingelte. Uta Kadlubowski ging auf die Diele hinaus. Mannhardt schnellte lautlos zum Telefon, nahm den Hörer ab und drückte auf den Knopf für die Wahlwiederholung. Im Display erschien eine Handy-Nummer. Die konnte er sich gerade noch merken.

Direkt die Nummer wählen wollte er nicht, aus Angst, nur ein anonymes »Hallo« zu hören. Mannhardt ging also den offiziellen Weg und bat die Mobilfunkgesellschaft um Amtshilfe. So dauerte es eine Weile, bis er den Namen des Teilnehmers herausgefunden hatte. Es handelte sich um Ansgar Kraatz, den beliebten Moderator von ENTER EINS, dem neuen Fernsehsender. Kraatz lebte von seinem Image, absolut sauber zu sein, war glücklich verheiratet und mit seinen 25 Jahren schon zweifacher Familienvater.

Sie fuhren in Yaiza Teetzmanns Smart hinaus nach Steinstücken, wo Ansgar Kraatz jeden Nachmittag in der nahe gelegenen Parforceheide joggen sollte. In seiner Villa am Griebnitzsee wollten sie ihn nicht stören.

»Diskretion ist unsere Stärke«, sagte Mannhardt.

Sie erwischten ihn da, wo Grüner Weg und Teerofengestell zusammenliefen, und Yaiza Teetzmann setzte ihn sofort, kaum dass sie sich vorgestellt hatten, gehörig unter Druck. »Sie wissen sicherlich aus den Medien, dass die Reinemachefrau Sieglinde Lausick am Savignyplatz erschossen worden ist. Am zweiten Advent, morgens gegen acht. Dies mit hoher Wahrscheinlichkeit, weil sie die Freier einer Edelnutte erpresst hat. Melody aus der Giesebrechtstraße. Und bei der waren Sie auch …«

»Ich …?« Ansgar Kraatz trat mit der Spitze seines rechten Turnschuhs in den Boden. »Nur, um mich von ihr fotografieren zu lassen.«

»Klar. Nur Pech, dass Sie von der Wohnung gegenüber auch fotografiert worden sind«, bluffte Mannhardt erfolgreich, denn Fotos hatten sie noch keine gefunden.

»Haben Sie die Negative?«, fragte der Moderator.

»Haben Sie ein Alibi?«, kam die Gegenfrage.

Ansgar Kraatz überlegte einen Augenblick. »Ich war unterwegs zu einem Termin in Frankfurt/Oder.«

»Sicherlich allein?«

Ansgar Kraatz bejahte dies und war damit gehörig in der Bredouille, denn mal eben schnell einen Abstecher zum Savignyplatz zu machen, war nicht unmöglich. Die Zeiten, die er angab, ließen alles zu.

Ein Anruf aus dem LKA brachte die letzte Sicherheit, dass das Datum auf der Spielquittung der Lausick wirklich gefälscht war. »Sie hat die gezogenen Lottozahlen vom 29.11. genommen und diese auf ihrem Schein für die Ziehung am 6.12. angekreuzt. So sind sie Schwarz auf Weiß auf die Spielquittung gekommen. Nun brauchte sie nur noch das Datum zu ändern, also alles rückdatieren, um ihren lieben Nächsten weiszumachen, dass sie im Lotto viel Geld gewonnen hatte. Für den Hausgebrauch hätte die Fälschung auch gereicht.«

Das also war geklärt, gleich danach aber kam einer der Mitarbeiter und meldete, dass Uta Kadlubowski kein Alibi für die Tatzeit habe. Mannhardt und Yaiza Teetzmann hatten danach nicht gefragt – Mannhardt, weil er mit seinen Gedanken ganz bei Melody war, und Yaiza Teetzmann, weil in ihrer Kripo-Ausbildung schießende Frauen als Täterinnen nicht vorgekommen waren. »Sie will morgens allein im Bett gelegen haben. Ausgerechnet«, erklärte

Mannhardts Mitarbeiter. »Ich würde immer noch darauf wetten, dass sie die Lausick selber eliminiert hat, und will an ihr dran bleiben.« Wenig später durfte Mannhardt ausrufen: »Den Seinen gibt's der Herr im Schlafe«, denn ein anderes Mitglied seiner Mordkommission kam mit der Nachricht, dass man in der Wohnung der Lausick in einem Versteck 18 Fotos gefunden habe. Alles Männer, die sie im Atelier der Kadlubowski beziehungsweise beim Klingeln an ihrer Tür fotografiert hatte. Von gegenüber, von Dr. Otterwischs Praxis aus. Ganz offensichtlich ihre potenziellen Opfer. Elf der Männer kannten Mannhardt und Yaiza Teetzmann aus den Medien, darunter auch Ansgar Kraatz, den zwölften fanden sie in ihren Datensätzen. Es war ein gewisser Richard Kraft, der mafiösen Netzwerken angehören sollte. »Nomen est omen«, sagte Mannhardt, als er auf dem Bildschirm las, dass Richard Kraft, 36, als Kraftsportler und Kraftfahrer in Erscheinung getreten war. Als Jugendlicher hatte er einige Male eingesessen, war dann mit Boxen nach oben gekommen. Dann endete die so aussichtsreiche Boxerkarriere abrupt. Er sollte derzeit sein Geld damit verdienen, dass er mit von der Partie war, wenn junge Frauen aus dem ehemaligen Ostblock mit falschen Versprechungen nach Deutschland gebracht und zur Prostitution gezwungen wurden. Kollegen vom LKA hatten Mannhardt bereits gesagt, dass sie Melodys Wohnung überwachten; offenbar war sie nicht nur ein bordellartiger Betrieb, sondern Unterschlupf und Umschlagplatz für Frauen aus Osteuropa. Offiziell war Kraft Geschäftsführer der Firma SITRA, was für Sicherheit und Transporte stand. »Den hätte ich mir gern aus der Nähe angesehen«, sagte Mannhardt und ließ seinen Assoziationen freien Lauf. »Meine fromme Tante Lene hat immer gesungen: Es ist Kraft in dem Blut, es ist Kraft in dem Blut des Heilands …«

Richard Kraft wohnte standesgemäß in Mitte, an der Gipsstraße. Es war nach 20 Uhr, als sie dort ankamen. Mannhardt studierte die Namensschilder am Klingelbrett, während sich Yaiza Teetzmann die Auslagen einer Antiquitätenhandlung ansah. Als Mannhardt unten klingeln wollte, kam ihm Kraft entgegen. Zu Fuß. Kaum dass er Mannhardt erblickt hatte, fuhr er herum und lief mit schnellen Schritten, ohne zu rennen, zur Rosenthaler Straße zurück, überquerte sie am U-Bahnhof Weinmeisterstraße und suchte im alten Scheunenviertel abzutauchen. Mannhardt folgte ihm in knappem Abstand, Yaiza Teetzmann verlor den Anschluss. Kraft wurde schneller, doch Mannhardt blieb ihm auch auf den Fersen, als es durch einen Hintereingang in ein riesiges Gebäude ging. Kraft riss einen Scheinwerfer um, es gab ein Riesengeschrei, als der mit einer kleinen Explosion zu Boden fiel. Unzählige Leute wuselten herum.

Doch Mannhardt ließ sich nicht beirren. Fast hätte er Kraft gepackt, da schlüpfte der durch eine schmale Tür und lief durch ein Labyrinth von schwarzen Gängen. Plötzlich gleißende Helligkeit. Kraft warf eine Frau, die im Weg stand, zu Boden. Viele hundert Leute schrien auf. Da erst begriff Mannhardt, wo er stand. Auf einer Bühne. Die Leute hielten das für ein Teil des Stückes. Es war alles voller Blut. Theaterblut. Mannhardt machte eine kleine Verbeugung und wollte »Entschuldigung!« rufen, da sah er, dass Kraft einen Revolver aus dem Mantel gerissen hatte und auf ihn anlegte. Ehe er sich zu Boden werfen konnte, fiel der Schuss.

»Schade, dass er mich nicht getroffen hat«, sagte Mannhardt am nächsten Morgen zu Yaiza Teetzmann. »Wie heißt es bei Fontane: Ein Tod kann unsterblicher sein als ein ganzes Leben.« – »Hören wir mal, was der Gute uns dazu zu sagen hat.« Yaiza Teetzmann griff zum Telefon, um Richard Kraft vorführen zu lassen. Sie hatte ihn gestern Abend vor dem Theater abfangen und überwältigen können. Mit ein paar knappen Sätzen erklärte sie ihm, weshalb er festgehalten wurde.

Richard Kraft war anzusehen, dass er viel Zeit in Bräunungs- und Fitnessstudios verbrachte. Sein Anzug hatte mehr gekostet als Mannhardt im Monat verdiente. »Was bringt es, eine junge Frau aus, sagen wir, der Ukraine, an ein Etablissement wie das von Uta Kadlubowski zu verkaufen?«, fragte Yaiza Teetzmann. Kraft gab sich alle Mühe, gelangweilt zu wirken und winkte ab. »Melody arbeitet auf eigene Rechnung. Menschenhandel ist nicht mein Ding.« – »Warum haben Sie auf mich geschossen?«, fragte Mannhardt. – »Ich hab nicht auf Sie geschossen, sondern in die Kulissen. Damit sich die Arschlöcher da im Theater in die Hosen machen. Ich hasse Theater!« Kraft tat, als müsse er sich erbrechen. – »Ich bin kein Theaterintendant, der Sie engagieren wollte«, wandte Mannhardt ein. »Vor mir hätten Sie nicht weglaufen müssen. Außerdem haben Sie sehr wohl auf mich gezielt ...« – »Okay, zugegeben, aber das war nicht persönlich gemeint. Ich hab Sie für einen Killer gehalten. Sie haben unheimliche Ähnlichkeit mit einem Rumänen, der früher bei der Securitate war und jetzt, wo wir mit der SITRA tätig sind, geht man mit Konkurrenten nicht zimperlich um.« Er schwieg viel sagend. – »Möglich ist alles«, musste Yaiza Teetzmann zugeben, »aber wie sieht es denn mit Ihrem Alibi aus, die Lausick betreffend? Letzten Sonntag, zwischen sieben und acht Uhr morgens ...?« Richard Kraft blieb gelassen. »Übers Wochenende war ich bei meinem Freund Igor in Bad Saarow. Der hat da 'ne Villa.« Sie wurden unterbrochen. Ein Kollege kam ohne anzuklopfen ins Zimmer, um Mannhardt seinen Urlaubsantrag zu geben. »Jetzt nicht«, stöhnte Mannhardt. »Sie gehen mir auf den Wecker, Herr Wecker!« Kraft zuckte zusammen und murmelte: »Sie sind doch nicht etwa der Bruder von dem ...?« – »Sie meinen den Boxer, nee, nee.« – »Zur Sache«, ermahnte Yaiza Teetzmann die Herren. »Also, Herr Kraft, was sagen Sie zu der These, dass Sie die Lausick erschossen haben, weil die der Kadlubowski – und damit auch Ihnen – das Geschäft vermasselt hat? Wir wissen ja, dass die Wohnung nicht nur ein Liebesnest war, sondern ein lukrativer Umschlagplatz für Ware, wie Sie wohl sagen, aus Osteuropa.« – »Keine Ahnung. Ich war nichts weiter als ab und zu mal Melodys Kunde, was ja wohl nicht strafbar ist.«

Die Sache mit Krafts Alibi war schnell geklärt. Igor in Bad Saarow bestätigte, dass er bei ihm genächtigt und die Villa erst gegen Mittag verlassen habe. »Nun ja«, sagte Mannhardt. Eigentlich wollten er und Yaiza Teetzmann erst die Liste der Männer abarbeiten, die als Melodys Kunden von Sieglinde Lausick fotografiert und wahrscheinlich auch erpresst worden waren, da brachte sie die Tochter des Opfers auf eine ganz andere Spur. Ziemlich aufgeregt rief sie bei ihnen an.

»Ich hab Briefe von meiner Mutter gefunden. Sie hatte lange Zeit einen Lover, von dem ich gar nichts gewusst habe. René Porstendorf, einen Fernfahrer. Der hat ihr gedroht, sie umzubringen, wenn sie ihn fallen lassen würde. Im Juni hat sie ihn rausgeworfen. Daraufhin hat er sich fürchterlich betrunken ans Steuer gesetzt und ist erwischt worden. Die Folge: Führerschein weg, Job weg. Und wem gibt er die Schuld an allem: meiner Mutter!«

Sie fanden Porstendorf in einer vergammelten Wohnung in Moabit, Bandelstraße, Hinterhaus. Mannhardt sang sofort einen Lieblingsschlager seiner frühen Jahre: »Mariandl, … andl, … andl, du hast mein Herz am Bandel, Bandel …«, doch das Ambiente war nicht eben poetisch. Als Porstendorf ihnen öffnete, trug er einen grauen Trainingsanzug. Es roch nach Doppelkorn, und auf dem Bildschirm seines alten Fernsehers schlugen zwei übel zugerichtete Boxer aufeinander ein. Sie stellten sich vor und sagten, warum sie gekommen waren.

»Wegen die Linde, ah ja …« Er schlurfte voran ins Wohnzimmer. »Dann komm Se ma …«

»Sie haben Sieglinde Lausick gehasst?«, fragte Yaiza Teetzmann.

»Is det denn schon 'n Verbrechen?«, fragte Porstendorf zurück und wandte sich wieder voll und ganz dem Boxkampf zu. »Die is an mein janzet Elend schuld, sehn Se ja … Und det se nu tot is …«

»Das wissen Sie aus der Zeitung?«

»Woher'n sonst?«

»Weil Sie vielleicht dabei gewesen sind …«

»War ick nich. Schade. Det nächste Mal aba.«

»Herr Porstendorf, es geht hier um Mord. Und wenn Sie kein Alibi haben, dann …«

»Wozu brauch ich 'n Alibi, wenn ick et nich war? Aba wenn et Sie beruhigt: Ick habe keens.«

»Irgendwo müssen Sie doch gewesen sein?«

»Wissen Sie jenau, Herr Kommissar, wo Sie allet jewesen sind, wenn Sie 'ne Flasche Doppelkorn ausjetrunken ham? Nee. Na also.«

Als sie wieder ins Büro kamen, saß dort ein Mann, den sie schon einige Male gesehen hatten – in den Zeitungen, in der Abendschau, aber auch auf einem der Fotos, die Sieglinde Lausick von Melodys Freiern gemacht hatte.

»Heinrich Häscher«, sagte er mit einer knappen Verbeugung, obwohl er davon ausging, dass ganz Berlin ihn kannte, ihn, den Stadtrat für Wirtschaft, immer wieder für einen Ministerposten im Gespräch.

»Heinrich Häscher, ah ja …« Mannhardt konnte nicht anders als Mannhardt zu sein. »›Ihn schlugen die Häscher in Bande./ Was wolltest du mit dem Dolche? Sprich!‹ – Schiller, ›Die Bürgschaft‹. Obwohl es ja in unserem Falle nicht um einen Dolch geht …«

»Und um gar nicht erst in Verdacht zu geraten, bin ich ja hier«, sagte Häscher.

Yaiza Teetzmann fixierte ihn. »Sie geben also zu, von Sieglinde Lausick erpresst worden zu sein.«

»Ja, ohne dass ich aber … Sie verstehen. Dennoch: In meiner Stellung wäre es tödlich für mich, wenn meine rein künstlerischen Kontakte zu Frau Kadlubowski von den Boulevardblättern benutzt würden, um mich …«

Mannhardt nickte. Heinrich Häscher war von seiner Partei als Saubermann aufgebaut worden. Üb immer Treu und Redlichkeit und halt die alten Werte hoch. Die Ehe sei ihm heilig und jeder Ehebruch verdammenswert, hatte er des Öfteren erklärt. Am liebsten ließ er sich mit seiner Familie ablichten, vor allem, wenn er mit seinen beiden Söhnen boxte. Das sollte Stärke und Durchsetzungskraft signalisieren.

»Und woher kennen Sie Frau Kadlubowski?«, wollte Yaiza Teetzmann wissen.

»Sie ist meine Fotografin, seit ich Politiker bin. Sehen Sie in die Zeitungen, ihr Name steht immer unten drunter. Und ich wäre nie auf die Idee gekommen, dass sie etwas anderes ist als Künstlerin. Und auch die Fotos auf den Umschlägen meiner Romane stammen von ihr.«

Mannhardt staunte. »Sie haben Romane geschrieben …?« Heike hatte eine Menge Bücher und ging auch viel zu Lesungen, aber in diesem Zusammenhang hatte er nie von einem Heinrich Häscher gehört. Bei seinem perfekten Namensgedächtnis eigentlich ein Ding der Unmöglichkeit. »Wo findet man Sie denn …?«

»In jeder Buchhandlung … Unter dem Namen Henry Catchpole. Henry gleich Heinrich und Catchpole gleich Häscher. Ganz einfach zu erklären, mein Pseudonym.«

»Und wenn Sie nicht nur ein solches hätten, sondern auch noch ein Alibi, Herr Häscher, schlüge Sie niemand in Banden.« Mannhardt sah den Herrn Stadtrat erwartungsvoll an und nannte den entsprechenden Zeitraum. Häscher überlegte nicht lange. »Da habe ich noch im Bett gelegen, und zwar im eigenen, und mit meiner Frau … über die Kita-Gebühren diskutiert.«

»Haben Sie denn Frau Lausick schon Schweigegeld bezahlt?«

»Nein, wo denken Sie hin?« Damit kam er zum Abschiedsritual und ließ die Mordkommission ziemlich ratlos zurück.

»Ohne die DNA-Analyse der Haare vom Tresen und des Materials der fünf Verdächtigen kommen wir nicht weiter«, sagte Mannhardt. »Aber das kann noch dauern.«

»Alle haben sie ein Motiv«, sagte Yaiza Teetzmann. »Uta Kadlubowski und Richard Kraft haben Angst um ihr Geschäft und Ansgar Kraatz wie Heinrich Häscher um ihren guten Ruf und ihre Karriere. Nur René Porstendorf fällt aus der Reihe, bei dem war es Rache.«

»Und alle haben nicht nur ein Motiv, sondern auch

wacklige Alibis, wenn überhaupt«, fügte Mannhardt hinzu. »Aber wie gesagt: Ohne DNA haben wir keine Chance, einem der fünf nachzuweisen, dass er gelogen hat. Außerdem kann es ja auch ein ganz anderer gewesen sein, einer, der auf den übrigen Fotos festgehalten ist.«

»Stichwort Foto …« Yaiza Teetzmann schloss die Augen und gab sich Mühe, wie eine Hellseherin zu wirken. »Ich glaube schon, dass wir uns keinen von denen genauer ansehen müssen, denn …« Sie setzte zu einer längeren Rede an, die mit den Worten begann: »Nicht nur Autoren wie Heinrich Häscher haben ein Pseudonym, auch Sportler treten unter anderen Namen an … Mohammed Ali hieß ja auch mal anders.«

»Da bist du also über den Umweg Heinrich Häscher drauf gekommen«, sagte Mannhardt. »Über das Pseudonym. Mir fällt dazu nur immer der alte Witz ein: Will eine junge Dame mit einem jungen Mann das machen, womit unsere Melody ihr Geld verdient, und fragt ihn vorher noch nach seinem Beruf. Antwort: Ich bin Schriftsteller und benutze ein Pseudonym. Darauf sie: Das ist bei mir nicht nötig, ich hab die Pille genommen.« Yaiza Teetzmann konnte darüber nicht einmal müde grinsen, erstens aus feministischer Sicht, denn wieder einmal stand die Frau als Dummchen da, und zweitens benutzte man ja Pseudonyme nicht nur, um Kinder, sondern auch um Aids zu verhüten. »Können wir jetzt endlich zur Sache kommen …« – »Hör bitte auf, mich sexuell zu belästigen«, bat Mannhardt.

»Mann, zu Richard Kraft.« – »Ja.« Mannhardt deutete eine Verbeugung an und gab sich devot. »Ich bewundere deine Kombinationsgabe. Wenn aus dem Stadtrat Heinrich Häscher der Autor Henry Catchpole geworden ist, dann, so deine These, steckt hinter dem Boxer Ricky McPower garantiert unser Richard Kraft.« – »Tut er auch!« Yaiza Teetzmann, ganz strahlende Siegerin, hielt ihm die Fotokopien alter Sportberichte hin. »Hier steht es Schwarz auf Weiß.« Mannhardt überflog sie eingehend. »Schön, Richard Kraft hat in der Blüte seiner Jahre als Ricky McPower im Ring gestanden, aber das beweist doch noch lange nicht, dass er Sieglinde Lausick erschossen hat.« – »Es ist das Indiz. Kannst du dich noch erinnern, was unter dem zerschossenen Foto stand und wie er auf unseren Kollegen Wecker reagierte …?«

Mannhardt sah nun erst recht keine Zusammenhänge mehr. »Unter welchem Foto?«

»O Gott, setzen, Fünf! Na, das Foto am Tatort, Eure Vergesslichkeit. Die ›Blaue Ecke‹ am Savignyplatz. Wir sind immer noch im selben Film. Oder?«

Yaiza Teetzmann hatte es so an sich, ihren Vorgesetzten schonungslos anzugehen. »Das einzige Foto, das zerschossen war …« – »Ach, bei fünf Schüssen geht schon mal einer daneben …« Mannhardt hatte in einer der vielen Fortbildungsveranstaltungen auch etwas von Karl Popper und dem Kritischen Rationalismus gehört, und dass man stets versuchen müsse, Theorien zu falsifizieren, also zu widerlegen.

»Nein, da hat er mit Absicht eine Kugel hineingejagt. Mangelnde Impulskontrolle.« Yaiza Teetzmann war nicht umsonst Diplom-Kommissarin.

»Nur gut, dass ich meine Impulse kontrollieren kann, wenn ich dich so ansehe …« – »Ja, bitte, tu's!«

»Was stand also unter dem zerschossenen Foto?«

»Da stand: René Wecker nach seinem vernichtenden K.-o.-Sieg über Ricky McPower.« Daraus zog Yaiza Teetzmann den Schluss, dass er diesen René Wecker furchtbar gehasst haben musste. »Mit dieser K.-o.-Niederlage begann sein Abstieg – in den Knast, in die Gosse. Und Wecker hatte nicht ehrlich gewonnen, sondern mit einem Tiefschlag. Der Ringrichter hatte diesen aber übersehen, beziehungsweise übersehen wollen. McPower hat jedenfalls geschrien, der Kampf sei gekauft worden. Das hat ihn umgehauen und auf die schiefe Bahn gebracht. Von nun an ging's bergab.« Mannhardt wurde unsachlich. »Du solltest umsatteln und sehen, dass du dein Geld mit Psychoanalyse und Gerichtsgutachten verdienst.« – »Klar, und mit dir als Übungsobjekt würde ich auch jede Prüfung bestehen ...« Yaiza Teetzmann war mit drei Brüdern aufgewachsen und somit hart im Geben. »Aber zurück zu Richard Kraft ... In dem Augenblick, wo er realisiert, dass er die Lausick erschossen hat, wird ihm noch einmal voll bewusst, dass dieser René Wecker schuld an allem ist, auch daran, dass er nun zum Mörder geworden ist. Womöglich Killer im Auftrage seines Freundes Igor, der bei unseren Kollegen von der Organisierten Kriminalität ja auch kein Unbekannter ist.« – »Mit deiner Fantasie könntest du Henry Catchpole Konkurrenz machen«, sagte Mannhardt.

Doch als dann das Ergebnis der DNA-Analyse vorlag, konnte Yaiza Teetzmann erneut triumphieren: Die ausgerissenen Haare am Tresen der »Blauen Ecke« stammten eindeutig von Richard Kraft alias Ricky McPower. Er wurde umgehend festgenommen, und sie brauchten keine Stunde, bis er sein Geständnis unterschrieben hatte. Dass es vollständig war, musste allerdings bezweifelt werden, denn immer wieder beteuerte er, keine Auftraggeber gehabt zu haben – und davon, dass die inzwischen vom SEK gestürmte Wohnung Melodys als Unterschlupf für illegale

Prostituierte gedient hatte, wollte Richard Kraft nichts gewusst haben.

»Nein, wirklich nicht. Ich habe es nur Melody zuliebe getan. Ohne dass sie was davon gewusst hat. Keiner hat was davon gewusst. Ich liebe sie und wollte immer, dass sie mich eines Tages heiratet.« In der Tat war Uta Kadlubowski dann auch die Erste, die ihn im Knast besuchte. Das war wirklich anrührend und bestätigte die Berliner in ihrer Meinung, die Stadt sei eine Hauptstadt mit Herz, und Mannhardt kommentierte es mit Theodor Fontane: »Eigentlich ist es ein Glück, ein Lebelang an einer Sehnsucht zu lutschen …«

Ostern wegen Mordes geschlossen

Karsten Oelkuch kaute missmutig an seiner zähen Schrippe. Petra hatte keine Lust gehabt, nach dem Aufstehen zum Bäcker zu gehen, sondern das aufgebacken, was gestern Abend übrig geblieben war. »Wir müssen sparen.« Sie sparte an allem, auch am Sex. Obwohl der nichts kostete. Nichts als zwei Stunden gemeinsames Fernsehen hatte es gestern Nacht gegeben. Das hätte er auch in seiner eigenen Bude haben können. Und die Osterreise nach Zinnowitz hatten sie auch absagen müssen. Mangels Masse. Sogar beim Frühstück warf sie den Fernseher an.

»Ich will bloß mal die Lottozahlen sehen.« Petra brauchte eine Weile, bis sie die entsprechende Videotafel gefunden hatte. Dann schrie sie auf. »Mensch, wir haben sechs Richtige!«

»Ehrlich …?«

»Nein. April, April!«

Oelkuch verfluchte den 1. April und die mit ihm verbundenen Sitten und erklärte ihr, dass er keinen Hunger mehr habe. »Außerdem muss ich nach Schmöckwitz raus.«

»Was willst'n da?«

»Feichtenbeiner umbringen«, antwortete Oelkuch. »Ha-

ha: April, April. Nee, der ist schon morgens um sechs ab nach Lanzarote.«

Damit machte er sich auf den Weg nach Schmöckwitz, wo in den nächsten drei Wochen ein paar Euro zu verdienen waren. Richtige Arbeit hatte er schon lange nicht mehr. Eigentlich gelernter Klempner, konnte er auch alles erledigen, was an sich Sache von Maurern, Malern, Fliesenlegern und Elektrikern war. Dazu kamen Gartenarbeiten. Er schlug sich halt so durch und wartete auf bessere Zeiten.

In Schmöckwitz hatte sich sein alter Schulfreund Felix Feichtenbeiner, gerade 33 Jahre alt geworden, eine marode Villa gekauft. Er wohnte nun auf einer Baustelle, es musste ja noch viel saniert werden – weithin schwarz natürlich. Aber alles, was Oelkuch für Feichtenbeiner machte, tat er nur aus reinster Nächstenliebe. Wenn es nur nicht so weit draußen gewesen wäre! Seine Schrottkiste stand mit kaputtem Zylinderkopf bei einem Freund in der Garage, und so war er gezwungen, mit U-, S- und Straßenbahn zu fahren, was vom Schlesischen Tor aus nur ging, wenn er zweimal umstieg: Warschauer Straße und Grünau. Zeit genug, um darüber nachzudenken, wie er sein Leben nachhaltig ändern konnte. Endlich mal genügend Kohle haben. Aber wie kam man an Geld, ohne es anderen wegzunehmen? Eigentlich gar nicht, wenn man keine Arbeit und kein Geschäft hatte, nichts erbte und auch nichts im Lotto gewann. Und nicht jeder konnte in einem Vorstand sitzen und abkassieren, wenn man von einer anderen Firma geschluckt wurde, oder BVG-Direktor sein.

Die Straßenbahn fuhr am Langen See entlang, und Oelkuch stellte sich vor, dass es Sommer wurde und er in einem großen Motorboot saß. Zur Müritz wollte er, vielleicht bis hinauf zu den Boddengewässern.

Auf die Haltestellen brauchte er nicht zu achten, denn er hatte Alt-Schmöckwitz auszusteigen, und das war die Endstation der Linie 68. Unlustig kletterte er vom hohen Tatra-Wagen auf den Fahrdamm und wandte sich hinter der Straßenbahn nach rechts Richtung Brücke. Bis zur Straße Am Seddinsee waren es nur wenige Schritte. Zu tragen hatte er nur die Plastiktüte mit seiner Arbeitskleidung, einer Stulle, einer Seltersflasche und seiner Fußball-Zeitung. Alles andere, Werkzeuge, Kabel, Fliesen, Armaturen, Zementsäcke und Farbeimer, hatte er mit Feichtenbeiner zusammen schon letzten Sonnabend aus dem Baumarkt geholt.

Vor der Villa angekommen, suchte er einen Augenblick nach den Schlüsseln, die Feichtenbeiner ihm anvertraut hatte, bekam schon einen Schreck und fürchtete, wieder zurückfahren zu müssen, fand sie aber nach einigem Fummeln in der Innentasche seiner blauen Jeansjacke und schloss erst das Gartentor und dann die Haustür auf. Es roch furchtbar muffig. Der Schimmelpilz überall. Er wollte zur Küche laufen, um die Terrassentür aufzureißen. Da sah er Feichtenbeiner liegen. Am Fuße der Treppe zur ersten Etage. In einer riesigen Blutlache.

Hans-Jürgen Mannhardt, Leiter der 12. Mordkommission, dachte mit Schrecken daran, dass in zehn Tagen wieder einmal Ostern war. Aber nicht das aufgeregte Gehabe seiner Lieben ließ ihn dieses Fest so fürchten, das auch, doch mehr noch die Tatsache, dass es in den letzten Jahren pünktlich zu Ostern und zu Weihnachten immer einen rätselhaften Mord gegeben hatte. Anstatt sich in Ruhe auf die anstehenden Genüsse zu freuen, war er durch die Stadt gejagt und hatte mächtigen Stress gehabt. Und das bei einem Einkommen, das eher mäßig war, und null Beförderungschancen. So bummelte er seine Überstunden ab, saß griesgrämig am Fenster und starrte auf den öden Tegeler Hafen hinunter.

»Du lebst!«, rief Heike, die Gefährtin seines Lebens. »April! April!«

Mühsam realisierte er, dass sie heute den 1. April hatten und ihr Scherz tiefgründig war. »Was soll ich tun, gnädige Frau, um mich wieder zum Leben zu erwecken?«

»Eier ausblasen.« Mannhardt zuckte zusammen. »Man ist ja auch nur ein Mann. Allein die Vorstellung.« Aber was sollte er machen, er hatte es Silvio versprochen. Und schon kam sein Sohn in die Küche getrabt, um den Kühlschrank aufzureißen. »Pass auf, lass die Schachtel nicht fallen!« Silvio tat es nicht, da konnte Mannhardt noch so hoffen. Er hätte so schön Rührei essen können und sich nicht mit dem Osterschmuck abquälen müssen.

»Du, Papa, meinst du, der Osterhase bringt mir einen Kindercomputer?«

»Nein, der ist so schwer, den kann er nicht tragen.«

»Aber letztes Jahr hat er mir doch ein Fahrrad gebracht, und das ist doch viel schwerer gewesen.«

»Das hat er geschoben.« Mannhardt war schon dabei, die nötigen beiden Löcher in das erste der ihm hingehaltenen Eier zu stechen. Das gelang zwar so einigermaßen, doch als er dann pustete, kam nichts heraus. Heike machte die gewohnten spöttischen Bemerkungen über seine nachlassenden Kräfte, und bei Silvio büßte er von Sekunde zu Sekunde mehr von seinem Status als Halbgott ein. »Verdammte ...!« Mannhardt war schon puterrot angelaufen, und fast platzte ihm der Kopf, aber noch immer wollte die glibberige Masse nicht aus der Schale flutschen. Was ihn schließlich rettete, war das Telefon. Er legte das widerspenstige Ei auf den Tisch und eilte zum Apparat. Als er angekommen war, rollte das Ei über die Kante und klatschte auf den Fußboden.

»So genial hätte nicht einmal Columbus das Problem gelöst«, sagte Heike, während Silvio in Geschrei ausbrach.

»Danke!« Mannhardt machte eine leichte Verbeugung in ihre Richtung, während er den Hörer abnahm. Es war Yaiza Teetzmann, seine ebenso langjährige wie langbeinige Kollegin. »Du musst gar nicht lange reden«, unterbrach er sie. »Ich weiß: wieder einmal der Ostermord. Pünktlich wie immer. Sag mir nur schnell, wo das Opfer liegt.«

»In Schmöckwitz. Die Straße heißt … warte mal.«

»Okay, in der Wartemalstraße. Ich komme. April, April.«

»Nein, wirklich. Am Seddinsee.«

»Am Ufer oder im Wasser?«

»Der Ermordete liegt nicht im Wasser, die Straße heißt so: Am Seddinsee.«

Mannhardt machte sich fluchend auf den ewig langen Weg von Tegel nach Schmöckwitz. Er brauchte gar nicht auf die Karte zu sehen, er wusste als alter Berliner, dass es etwa 35 Kilometer waren. Reine Luftlinie. Aber er bekam ja keinen Hubschrauber gestellt, er musste sich ins Auto setzen. »Verfahr dich nicht wieder!«, rief ihm Heike hinterher. Er winkte ab. »Es ist sowieso alles verfahren.« Er fluchte. Die Morde, die er aufzuklären hatte, sollten gefälligst vor seiner Haustür geschehen und nicht immer jwd. Ach was, er konnte froh sein, dass überhaupt noch welche geschahen, sonst hätten sie seine Stelle längst abgebaut.

Er war ein Gegner von innerstädtischen Autobahnen, aber schön, dass es jetzt in einem Rutsch bis Neukölln zur Grenzallee ging. Was ihn ärgerte, waren die Brücken, die sie überall wegen dieses genialen Mautsystems hingesetzt hatten – Mahnmale für verschleuderte Milliarden. Und er bekam nicht einmal eine neue kugelsichere Weste von seinem Dienstherrn. Vor Wut und aus Protest über diese bescheuerte Welt wäre er am liebsten gegen einen Brückenpfeiler gerast – bloß, das hätte sie auch nicht verändert.

Schnell war er dann in Baumschulenweg und kam über die Südostallee nach Schöneweide und zum Adlergestell. Endlos kam es ihm vor. Adlershof, Grünau, Karolinenhof – erst dann kam Schmöckwitz. Er mochte das alte Fischerdorf aus dem 14. Jahrhundert. Mit seinem Dorfkirchlein, seinem Krug und den wilhelminischen Backsteinbauten – Straßenbahnremise, Feuerwehr und Rathaus – war es noch immer die Vorortkolonie der Kaiserzeit. Wenig hatte sich geändert, Schmöckwitz war von postmoderner Architektur und Fertighäusern von der Stange noch weithin verschont geblieben.

Er parkte auf dem Dorfanger, stieg aus, wechselte auf die andere Straßenseite und las beim Vorübergehen die Speisekarte des Kruges. Beim Gericht »Scharfes Rotbarschfilet in der Kokotte« stutzte er. Kokotte – das stand doch für Halbweltdame, für Dirne. Er nahm sich vor, diese Köstlichkeit so bald wie möglich zu probieren.

In der Straße Am Seddinsee waren seine Leute dabei, das zu tun, was im Fachjargon der »Erste Angriff« hieß. Ein blöder Ausdruck, aber inzwischen griffen ja auch die Golfer das Grün an. So attraktiv wie seine Kollegin auch heute wieder aussah, hätte er am liebsten Yaiza Teetzmann angegriffen, was aber leider Gottes stark tabuisiert war. Nun denn.

»Warum habt ihr den Täter noch nicht?«, wollte er wissen. »Ich bin doch schließlich lange genug zu spät gekommen.«

»Wir haben schon mit der Leiche gesprochen, aber sie wollte nicht raus mit der Sprache. Offenbar deckt sie den Täter.« Yaiza Teetzmann hatte sich schon seit langem ihrem Vorgesetzten angepasst. »Verraten hat er uns nur, dass er Felix Feichtenbeiner heißt und Buchhändler ist. Sein Geschäft hat er in der Dudenstraße.«

»Eine gute Adresse für einen, der etwas mit der deutschen Sprache zu tun hat. Und was meinst du denn, wann hat es ihn erwischt?« – »Gestern Abend wohl schon. Die Nachbarn haben gehört, dass gegen 23 Uhr ein Auto davongefahren ist. Das müsste der Täter gewesen sein.«

»Oder die Täterin.« Mannhardt mochte dies nicht ausschließen, denn nachdem man zuerst angenommen hatte, Feichtenbeiner sei erschlagen worden, stand jetzt fest, dass er die Treppe hinabgestürzt und unten gegen einen Pfeiler gekracht war. Daher die tödlichen Schädelverletzungen. »Und selber gestürzt sein kann er nicht?«

»Nein, oben gibt es deutliche Hinweise darauf, dass ein Kampf stattgefunden hat. Aber nichts, was mir sofort ins Auge gefallen wäre. Feichtenbeiner hat schon hier draußen gewohnt, obwohl nur das Musikzimmer richtig fertig ist. Querflöte hat er gespielt. Eine Eintrittskarte für 'n Flötenkonzert haben wir auch noch gefunden – lag auf der Treppe auf'm Boden. Das muss aber alles erst ausgewertet werden.«

Mannhardt nickte. »Und wie sieht es mit den engeren Bezugspersonen aus?«

»Da ist zuerst einmal seine getrennt von ihm lebende Ehefrau Tanja. Tanja Feichtenbeiner, Verwaltungsangestellte im Rathaus Kreuzberg.«

Von Schmöckwitz bis zur Yorckstraße brauchten sie wegen des üblichen Staus auf dem Adlergestell fast eine Stunde. Inzwischen war Tanja Feichtenbeiner von den Kollegen informiert worden, doch das Ableben ihres Mannes schien sie weniger erschüttert zu haben als Mannhardt eine weitere Niederlage Hertha BSCs.

»Wir leben seit zwei Jahren getrennt, und ich habe schon so viele Erschütterungen hinter mir, dass mir jetzt die Kraft fehlt, in Tränen auszubrechen.«

Sie hatte es im Sozialamt mit schwierigen Klienten zu tun und sich offenbar das zugelegt, was Mannhardts Mutter immer »Hornhaut uff da Seele« genannt hatte. Nicht einmal nach Hause gehen wollte sie, nur einen starken Kaffee trinken. Am Schreibtisch.

Yaiza Teetzmann setzte sich auf den Besucherstuhl. »Natürlich müssen wir Sie zuerst fragen, wer es denn Ihrer Meinung nach gewesen sein könnte.«

»Ich nicht!«

Mannhardt hatte keine Lust auf große Umwege. »Dann waren Sie es nicht, die ihn gestern am späten Abend noch besucht hat, in Schmöckwitz, in seinem neuen Domizil?«

»Doch. Aber nicht, was Sie jetzt denken. Ich bin da nur hingefahren, weil wir noch über meine Steuererklärung reden mussten … Aber als ich wieder weggefahren bin, war er noch quicklebendig. So gegen 22 Uhr.«

»Dann muss es nach Ihnen noch einen anderen Besucher gegeben haben.«

Tanja Feichtenbeiner dachte nach. »Er wollte am Morgen nach Lanzarote fliegen. Allein, soweit ich weiß, und erst vor Ort sehen, ob sich da was findet. Mir hat er nicht gesagt, dass er noch jemanden erwartet.«

»Ihr Mann war Buchhändler, soweit wir wissen.«

»Ja, er hat einen Laden in der Dudenstraße.«

Als Mannhardt und Yaiza Teetzmann dort ankamen,

hing schon ein Schild »Wegen Mordes geschlossen« an der Ladentür. Geschrieben hatte es die Jungbuchhändlerin Katharina Kohlhäufl. Sie war aber nicht von der Polizei informiert worden, sondern von einem Freund, der bei der Berliner Zeitung arbeitete. Sie war noch immer in Tränen aufgelöst.

»Er war ein wunderbarer Mensch, und was er alles wusste.« Katharina Kohlhäufl war anzusehen, dass sie selber schrieb und der Held ihres ersten Romans wohl Felix Feichtenbeiner hieß, nur leicht verfremdet.

»... was er alles wusste«, wiederholte Mannhardt. Nur, dass er unter seinen engsten Bezugspersonen einen Todfeind hatte, schien er nicht gewusst zu haben. Er selber hatte seinen letzten Besucher eingelassen, denn dass Einbrecher in seine Schmöckwitzer Villa eingedrungen waren, konnte ausgeschlossen werden, dafür gab es keinen einzigen Hinweis.

»Es gab kein Buch bei uns, das er nicht gelesen hatte«, fuhr Katharina Kohlhäufl fort. »Lieber nur wenige Romane in den Regalen, aber alle vom Chef geprüft und für gut befunden. Das war seine Devise.«

Yaiza Teetzmann dachte in ähnlichen Kategorien wie Mannhardt, also an verschmähte Liebe und Rache. Dafür, dass er ohne sie nach Lanzarote geflogen war. Und so fragte sie die Jungbuchhändlerin nach ihrem Alibi. »Reine Routinesache.«

»Ich war zu Hause, das heißt, hin und wieder auch bei meinen Nachbarn drüben zu 'ner Fete. Die halbe Nacht durch.«

»Was meinen Sie mit hin und wieder?«

»Zwischendurch bin ich mal in meine Wohnung zurück, um mich auszuruhen. Aber nie länger als eine halbe Stunde. Ich hatte Kopfschmerzen. Peter und Ariane werden es Ihnen bestätigen.«

Mannhardt nickte. Klar. Also: Further research is needed. »Und weiter, Frau Kohlhäufl ...«

»Wir sind zwar erst seit Januar hier in der Dudenstraße, aber die Leute kommen lieber zu uns als zu Kriegshäuser.«

»Wer ist Kriegshäuser?«

»Na, die andere Buchhandlung hier im Kiez, um die Ecke in der Methfesselstraße. Den Herrn Kriegshäuser sollten Sie mal als Ersten fragen ...«

Die Buchhandlungen an der Duden- und der Methfesselstraße lagen keine 300 Meter auseinander, und in Zeiten, in denen der Wettbewerb zu einer Frage von Sein oder Nichtsein geworden war, brauchte bei Rainer Kriegshäuser nicht lange nach einem Motiv gesucht zu werden. Sowohl Tanja Feichtenbeiner, die mehr oder minder Ex-Ehefrau des Ermordeten, wie auch Katharina Kohlhäufl, seine Verkaufskraft, hatten der Mordkommission bei weiteren Gesprächen versichert, dass Kriegshäuser seinem Konkurrenten Feichtenbeiner zuletzt ziemlich massiv gedroht habe.

»Erst hat er es auf die sanfte Tour versucht«, fasste es Mannhardt für die Kollegen zusammen. »Dem Feichtenbeiner hat er sogar eine Abfindung angeboten, wenn der seine Buchhandlung woanders aufmacht, dann mit einer Kooperation gelockt, und als das alles nichts genutzt hat, ist er mit Drohungen gekommen. Offen und versteckt. Mit Rollkommandos seiner Leute hat er gedroht und einmal gesagt, dass er sich einen Killer aus einem der ehemaligen Ostblockländer durchaus leisten könne.«

Damit konfrontiert, lachte Rainer Kriegshäuser nur.

»Ihre Gewährsleute haben wirklich eine blühende Fantasie. Wahrscheinlich hat Feichtenbeiner denen das erzählt, um das als Notwehr hinzustellen, was er mit mir gemacht hat: die anonymen Anrufe, dass bei mir mal Molotow-Cocktails ins Schaufenster fliegen würden.«

Kriegshäuser sah noch immer ein bisschen aus wie ein Blumenkind der siebziger Jahre, gab sich als Anhänger Buddhas zu erkennen und schwor auf alles, was sanft und versöhnlich war. Nicht umsonst stünde bei ihm »Pazifistische Buchhandlung« auf dem Firmenschild.

»Abgesehen mal davon, dass im Namen des Guten viel Böses geschieht, interessiert mich eigentlich nur Ihr Alibi«, sagte Mannhardt und nannte die fragliche Zeit.

Kriegshäuser überlegte nicht lange. »Wo soll ich schon gewesen sein? Im Bett natürlich.«

»Mit wem?«, fragte Yaiza Teetzmann ganz automatisch.

»Mit Trash.«

»Ah!«, rief Mannhardt, glücklich, mit seiner umfassenden Bildung glänzen zu können. »Das ist doch der berühmte Western- und Countrysänger.«

Kriegshäuser lachte so intensiv, wie es nicht einmal länger eingestimmte Studiogäste bei einer Sitcom-Aufzeichnung zu Stande brachten. »Köstlich! Also ... nein, nicht mit Johnny Cash, der aber auch schon im letzten Jahr gestorben ist, sondern Trash als solchem. Englisch trash gleich Abfall, Plunder, Unsinn, Blech, Kitsch.« Und er nannte eine Reihe von Autoren, die seiner Meinung nach so etwas schrieben. »Mit denen locke ich die Kunden in meinen Laden und versuche dann, ihnen wertvolle Literatur zu verkaufen.«

Mannhardt fixierte ihn. »Diese potenziellen Kunden sind aber dann doch lieber zu Feichtenbeiner gegangen?«

Kriegshäuser wich ihm aus. »Das müsste empirisch erst einmal bewiesen werden.«

»Geliebt haben Sie Herrn Feichtenbeiner sicherlich nicht. Und umgekehrt.«

»Da könnten Sie Recht haben. Aber geliebt haben ihn andere. Die junge Dame bei ihm im Laden zum Beispiel, vor allem aber Leon Möhrle.«

»Und wer ist das?« Diesmal verkniff sich Mannhardt eine Bemerkung, die darauf hindeutete, dass er Möhrle ganz genau kennen würde – »Ich weiß, einer der jungen Wilden vom VfB Stuttgart« –, sondern kalauerte nur, dabei durchaus ein wenig selbstironisch: »Ich schätze aber, dass das der ist, der die besonders kleinen Mohrrüben gezüchtet hat, gentechnisch natürlich.«

»Nein, Leon Möhrle ist der neue Shootingstar unter unseren Jungliteraten. Seit der Leipziger Buchmesse tingelt er doch pausenlos durch die Talkshows. Seinen Roman ›Friedrich & Quantz‹ muss man gelesen haben.«

»Ich lese am liebsten in den Augen von schönen Frauen«, sagte Mannhardt. »Und da sagt mir meine liebe Kollegin, dass es Zeit ist, Mittag zu essen.«

Als sie in der nächstgelegenen preiswerten Kantine saßen, der im Rathaus Kreuzberg, den herrlichen Blick über die weniger herrliche Stadt genossen und Möhreneintopf aßen, was sonst, klingelte Mannhardts Handy, und ein Mitarbeiter seiner Mordkommission erfreute sie mit der Nachricht, dass soeben eine Frau angerufen und ihnen verraten habe, dass Karsten Oelkuch davon gesprochen habe, Feichtenbeiner umzubringen.

»Wer ist Karsten Oelkuch?«, fragte Mannhardt und gab damit dem Gerücht neue Nahrung, dass er vom Stadium seniler Demenz nicht mehr allzu weit entfernt sei. »Ach so, ja, der Mann, der Feichtenbeiner tot gefunden hat. Aber der hat doch gesagt, dass er gestern Abend bei seiner Freundin war.«

»Ja, aber er ist erst kurz vor Mitternacht gekommen. Das hätte gereicht, um in Schmöckwitz ... Und am nächsten Morgen findet er Feichtenbeiner dann völlig ahnungslos.«

Leon Möhrle wohnte da, wo es zu vermuten war: in der Großen Hamburger Straße. Nicht vorne raus zur Straße, sondern in einem voll durchgestylten Seitenflügel. Er war zu schön, um wahr zu sein, und Mannhardt wünschte sich nichts mehr, als dass er sich das anthrazitfarbene Jackett ebenso wie Ober- und Unterhemd auszog. Dies nicht aus homoerotischen Motiven, sondern einzig und allein in der Absicht, in Möhrles Rücken nach Schrauben zu suchen. Irgendwo musste doch die Abdeckklappe sitzen, hinter der sich Drähte, Platinen, Batterien und winzige Elektromotoren verbargen. Daran, dass Leon Möhrle von einem genialen Erfinder für einen der Medienkonzerne gebaut worden war, bestand für ihn nicht der geringste Zweifel. Dass er einen kleinen Fehler hatte und beim Sprechen ein wenig schmatzte und zischte, machte ihn so richtig menschlich.

»Ich habe um Felix geweint, seit ich von Katharina gehört habe, dass er tot ist.« Rote Augen hatte Möhrle in der Tat und sah wirklich mitgenommen aus.

»Sie haben Feichtenbeiner gut gekannt?«, fragte Mannhardt, wobei er um ein Haar vom »Feliksch« gesprochen hätte. Wie Möhrle auch.

»Er hat mich gemacht. Als er noch einflussreicher Lektor war. Wir waren uns mal sehr nahe ... wenn Sie verstehen, was ich meine, Seelenverwandtschaft ...«

Mannhardt hatte Mühe, nicht zu grinsen, weil das so

herrlich zu seinen Assoziationen passte. »Und dann aber fallen lassen?«

»Wie kommen Sie darauf?«

Obwohl es nicht ganz den Dienstvorschriften entsprach, liebte es Mannhardt zu bluffen: »Das schließe ich daraus, dass in seiner Buchhandlung kein einziges Ihrer Bücher gestanden hat, nicht ein einziges Exemplar von ›Friedrich & Quantz‹.«

Leon Möhrle lächelte. »Es wird alles ausverkauft gewesen sein, und Verlag wie Sortimenter werden nicht so schnell nachgekommen sein.«

»Ja ja, Sie sind ja der Shootingstar der Leipziger Messe gewesen«, sagte Mannhardt.

»Ach was, Leipzig, da fahr ich doch nicht hin, für mich zählt nur Frankfurt.«

»Aber nach Schmöckwitz sind Sie schon gefahren, zum Beispiel gestern Abend zu Feichtenbeiner …?«, mischte sich nun Yaiza Teetzmann ein.

»Nein, ich war noch nie bei ihm draußen in Schmöckwitz.« Möhrle zögerte keine Sekunde mit seiner Antwort. »Und gestern Abend war ich auch nicht dort – sondern bei Katharina Kohlhäufl. Sie wollte mir aus ihrem Manuskript vorlesen. Ich bin da sozusagen ihr Lektor, bevor sie ihren Roman an die Verlage schickt. Aber sie ist dauernd zu ihren Nachbarn hinüber, weil da eine Party im Gange war.«

»Und Sie sind da nicht mitgegangen?«

»Nein. Das ist nicht mein Niveau gewesen.«

Ein Anruf bei der Jungbuchhändlerin Katharina Kohlhäufl bestätigte die Aussage von Leon Möhrle. Mannhardt seufzte. Wie hatten die Kollegen gedichtet, als seine fünfte Null gefeiert worden war: »Freut sich ein Bauer über sein gesundes Vieh/ So unser Mannhardt über jedes vorgebrachte Alibi.«

Hans-Jürgen Mannhardt fluchte gewaltig, als Karsten Oelkuchs Freundin Petra anrief und sagte, sie habe sich leider geirrt, er sei doch schon vor 23 Uhr bei ihr gewesen und nicht erst kurz vor Mitternacht. »Meine Uhr muss falsch gegangen sein.«

»Falschuhrerei ist ja zum Glück für Sie noch nicht strafbar«, sagte Mannhardt. »Im Gegensatz zu Falschmünzerei und bewusster Falschaussage. Aber ...«

Ihre Anzeige, und so etwas war es ja gewesen, sah also sehr nach einem Racheakt aus, und nun hatte man sich wohl wieder versöhnt.

»Eigentlich müsste unsererseits Anzeige erstattet werden«, sagte Yaiza Teetzmann. »Gegen beide. Gegen sie wegen dieser falschen Anschuldigung und gegen ihn wegen Schwarzarbeit.«

Mannhardt bemühte Theodor Fontane. »Was hat der immer gesagt: ›Je älter ich werde, je mehr sehe ich ein: laufen lassen, wo nicht Amtspflicht das Gegenteil fordert, ist das allein Richtige.‹ Und wir sind 'ne Mordkommission.«

Sie diskutierten eine Weile darüber, inwieweit eine Gesellschaft überleben kann, in der Verstöße gegen Normen und Gesetze zum Alltag gehören, bis ein Mitarbeiter mit der Nachricht kam, dass man in Feichtenbeiners Schmöckwitzer Villa mehrere Fingerabdrücke gefunden habe, die nicht von ihm stammten, aber sich, weil nirgendwo gespeichert, noch nicht zuordnen ließen. Mit einer Ausnahme: »Jens Milbitz, ungelernter Bauhilfsarbeiter, eine ganze Latte von Vorstrafen, auch Einbrüche und Rohheitsdelikte darunter.«

Mannhardt bedankte sich für die neue Spur, und sie

machten sich daran, herauszufinden, wo sich dieser Milbitz aufhielt. Im Knast war er nicht, was die Sache vereinfacht hätte, und er war auch nicht in Berlin gemeldet. Schließlich landete Yaiza Teetzmann einen Treffer: »Er wohnt in Gosen.«

»Das liegt doch im Heiligen Land. Im ersten Buch Mose, oder?« Mannhardt war sich nicht ganz sicher. »Irgendwo neben Moabit.«

»Haste mal 'ne Bibel da?«, fragte Yaiza Teetzmann zurück.

»Die Biebl, nein.« Und er belehrte die Kollegin dahingehend, dass Heidi Biebl bei den Olympischen Winterspielen 1960 in Squaw Valley die Goldmedaille in der Ski-Abfahrt gewonnen hatte. »In den Gosener Bergen habe ich sie aber nie abfahren sehen.« Natürlich kannte Mannhardt die Gegend. »Am nördlichen Ende des Seddinsees, gleich hinter der Stadtgrenze. Früher hat noch 'n Aussichtsturm drauf gestanden, und zwischen Gosen und Schmöckwitz gab es eine richtige Straßenbrücke über den Oder-Spree-Kanal. Die haben die Nationalsozialisten aber in den letzten Kriegstagen gesprengt und die DDR-Leute nicht wieder aufgebaut.«

Das führte dazu, dass sie über Köpenick und Müggelheim anreisen mussten. Jens Milbitz sollte in der Storkower Straße unweit der Dorfkirche wohnen. Unter der angegebenen Nummer fanden sie ein bescheidenes Häuschen, das weithin in Eigenleistung errichtet worden war. »Klingel kapputt, Bitte rufn!«, stand auf einem handgemalten Schild. Mannhardt tat es, ohne dass sich jemand meldete. Milbitz schien ausgeflogen zu sein. Yaiza Teetzmann aber war so, als hätte sie hinter dem Haus etwas gehört. Sie drückte das Gartentor auf und ging voran, Mannhardt besorgte die Eigensicherung. Da polterte es hinter einem Holzschuppen, und sie sahen einen Mann, ganz offensichtlich Milbitz, über einen Zaun setzen und über die Wiese laufen. Was gab es anderes als: »Hinterher!« Mannhardt ließ der Kollegin gern den Vortritt, denn Yaiza Teetzmann trainierte mehrmals die Woche für den nächsten Berlin-Marathon, während er selber froh war, die Treppe auf dem S-Bahnhof Friedrichstraße hochlaufen zu können, ohne zu kollabieren. Doch Yaiza Teetzmann konnte ihre läuferischen Fähigkeiten nur kurz zur Geltung bringen, denn sie prallte gegen einen hauptstädtischen Radfahrer, der schlafend um die Ecke bog, und blieb benommen liegen. Mannhardt hatte also die Ehre, allein Milbitz hinterherzuhetzen. Dessen Vorsprung wuchs mit jedem Schritt, und offensichtlich hatte er den Plan, auf Höhe der Ortschaft Schönschornstein die Straße nach Erkner zu erreichen, dort ein Auto anzuhalten und entweder als Anhalter oder als Geiselnehmer weiterzureisen. Dazwischen lag zwar die Spree, aber die war an dieser Stelle nur ein besserer Bach und kein unüberwindliches Hindernis. Milbitz hätte wohl auch Erfolg gehabt, wenn nicht plötzlich auf besagter Straße zwei Streifenwagen aufgetaucht wären. Offensichtlich war es Yaiza Teetzmann gelungen, per Handy die Kollegen aus Brandenburg in Marsch zu setzen. Milbitz sah sich also eingekreist und kletterte in seiner Panik auf den Mast einer Hochspannungsleitung. Immer höher. Und als Mannhardt heran war, schrie er: »Hau ab, sonst fasse ich an die Drähte, und dann bist du schuld an meinem Selbstmord!«

Mannhardt zögerte keine Sekunde, ihm hinterherzuklettern. Er hatte ja in vielen Fortbildungsveranstaltungen gelernt, wie man potenzielle Selbstmörder zu behandeln hatte. Außerdem war es die Todsünde der Ruhmessucht, die ihn da packte. Morgen in allen Zeitungen und Heike imponieren. Aber noch hatte er Milbitz nicht gepackt. Der hing etwa fünf Meter über ihm im Gitterwerk des Mastes und zog sich gerade die Stiefel aus, um besser klettern zu können. Und einer dieser Stiefel, mit Wucht nach unten geworfen, traf Mannhardt am Kopf. Es war schlimmer als der Schlag eines Profiboxers, und Mannhardt musste loslassen. Noch im Fallen verlor er das Bewusstsein.

In Abwesenheit von Mannhardt hatte Yaiza Teetzmann das zweifelhafte Vergnügen, mit Jens Milbitz zu plaudern, den die SEK-Leute vom Mast gepflückt hatten. »Sie wissen, dass man Ihre Fingerabdrücke in der Villa in Schmöckwitz gefunden hat?«

»Ick weeß gar nischt.« Dass er das so offen zugab, ließ allerdings auf ein hohes Maß an Welterkenntnis schließen. »Kann aba sein.«

»Und es kann nicht nur sein, dass Feichtenbeiner tot ist, es ist so. Darum wäre es nett von Ihnen, Herr Milbitz, wenn Sie mir erklären könnten, was Sie bei Feichtenbeiner zu suchen hatten.«

»Zu suchen? Gar nix. Ick muss nichts suchen, ick weeß imma, wo ick allet habe.« Milbitz konnte so wunderbar vierschrötig sein.

Yaiza Teetzmann half ihm auf die Sprünge. »Sie sind arbeitslos gemeldet und haben sich bei Feichtenbeiner einiges dazuverdient.« Dass er darauf mit Schweigen reagieren würde, war ihr klar. »Okay.« Auch als Mensch, der seine Sozialisation in der DDR durchgemacht hatte, war ihr dieses Okay inzwischen in Fleisch und Blut übergegangen. »Und warum sind Sie geflüchtet, als wir bei Ihnen aufgetaucht sind?«

»Na, wegen die Schwarzarbeit.« Zwar war er streng genommen kein echter Berliner, sprach aber dennoch richtig falsch.

»Ach, deswegen doch nicht! Und mit Selbstmord droht man erst recht nicht. Das muss schon was mit Feichtenbeiner zu tun haben.«

»Ick sag ma so …« Plötzlich erwachte Milbitz aus seiner Lethargie. »Ick bin jetürmt, weil ick Angst hatte. Leute wie mir hängse so wat ja imma an, den Mord, mein ick.«

»Wo waren Sie denn, als es passiert ist?« Sie nannte ihm die Zeiten.

»Alleene zu Hause war ick, det isset ja.« – Weiter kam Yaiza Teetzmann nicht, denn die Tür ging auf, Mannhardt erschien. »Nicht totzukriegen. Als geheilt entlassen, wieder im Dienst.«

»Nein, nicht noch einen Tatverdächtigen!«, rief Mannhardt, als ihm Yaiza Teetzmann das Neueste berichtete. »Wir haben schon genug davon. Und ein Schöckele ist zwar kein Schock, aber dennoch.«

Die Rede war von Edgar Schöckele, dem neuen Eigentümer des Hauses in der Dudenstraße, in dem Felix Feichtenbeiner seine Buchhandlung betrieben hatte. Katharina Kohlhäufl, der Jungbuchhändlerin, war noch eingefallen, dass Schöckele vor kurzem Krach mit ihrem Chef gehabt hatte. »Er wollte uns rausekeln, weil er jemanden gefunden hatte, der den Laden und dazu noch die beiden Etagen darüber mieten wollte, für viel Geld: den Betreiber eines Wellness-Centers.«

»Well«, sagte Mannhardt. »Zentrieren wir uns darauf.« Die Leute, die es auf das umfassende Wohlbefinden der Menschheit abgesehen hatten, saßen in Houston/Texas, kannten Berlin nur vom Hörensagen und hatten bislang nur Geschäftsbeziehungen zu Schöckele. Deshalb hielten sich Mannhardt und seine Kollegin an ihn.

»Wo wohnt'n der Knabe?«, fragte Yaiza Teetzmann. »Bestimmt so richtig fürnehm.«

»Ja, in Nikolassee, in der Straße, die nach dem berühmten Flötenlehrer heißt.«

»Wie …?!«

»Na, Quantz, Quantzstraße.« Er bekam einen dienstlich gerade noch eben zulässigen Wutanfall. »Wieder durch die ganze Stadt, ich hasse das! Und den berühmten Quantzensprung vorwärts bringen wird es uns auch nicht.«

Zum Glück aber war Schöckele tagsüber in seinem Büro zu finden, in einem auf neu gestylten Fabrikaltbau an der Warschauer Brücke. Eine knappe Viertelstunde ließ er sie im Vorzimmer schmoren, und man sah ihm an, dass er Beamte des gehobenen Dienstes, wie Hans-Jürgen Mannhardt und Yaiza Teetzmann es waren, für Kretins hielt, wenn er das Wort denn gekannt hätte, ersatzweise auch für Parasyten. So würde er es jedenfalls geschrieben haben. Aber als Inkassounternehmer und Hausbesitzer mit 200 000 Euro Einnahmen im Jahr war das sein gutes Recht.

»Wegen diesem Feichtenbeiner sind Sie also hier«, sagte Schöckele, nachdem sie endlich in der Besucherecke Platz genommen hatten.

Mannhardt war auf dem Fußballplatz groß geworden und wusste, wie gut ein Revanchefoul für eine wunde Seele ist. »Es wundert mich, dass Sie ohne Anwalt mit uns reden wollen.«

»Wieso?«

»Weil Sie unter Tatverdacht stehen.«

»Ich …?« Nun verlor Schöckele doch ein wenig die Contenance.

»Ja, Sie. Feichtenbeiner war ein Schöngeist, sicher, aber, was das Kommerzielle anging, gar nicht so dumm. Überall stehen ja die Läden leer, und so hat er Ihrem Vorgänger einen unglaublich günstigen Mietvertrag abgerungen. Und das über zehn Jahre hinweg, mit allen Klauseln. Nun haben Sie das Haus gekauft und müssen zehn Jahre lang auf eine Menge Geld – der Wellnessleute – verzichten. Das summiert sich. Und viele denken da, dass Sie ein Mord auf Dauer billiger kommt.«

Schöckele fuhr auf. »Ich würde mir nie einen Killer besorgen – und zwar aus dem einfachen Grund, dass man von dem nach der Tat jederzeit erpresst werden kann.«

»Wer redet denn von einem Killer?«, erwiderte Yaiza Teetzmann. »Aber interessant, dass Sie das von sich aus ins Spiel bringen. Doch auch in diesem Falle gilt wohl: Selbst ist der Mann. Da kann man auf keinen Fall erpresst werden.«

»Ich verbitte mir das! Das wird eine Dienstaufsichtsbeschwerde geben, da können Sie sich schon einmal darauf einstellen.«

»Machen wir«, sagte Mannhardt. »Und wir werden es umso schwerer haben, je astreiner Ihr Alibi ist. Wo sind Sie bitte am 31. März zwischen 22 und 24 Uhr gewesen?«

»Ich …? Hier im Büro. Auf der Couch da. Ich übernachte manchmal hier.«

»Hoffentlich nicht allein …«

»Doch.«

Mannhardt und Yaiza Teetzmann saßen im Büro und bliesen Trübsal. Dabei stand doch Ostern für Zuversicht und Freude.

»Insgesamt haben wir sechs Tatverdächtige«, zog Mannhardt ein Resümee. »Und alle haben ein Alibi, das wir im Augenblick nicht erschüttern können.«

»DNA ist ja schon eine wunderbare Sache, um einen Täter zu überführen«, sagte Yaiza Teetzmann. »Aber genauso schön wäre es, wenn jeder Mensch einen Sender bei sich hätte und man über GPS ständig seinen Standort aufzeichnen würde. Dann würden wir uns jetzt an den Computer setzen und hätten im Nu herausgefunden, wo sich unsere sechs Kandidaten zur Tatzeit wirklich befunden haben.« – »Da sei der Datenschutz vor!«, rief Mannhardt. »Lieber ein paar Täter weniger gefasst als Big Brother in Vollendung.«

»Mit dieser Einstellung werden sie dich nie befördern.«

»Ich werde jeden Tag befördert: Mit der S-Bahn und der BVG. Das reicht mir vollkommen.« Damit ging er an die Pinnwand, an der sie die Tatverdächtigen im Mordfall Felix Feichtenbeiner mit bunten Kärtchen angeheftet hatten. »Ein Motiv haben sie alle. Das schwächste wohl der hier: Karsten Oelkuch. Sagen wir: Bereicherung. Bei Tanja Feichtenbeiner könnte es Rache gewesen sein, die große Abrechnung. Bei Katharina Kohlhäufl dagegen verschmähte Liebe. Sie schubst ihn die Treppe hinunter, weil er sie nicht zu sich in die lichte Höhe heben will. Bei Leon Möhrle könnte es etwas mit narzisstischen Kränkungen zu tun haben. Bei Jens Milbitz kann man nur raten. Irgendwie könnte er sich mit Feichtenbeiner um seinen Lohn gestritten und ihn dann, jähzornig wie er ist, die Treppe runtergestoßen haben. Bei Rainer Kriegshäuser und Edgar Schöckele dürfte es um rein kommerzielle Interessen gegangen sein.«

»Was machen wir nun?« Yaiza Teetzmann wäre am liebsten nach Hause gegangen und hätte sich lustvolleren Tätigkeiten hingegeben. »Nehmen wir uns noch einmal die Alibis vor?«

Auch Mannhardt war am Ende und konnte nichts anderes mehr als bedingungslos blödeln. »Warum ist der Ali eigentlich bi?«

Da kam einer ihrer Mitarbeiter ins Büro und wedelte mit einer Eintrittskarte, wie sie in den Vorverkaufsstellen aus dem Drucker kommt: türkisfarben mit silbernen Streifen und schwarzer Schrift: »Berliner Flöten-Festival«.

»Oh, was für mich?«, rief Yaiza Teetzmann, denn sie hatte seit kurzem einen Freund, der Musiker war. Klassische Querflöte. – »Mensch, das ist doch die, die ihr am Tatort gefunden habt. Und außerdem ist das Konzert schon gewesen, am 24. März.«

Mannhardt war gespannt: »Und, habt ihr nun Fingerabdrücke gefunden?«

»Nein, nichts Verwertbares, leider Gottes.«

«Macht nichts«, sagte Mannhardt, »wird ja sowieso der Feichtenbeiner gewesen sein, der da hingegangen ist.«

»Sag, wann war denn das Konzert noch mal?«, wollte Yaiza Teetzmann wissen.

»Haste wieder mal nicht zugehört ... am 24., hat der Kollege doch gesagt.«

»Aber an jenem Abend war doch die festliche Eröffnung der Leipziger Buchmesse im Gewandhaus«, belehrte sie der belesene Kollege.

»Und dort war Feichtenbeiner eingeladen, wie mir die Kohlhäufl erzählt hat«, fiel nun Yaiza Teetzmann ein.

Mannhardt sah die beiden an. »Meint ihr also, einer seiner Gäste hat die Eintrittskarte bei ihm verloren?«

»Ja. Und zwar sein Mörder, seine Mörderin«, sagte der Kollege.

Mannhardt tat das, was Hertha-Spielern ohne Marcelinho so schwer fiel, er kombinierte: »Dann muss es jemand gewesen sein, der was mit klassischer Musik am Hut hat.«

»Dann weiß ich, wer's war«, sagte Yaiza Teetzmann und tat so, als sei ihr Kugelschreiber eine Querflöte.

Mannhardt und Yaiza Teetzmann standen in einer Theaterkasse, die so klein war, dass man nach ihrem Eintreten das Schild »Wegen Überfüllung geschlossen« draußen an die Tür hätte hängen müssen. Hinter dem Tresen saß eine junge Frau, die es sichtlich genoss, ständig überfordert zu sein. Laut Schildchen hörte sie auf den Namen Vanessa Saborowski.

»Können Sie sich zufällig daran erinnern, wem Sie diese Karte hier verkauft haben?«, fragte Yaiza Teetzmann. »Zum Flötenkonzert.«

Die Kartenverkäuferin lachte. »Zeig mir deinen Ausweis, und ich sage dir, wie du heißt.«

»Wir können Ihnen keine sechs Ausweise zeigen, aber sechs Fotos .« Mannhardt holte sie aus der Brusttasche seines Sakkos und hielt sie ihr hin. »An wen von denen haben Sie die Karte verkauft?«

Vanessa Saborowski wehrte zunächst ab und sagte, dass täglich Hunderte von Kunden vor ihr stünden. Dann aber deutete sie auf eines der Fotos: »Doch, an diesen komischen Typen da kann ich mich erinnern. Der hat mir dauernd was von Friedrich dem Großen und seiner Flöte erzählt. Ein Buch hat er auch drüber geschrieben.«

»Leon Möhrle!«, rief Yaiza Teetzmann – bei ihrem neuen Freund hatte sie »Friedrich & Quantz«, seinen neuen Roman, schon auf dem Nachttisch liegen sehen.

»Mensch, ich Idiot!« Mannhardt schlug sich mit der flachen Hand gegen die Stirn. »Da hätte ich als alter Preußenkenner doch schon viel eher auf Möhrle kommen müssen. Als wir zur Quantzstraße wollten, hab ich dir doch noch erklärt, dass Quantz ein Flötenlehrer war. Genauer gesagt:

Johann Joachim Quantz war der Flötenlehrer Friedrichs des Großen und ihm eng verbunden.«

Wieder draußen auf der Straße, kamen sie als Erstes auf das zu sprechen, was sie am meisten störte: Möhrles Alibi. Katharina Kohlhäufl hatte bestätigt, dass er zur Tatzeit mit ihr zusammen war.

»Dann lügt sie«, sagte Mannhardt. »Ihr Namensvetter Alfred hat ja mal bei 1860 München gespielt.«

»Aber hier geht's doch nur um Lügen, nicht um Schmiergelder.«

»Komm, wir reden jetzt erst mal mit ihr – und dann mit Möhrle selbst.«

Sie fanden die Buchhändlerin an ihrem Arbeitsplatz. Und zwar recht fröhlich, denn vorhin hatte sie sowohl den Kaufvertrag für die Buchhandlung als auch den Mietvertrag unterschrieben und war jetzt Chefin hier. Wenn auch mit höherer Miete. Die Wellness-Leute waren inzwischen wieder abgesprungen. Mannhardt tat es Leid, ihr die Freude zu verderben.

»Wir müssen Sie noch einmal wegen des Alibis sprechen, das Sie Leon Möhrle gegeben haben. Es spricht alles dafür, dass es falsch ist. Und Sie wissen ja, dass Sie sich damit selber strafbar machen. Dann wäre es aus mit Ihrem Traum von der eigenen Buchhandlung.«

Die junge Buchhändlerin war eine zu zarte Seele, als dass sie in der Lage gewesen wäre, cool zu bleiben und lange Widerstand zu leisten. Schon nach zehn Minuten intensiven Befragens brach sie regelrecht zusammen. »Nein, Leon war nicht bei mir, er war wirklich in Schmöckwitz draußen bei Felix, bei Herrn Feichtenbeiner. Sie wollten reden. Über alles noch einmal. Und zusammen Flöte spielen. So wie früher immer. Dann ist es aber zum Streit gekommen, und Leon hat Felix einen Stoß vor die Brust versetzt. Da ist Felix dann die Treppe hinabgestürzt. Es ist ein Unfall gewesen, kein Mord.«

»Und warum haben Sie geschwiegen?«

»Weil ich …«

Sie wollte sagen, dass sie Leon Möhrle liebte, brachte es aber nicht heraus, weil es ihr zu abgeschmackt erschien. Auch nicht, dass sie Felix Feichtenbeiner hasste, weil der sie, als sie mit ihm liiert gewesen war, mit anderen Frauen betrogen hatte. Dies alles mussten sich Mannhardt und Yaiza Teetzmann zusammenreimen. Blieb ihnen noch, mit Leon Möhrle zu reden. Sie fanden ihn in seinem Dichterdomizil in der Großen Hamburger Straße und trugen ihm ihre Hypothese vor. Was er dazu zu sagen habe?

Leon Möhrle lächelte so, wie nur seine Generation es konnte. »Wäre es ein Roman, müsste er den Titel tragen: ›Nackt bist du ohne Alibi‹. Und wie ich die Kriminalpolizei kenne, werden Sie an meiner Eintrittskarte etwas finden, das sich für eine DNA-Analyse eignet. Ich könnte mich jetzt rausreden und sagen, es sei ein Unfall gewesen, und alles abstreiten, aber ich will bewusst diese Erfahrung machen: vor Gericht stehen, im Gefängnis sitzen. Erfahrungen, die man gemacht haben muss. Was meinen Sie, wie gut sich meine Romane dann verkaufen?! Jeder kennt den Namen Leon Möhrle. Und darum: Ja, ich bin ausgerastet, als Feichtenbeiner mich beschimpft und gedemütigt hat. Der Neid auf meinen Erfolg. Ich hätte kein Recht, mich einen Literaten zu nennen, ich sei bestenfalls ein zweiter Bohlen. Da habe ich ihn von mir weggestoßen, so wie er mich von sich weggestoßen hat. Ein Geländer war oben noch nicht eingebaut – da ist er die Treppe hinuntergestürzt. Ich wollte noch die Feuerwehr holen, aber als ich ihn untersucht habe, war er schon tot. Ich habe meine Zeit als Zivi in einem Krankenhaus verbracht und kann das einordnen. Da ohnehin nichts mehr zu retten war, bin ich dann getürmt … Habe ich ihn töten wollen? Ich werde darüber nachdenken. Der psychiatrische Gutachter wird mir dabei bestimmt behilflich sein …«

Blutige Bescherung

Karl-Heinz Kössen, leitender wie – seit Hartz IV – auch leidender Fachbeamter im Sozialamt des neuen Bezirks City-West, stand kurz vor seiner Pensionierung und entstammte damit einem Jahrgang, der in der Schule noch fleißig Gedichte gelernt hatte. So konnte er bei der Weihnachtsfeier seine Untergebenen, sprich: Mitarbeiterinnen und Mitarbeiter, auch mit Goethe erfreuen, dem »Schatzgräber«: »Arm am Beutel, krank am Herzen,/ Schleppt' ich meine langen Tage ...« Schon damit fand er den Beifall der Menge, denn alle Anwesenden fühlten sich vom Sparsenat arg gebeutelt, und viele fürchteten, zur Bundesagentur für Arbeit wechseln zu müssen oder auf die ungeliebte Überhangliste zu kommen. Einer der Sozialarbeiter murmelte: »Aber immer noch besser als umgekehrt: Krank am Beutel.« Wodurch Kössen etwas lauter werden musste, als das Wesentliche kam: »Armut ist die größte Plage,/ Reichtum ist das höchste Gut!« Da wurde heftig geklatscht, und Kössen führte aus, dass darin ja die Daseinsberechtigung aller Sozialverwalter und aller Sozialarbeiter läge: »Die Unterschiede zwischen Arm und Reich insoweit auszugleichen, dass auch die weniger Begüterten menschenwürdig leben können. Schwer ist das, aber wem sage ich das ...« Damit kehrte er zu Goethe zurück, um dessen letzte Zeilen ganz besonders zu betonen: »Tages Arbeit, abends Gäste!/ Saure Wochen, frohe Feste!/ Sei dein künftig Zauberwort.« Damit konnte dann die Kaffeetafel eröffnet werden. »Und für nachher habe ich eine ganze Kiste Retsina kalt gestellt. Wir trinken nur noch geharzten Wein.«

Tessa Weistropp, diplomierte Sozialarbeiterin und immer bemüht, Gutes zu tun, hatte keinen Appetit auf den Weihnachtsstollen, auch wenn er von der Stadträtin gebacken worden war. »Ein bisschen trocken«, fand sie. Worauf Kössen, der neben ihr saß, ein wenig grinste. »Du hast es doch heute Vormittag schon feucht genug gehabt.« Das bezog sich darauf, dass ihr ein Klient ins Gesicht gespuckt hatte. Aus Frust darüber, dass man ihm eine Ausbildung zum Opernsänger verwehrt hatte. Einer ihrer Kollegen meinte, sie solle froh sein, dass er sie nicht in die Luft gesprengt habe.

»Das kommt erst, wenn wir bei der Agenda 2020 angelangt sind«, sagte Silke Kunow. »Vorerst begnügen sich unsere Klienten noch damit, dass sie mit dem Messer auf uns einstechen.«

Kössen fiel ihr ins Wort. »Nun hören wir mal auf, Trübsal zu blasen, und kommen zum heiteren Teil des Nachmittags: zum Julklapp. Wo steht denn der Sack mit den Geschenken?« Im Keller, in der Besenkammer, sei der versteckt, wurde ihm zugerufen, und um zu zeigen, dass er sich als Primus inter Pares verstand, bot er sich an, ihn eigenhändig nach oben zu holen. »Ihr müsst mir nur sagen, wo.«

Tessa Weistropp stand auf. »Ich komm schon mit.« Die Kollegen sparten nicht mit witzigen Bemerkungen und malten sich einiges aus. »Dass mir keine Klagen kommen …« Kössen winkte in die Menge. »Klar, wir fliegen jetzt in ein Hotel an den Viagra-Fällen.« Auf dem Weg in den Keller bemühte er sich, gebührend Abstand zur Untergebenen zu halten, und besprach Dienstliches mit ihr. »Bis Mitte 2005 sind im Sozialdienst weitere fünf Stellen abzubauen …«

Tessa Weistropp hatte die Geschenke schon am Vormittag in den Kellerraum 0-124 gebracht, in dem neben Besen und Eimern auch Vordrucke und anderes Büromaterial gelagert waren. Hier unten war es immer ein wenig unheimlich. Von daher war es ganz gut, dass ihr Vorgesetzter mitgekommen war. Die Tür zur Besenkammer war nicht abgeschlossen. Kössen öffnete sie. »Wo ist denn hier der Schalter …?«

Als die Neonröhre aufflammte, schrien sie beide auf. Vor ihnen lag eine Frau. In einer Blutlache. Offensichtlich erschlagen.

Hans-Jürgen Mannhardt hatte sich von seinem Sohn überreden lassen, zum Weihnachtsmarkt auf dem Schlossplatz zu fahren. Lieber wäre er zum Zahnarzt gegangen, hatte aber im Augenblick leider keine Schmerzen. »Nur, wenn Mama mitkommt.« Natürlich kam die mit, denn für Heike Hunholz aus Bramme a.d. Bramme gehörte dies zu den Höhepunkten des Jahres, und sie setzte an, sich »einen abzujubeln«, wie Mannhardt es nannte.

»Allein diese Düfte! Tannennadeln, Glühwein, Zuckerwatte, gebrannte Mandeln …«

»Wenn ich da raufbeiße, fehlt mir nur wieder ein Stück Backenzahn.«

Als sie dann an Ort und Stelle waren, interessierten Silvio weder der Weihnachtsmann noch die Schnitzereien aus dem Erzgebirge, sondern einzig und allein die Karussells und all das, was es auf jedem Rummel gab. Mannhardt fluchte. »Da kann ich ja mein schwer verdientes Geld gleich aus dem Fenster werfen.«

»Hier ist doch gar kein Fenster, Papa!«, kam der Einwand seines Sohnes.

»Musst du denn dem Jungen die ganze Weihnachtsfreude verderben«, kam Heikes Vorwurf.

Mannhardt schwor, dass er kein anderes Ziel im Leben kannte als das, dem Jungen eine Freude zu machen. Ihr natürlich auch. »Wenn ein Schießstand kommt, dann schieße ich ihm ein Pony und dir einen Fernsehsender, wo du dreimal am Tag moderieren kannst.« Im Anschluss an diese wohlmeinende Absichtserklärung hüllte er sich in Schweigen und hoffte auf sein Handy. Es musste ja nicht gleich ein Mord sein, weswegen sie ihn anriefen, seine Beförderung zum Kriminaldirektor hätte es auch getan.

Dann wurde es doch noch inniglich, als »Stille Nacht, heilige Nacht« erklang und er daran denken musste, wie er in Silvios Alter unterm Weihnachtsbaum gestanden und sein Gedichtlein aufgesagt hatte. Heike bemerkte seine feucht gewordenen Augen und war mit ihm und allem versöhnt. Er nahm sie in den Arm und küsste sie. Silvio sah sie mit großen Augen an.

Dies war der Augenblick, auf den die Regie nur gewartet hatte, denn jetzt dudelte sein Handy, und als er es aus der Tasche gezogen und nach längerem Suchen die vorgesehene Taste gedrückt hatte, vernahm er die verdiente Mitarbeiterin des Volkes, vernahm er Yaiza Teetzmann: »Entschuldige … Aber du musst mal wieder ran …«

»Ich bin nicht dein Ehemann.«

»Hör uff, det is nich zum Spaßen. Im Sozialamt City-West, in der Außenstelle Mansfelder Straße, is ’ne Frau erschlagen worden.«

Fuhr Hans-Jürgen Mannhardt einmal Taxe, so nervte er jeden Fahrer mit seinen Ortskenntnissen, und hatte der Mann GPS an Bord, so setzte er alles daran, besser zu sein als das High-Tech-System, indem er Schleichwege vorschlug, die kein Programmierer kannte, beispielsweise über Hinterhöfe, Feuerwehrzufahrten und private Parkplätze. Nun stand er vor der Frage, wie man um 16 Uhr schnellstmöglich vom Schlossplatz zur Mansfelder Straße kam. Nahm er die Strecke Unter den Linden und Straße des 17. Juni, dann hieß das: Stau. Fuhr er über die Leipziger Straße und den Potsdamer Platz, dann hieß das: Stau.

Heike hatte Mitleid. »Komm, ich fahr dich zum Alexanderplatz, und da steigst du in die Bahn.«

Karl-Liebknecht-, Ecke Gontardstraße sprang Mannhardt aus dem Wagen und sprintete zur S-Bahn, denn Mansfelder Straße, das war der S-Bahnhof Hohenzollerndamm. – Quatsch, die Außenstelle des Sozialamtes lag auf Höhe des Fehrbelliner Platzes, und da hatte er die U-Bahn zu nehmen, die U 1 oder U 7. Wo kreuzte die Stadtbahn diese Linien ...? Warschauer Straße und Charlottenburg. Beides waren Umwege. Eilte er also lieber zur U 2 und wechselte Gleisdreieck oder Wittenbergplatz zur U 1? Die S-Bahn ging an sich schneller, aber bei der konnte man in einen Zug vom Typ »Toaster« geraten. Der trug seinen Spitznamen nicht nur wegen der Schlitze im Dach, sondern weil in seinen Wagen ab und an ein kleines Feuer ausbrach. Nach dem letzten hatte man die Station Anhalter Bahnhof über Monate hinweg stilllegen müssen. Und Weihnachten war eh das Fest, wo alles brannte. Also doch U-Bahn. Aber fiel da der Strom aus, saß er möglicherweise stundenlang fest. Kurz entschlossen sprang er in den erstbesten S-Bahn-Zug. Leider war es die falsche Richtung. Egal. Jannowitzbrücke stieg er aus und lief zur U 8. Da konnte er dann Hermannplatz in die U 7 umsteigen. Umwege waren die Würze des Lebens, und wer zu spät am Tatort erschien, wurde dadurch belohnt, dass die anderen die Arbeit schon gemacht hatten.

In diesem Falle Yaiza Teetzmann. »Die Identität des Opfers ist geklärt. Es handelt sich um die 38-jährige Schauspielerin Kaisa Schadrack aus Wilmersdorf, Blissestraße.«

»Nie gesehen«, murmelte Mannhardt.

»Sie spielt ja auch nicht bei Hertha und fährt nicht Formel 1«, sagte Yaiza Teetzmann. »Und Sexfilme siehst du dir ja keine an.«

»Solange du nicht mitspielst.«

»Erschlagen worden ist sie mit einem stumpfen Gegenstand«, fuhr Yaiza Teetzmann fort. »Mit einem runden Stuhlbein oder einem Baseballschläger vielleicht. Aber von der Tatwaffe keine Spur. Nur eine Pfefferspraydose. Damit muss sie sich noch gewehrt haben.«

Mannhardt sah sich in der Besenkammer um. Kaisa Schadrack war eine schöne Frau. Auch als Tote noch. Mannhardt, durchaus kein frommer Mensch, dachte: »Herr, lass es nur einen Film sein und sie wieder aufstehen.« Dann fragte er, wie das Opfer in den Keller gekommen war.

»Sie wird sich verlaufen haben«, antwortete Kössen. Als Vorgesetzter durfte er nicht immer nur unwichtig in der Ecke stehen. »Im Keller sind ja auch die Toiletten.«

Yaiza Teetzmann sagte Mannhardt, dass die Schauspielerin nur einen Schuh anhatte. »Der rechte fehlt. Liegt auch nirgendwo.«

Mannhardt staunte. »Wie das, bei der Kälte draußen? Na, vielleicht hat man ihr die Beihilfe um die Hälfte gekürzt, und es hat nur zu einem neuen gereicht.« Tessa Weistropp bestritt das. »Ich bin ihre Sozialarbeiterin, und sie hatte rote Pumps an, beide, als ich mit ihr ins Büro von Frau Kunow gegangen bin. Viel zu chic für den Anlass.«

»Zu Frau Kunow ...?« Yaiza Teetzmann war mit den Strukturen des Sozialamtes nicht ganz vertraut und ließ sich erklären, dass sich Sozialarbeiter und Verwaltungskräfte, an zwei verschiedenen Fachhochschulen ausgebildet, einen Klienten sozusagen teilten. Die einen seien für den sozialen Hintergrund zuständig, die anderen für die Paragrafen.

Mannhardt sah Tessa Weistropp ein wenig spöttelnd an. »Sie haben also befürwortet, dass die Schadrack ein Paar Schuhe bekommt – und Ihre Kollegin hat ihr dann nur den einen bewilligt. Daraufhin hat Frau Kunow die Frau Schadrack erschlagen.« Er fasste sich an den Kopf. »Nein, umgekehrt natürlich.«

Der Vorgesetzte zog Mannhardt zur Seite: »Was Sie da versehentlich angedeutet haben, dass ... Die Frau Kunow ... Ich muss Ihnen das sagen, weil ... Die beiden kannten sich privat. Frau Kunow hat die Schadrack gehasst, weil die ihre Ehe kaputtgemacht und seit Jahren Krieg gegen sie geführt hat. Es eskalierte immer mehr. Nun das. Frau Kunow spielt Handball und hat die Kraft dazu.«

Mannhardt nickte, obwohl er Denunzianten hasste. »Ist sie noch in der Kantine bei den anderen?«

»Nein, sie ist schon nach Hause gegangen. Ein Migräneanfall.«

»Sieht ganz nach einem Racheakt aus«, sagte Yaiza Teetzmann, als Mannhardt ihr von den Verdächtigungen erzählt hatte. »Dass dieser Kössen ihr eins auswischen will. Vielleicht hat sie sich mal geweigert, mit ihm ins Bett zu gehen.«

Mannhardt sah sie vorwurfsvoll an. »Dass Frauen an nichts anderes denken können. Vielleicht ist er auch nur scharf auf ihre Stelle. Besser die Kollegin Kunow im Knast als ich auf der Überhangliste.«

»Mann, er ist ihr Vorgesetzter!«

»Okay, dann ist das kein Motiv. Aber nichtsdestowenigertrotz sollten wir uns mit Frau Kunow mal ein wenig unterhalten.«

»Aber nicht im Sozialamt«, sagte Yaiza Teetzmann. »Ich gönne es diesem Kössen nicht, dass er vor Freude an der Decke hängt.«

»Du kannst so herrlich einfühlsam sein. Frau eben.«

Also riefen sie Silke Kunow an und verabredeten sich mit ihr in einem Café am Fehrbelliner Platz für den nächsten Morgen.

»In Staub mit allen Feinden Brandenburgs!«, rief Mannhardt, als sie besagten Platz erreichten, denn mit Fehrbellin assoziierte er Kleist und den Prinzen von Homburg. Er erklärte es der Kollegin: »Das ist der Schlusssatz im Theaterstück.«

Silke Kunow saß am Tisch neben der Tür. Sie erkannten sie am verabredeten Zeichen: einer hochgehaltenen Berliner Zeitung. Mit ihrer aggressiven Kurzhaarfrisur und ihrem herben Gesicht entsprach die Beamtin dem Rollenklischee des Klientenschrecks. »Ich möchte nicht die Sache sein, die sie bearbeitet«, murmelte Mannhardt, um sich, als er an Heike dachte, sofort zu schämen, dass er wie ein echter Macho dachte und sich Frauen, auch Hand- und Fußballerinnen, nur als Lustobjekte denken konnte. So gab er sich große Mühe, zu einem Unlustobjekt wie Silke Kunow ganz besonders freundlich zu sein.

»Es tut mir Leid, Frau Kunow, dass wir Sie … Die anonymen Anschuldigungen gegen Sie sind natürlich alle lächerlich, aber es ist nun mal unsere Pflicht.«

Yaiza Teetzmann mochte es nicht, wenn er so herumeierte, und kam sofort zur Sache. »Stimmt es, dass Sie Kaisa Schadrack von früher kannten, außerdienstlich?«

Die Sachbearbeiterin zögerte ein wenig. »Das ist schon ewig her. Fast zwei Jahre.« Sie musste sich sammeln. »Da sind wir Nachbarn gewesen. In der Nostizstraße. Zu dieser Zeit war ich im Krankenhaus, und sie hat sich an meinen Mann herangemacht. Aber ... im Grunde bin ich ihr noch heute dankbar dafür. Das hat mir erst so richtig die Augen geöffnet, wes Geistes Kind er ist. Nun sind wir geschieden, und alles ist vergeben und vergessen.«

Mannhardt hatte Zweifel, denn Rache war ein starkes Motiv. Überschrift: Wunden, die nie verheilen. »Wir haben uns mal umgehört: Da soll es des Öfteren zu Handgreiflichkeiten zwischen Ihnen und Ihren Klientinnen gekommen sein ...«

»Aus Notwehr wird man ja noch handeln dürfen.«

Yaiza Teetzmann setzte weiter auf Offensive. »Und wie war das, als Kaisa Schadrack zuletzt bei Ihnen gewesen ist: Da haben Sie sich nicht angeschrien?«

»Nein. Sie hat zwar protestiert wie immer und mit der Presse gedroht, ist dann aber abgezogen.«

»Sie haben sie nicht vielleicht in den Keller geschickt, weil dort der Kopierer steht?« fragte Mannhardt.

»Nein. Sie wird auf die Toilette gewollt haben.« Silke Kunow geriet ins Stocken. »Also, gegangen sein, mit der Absicht in den Keller runter, dort.«

»Ja, klar.« Mannhardt blickte unwillkürlich auf die Füße der Sachbearbeiterin, obwohl es hirnrissig war zu glauben, sie hätte einen der roten Pumps der Schadrack an sich genommen, um ihn zu tragen. Als Beute sozusagen. Weil die Schadrack ihren Mann mit diesen Schuhen ins Bett gelockt hatte. Er stand auf. »Und beim Verlassen Ihres Büros hatte sie beide Pumps noch an?«

»Ja klar.«

»Gut, dann bedanken wir uns erst einmal bei Ihnen …«

Hans-Jürgen Mannhardt saß am Schreibtisch und wartete auf den nächsten Sekundenschlaf. Da er kein Trucker war und dadurch also auch niemanden gefährdete, hielt er es für ganz legitim, kurzzeitig abzutreten. Schließlich war es nicht seine Schuld, dass er vergangene Nacht furchtbar schlecht geschlafen hatte, sondern die seines Dienstherrn, denn dieser zwang ihn ja pausenlos, sich frisch ermordete Menschen anzuschauen. Das waren Bilder, die ihm so schnell nicht mehr aus dem Kopf gingen. Dazu das Grübeln. Wer konnte es gewesen sein? Und auf welche Art und Weise würde er selber einmal enden?

Er raffte sich auf und rief noch einmal beim Sozialamt an. Silke Kunow war gleich am Apparat. Mannhardt beeilte sich ihr zu versichern, dass er sie nicht wegen des Tatverdachts anrufen würde, da sei ja schon im Café alles geklärt worden, sondern weil sie als Letzte mit Kaisa Schadrack gesprochen habe und er alles noch einmal rekonstruieren wolle.

»Vorhin haben wir uns ja ganz auf das Private beschränkt und gar nicht davon geredet, was im Büro abgelaufen ist. Wann etwa war denn Frau Schadrack bei Ihnen im Zimmer?«

»So gegen 15 Uhr.«

»Und – hat sie bei Ihnen bekommen, was sie wollte?«

»Nein. Sie wollte privaten Englischunterricht bezahlt bekommen, weil … Nur so hätte sie Chancen, international eine Rolle zu kriegen.«

»Was Sie aber abschlägig beschieden haben?«, fragte Mannhardt mit leiser Ironie.

»Ja, sicher.«

»Und da ist die Schadrack wutentbrannt rausgerauscht?«

»Ich kann mich nur an meine Vorschriften halten«, betonte Silke Kunow.

»Hat denn Frau Schadrack noch irgendetwas gesagt, was auf eine eventuelle Bedrohung hinweisen könnte?«

»Nein, hat sie nicht.«

Mannhardt bedankte sich und fiel zurück in seinen kreativen Dämmerzustand. Dies gemäß dem Motto seiner Großmutter väterlicherseits: Den Seinen gibt's der Herr im Schlafe. Also schlief er nun ein. Als Yaiza Teetzmann ins Zimmer kam, schreckte er hoch.

Sie grinste. »Na, haste dich mal wieder von innen besehen?«

»Nein, ich habe nur intensiv darüber nachgedacht, wer ...« Mein Gott, er kam nicht sofort auf den Namen der Frau, die im Sozialamt erschlagen worden war. In einem amerikanischen Roman hätte nun gestanden: he panics. War das beginnende senile Demenz, war das Alzheimer – oder nur seine Müdigkeit? Er entschied sich für die letzte Möglichkeit und kam nun auch auf den Namen. »... wer diese Katharina Schadewald umgebracht hat.«

»Welche Katharina Schadewald?«, fragte Yaiza Teetzmann. »In der Mansfelder Straße, das war doch Kaisa Schadrack.«

»Na, sicher.« Mannhardt verfiel nun doch in eine gewisse Depression. Fehlte nur noch, dass er seinen Dienstausweis herausnehmen musste, um zu wissen, wer er war. »Als ob ich nicht gespeichert hätte, wer. Habt ihr denn schon herausbekommen, wo sie sich zuletzt aufgehalten hat?«

Unter der angegebenen Adresse hatte sich Schadrack schon seit zwei Wochen nicht mehr blicken lassen. Das hatten ihnen die Nachbarn gesagt. Sie hatten eine leere Wohnung vorgefunden.

»Die berühmten zweckdienlichen Hinweise. Ist da was gekommen?«, wollte Mannhardt wissen.

»Ja, sie soll einen Freund namens Sven gehabt haben.«

»Sehr schön. Dann sehen wir uns mal alle Männer zwischen 25 und 55 an, die Sven heißen. Wir mieten einfach das Olympiastadion und lassen sie alle antanzen. Brauchen wir ihr Sperma oder reicht 'ne Speichelprobe?«

Yaiza Teetzmann blieb ernsthaft. »Was mich wundert ist, dass der Mann noch nicht angerufen hat. Er muss es doch im Radio gehört oder in der Zeitung gelesen haben …«

»Wenn er der Täter ist, wird er sich sogar alle Zeitungen gekauft haben, die er am Kiosk finden konnte«, fügte Mannhardt hinzu.

»Und in diesem Falle bei uns anrufen, um jeden Verdacht von sich abzulenken.«

»Dann werde ich wohl meine telepathischen Fähigkeiten einsetzen müssen«, sagte Mannhardt, schloss seine Augen und hob die Arme, als seien sie Sendeantennen. »Sven, ich rufe dich! Sven, bitte melde dich!«

Und in der nächsten Minute geschah das, worüber sie noch Jahre später heftig diskutieren sollten: Das Telefon klingelte, und am Apparat war ein gewisser Sven Zeube.

»Ich bin der Freund von Kaisa, von Kaisa Schadrack. Ich bin aber im Augenblick in London, geschäftlich, und habe deswegen erst jetzt davon erfahren, dass sie, dass Kaisa … Soll ich denn sofort nach Berlin zurückfliegen …?«

»Ja, Sie sollen.«

Das Telefon tat das, wofür man es angeschafft hatte: Es klingelte. Mannhardt nahm ab und war sich sicher, dass es seine Mutter war, die wieder einmal wissen wollte, warum sich ihre Uhr nicht aufziehen ließ. »Weil sie eine Batterie hat, Mutti.« Doch es war Tessa Weistropp vom Sozialamt an der Mansfelder Straße.

»Mir ist noch etwas eingefallen, was wichtig sein könnte. Ich bin ja auch Frauenbeauftragte hier im Amt, und über unseren Hausmeister sind schon öfter Klagen gekommen, dass er Frauen belästigt haben soll.«

Der Hausmeister hieß Michael Koltermann, war 42 Jahre alt, gelernter Fliesenleger, glücklich verheiratet und ein völlig unbescholtener Bürger. Er wohnte nicht weit weg von seiner Arbeitsstelle in der Brandenburgischen Straße. Die Wohnung im Seitenflügel, dritte Etage, Mitte links, war überraschend originell eingerichtet, was daran lag, dass er die meisten Möbel selbst gebaut hatte, modernes Biedermeier sozusagen, und er hatte auch sonst alle Chancen, zum Heimwerker des Monats gewählt zu werden. Seine Frau war noch beim Einkaufen, die Tochter beim Flötenunterricht, der Sohn beim Fußballtraining. Mannhardt wusste, dass er Herrn Koltermann schon morgen nicht mehr wieder erkennen würde, wenn er ihn zufällig auf der Straße treffen sollte. So unauffällig war Herr K. Wo er denn zur Tatzeit gewesen sei?

»Gegen halb vier.« Koltermann zwirbelte seinen Bart. »Wenn Sie mich so genau fragen: Da war ich noch im Dienst, klar. Ich war oben auf dem Dachboden. Da hatte es durchgeregnet. Ein paar Ziegel waren locker, und ich musste die austauschen.«

»Noch vor der Weihnachtsfeier?«

»Ja. Klar.«

»Sie kannten Frau Schadrack aber?«, fragte Yaiza Teetzmann. Eine Fernsehzeitung lag aufgeschlagen auf dem Tisch, und auf der Seite war oben ein kleines Foto von Kaisa Schadrack zu sehen. »Aus dieser Talkshow hier.«

»Die sieht meine Frau immer, ich nicht. Und dass eine Schauspielerin bei uns in der Mansfelder auftaucht und Sozialhilfe haben will, das …« Koltermann hielt es für völlig ausgeschlossen.

»Für ihren Auftritt in der Talkshow kriegt sie nur ein popliges Honorar«, sagte Mannhardt. »Und obwohl ja Sex im Alter auch schön sein soll … Rollen hat sie in ihrem Genre schon lange keine mehr bekommen.«

Yaiza Teetzmann ließ feministisches Entsetzen erkennen und spielte mit ihrem Kugelschreiber. Als sie ihn wieder beiseite legen wollte, rollte er ihr vom Tisch.

»Moment!« Schon kniete Koltermann auf dem Boden, um den Kugelschreiber zu suchen und wieder aufzuheben. Doch dieser, blau und silbern, musste sich irgendwie verkrümelt haben. Lange suchte Koltermann nach ihm. Schließlich fand er ihn – ausgerechnet zwischen Yaiza Teetzmanns Stiefeln.

»Danke.« Yaiza Teetzmann nahm das Schreibgerät an sich und wartete, bis der Hausmeister endlich wieder Platz genommen hatte. »Es gibt hier Gerüchte, dass Sie hin und wieder Frauen belästigt haben sollen …«

Koltermann senkte den Kopf. »Das ist gemein. Das ist, wie nennt man das doch gleich – Mobbing! Die wollen mich hier loswerden, nur weil ich im Personalrat bin und dagegen war, dass Frau Weistropp neue Amtsleiterin wird. Das ist die Rache jetzt.«

Mannhardt nickte. »Klingt logisch.« Er verfiel in das,

was die Psychologen abgesenktes Bewusstsein nannten. Es ging ihn alles nichts mehr an.

Der Druck auf die 12. Mordkommission wuchs mit jedem Tag, denn der Mord im Sozialamt an der Mansfelder Straße hatte die Satiriker auf den Plan gerufen: So also stelle sich die Politik die Reform des Sozialstaates vor. Mannhardt war weit davon entfernt, von der berühmten heißen Spur zu sprechen. Silke Kunow, die rachsüchtige Sachbearbeiterin, Koltermann, der angeblich Frauen anmachende Hausmeister, und Sven Zeube, der Ex-Geliebte des Opfers, standen zwar weiterhin unter Tatverdacht, aber Mannhardt hatte nichts in der Hand, um sie in die Enge zu treiben. Zeugen hatten sich weiter keine gemeldet, und auch die Befragung aller Bediensteten, die sich zur Tatzeit im Dienstgebäude in der Mansfelder Straße aufgehalten hatten, war ohne Ergebnis geblieben. Auch die Suche nach dem verschwundenen Schuh der Toten hatte nichts gebracht. Ein junger Praktikant in ihrem Team hatte sogar in Secondhand-Läden, auf Trödelmärkten und bei Schuhmachern nach dem fehlenden Schuh gefahndet.

Mannhardt konnte sich nur an den Kopf fassen: »Klar, wir haben ja auch scharenweise einbeinige Frauen in Berlin.«

»Geiz ist eben geil.«

Yaiza Teetzmann hatte sich im Freundeskreis der Schauspielerin umgehört, aber immer nur dasselbe gehört: »Kaisa hat sich im letzten Jahr total aus allem ausgeklinkt.«

»Bleibt uns nichts anderes, als auf den erfolgreichsten Kollegen zu hoffen«, sagte Mannhardt, aber Kommissar Zufall ließ sie im Stich.

Sie verbrachten einen freudlosen Tag, bis kurz vor Feierabend einer der Mitarbeiter ins Zimmer kam und eine Neuigkeit mitbrachte. »Wir haben uns noch einmal in der

Wohnung der Schadrack umgesehen und dabei ein Plastiktütchen gefunden. Ohne Zweifel Anhaftungen von Kokain. Sie muss süchtig gewesen sein.« Mannhardt ärgerte sich, dass das erst jetzt gefunden worden war, hielt die Aktion aber ansonten für puren Aktivismus. Trotzdem, seine Leute begannen sofort mit dem Datenabgleich: Welche der bei Kaisa Schadrack im Notizbuch und im Handy vorgefundenen Telefonnummern waren deckungsgleich mit denen, die man von Dealern kannte? Zweimal wurden sie fündig, und es gab auch Fotos. Sie warteten, bis sie Abzüge hatten, dann fuhren sie los, um sich die beiden Männer näher anzusehen. Die erste Adresse lautete: Rocco Pospieszny, Gaudystraße 15 a.

»Freu ich mich auf die Gaudi«, sagte Mannhardt. »Wo is'n die – die Straße mit der Gaudi – in Bayern?«

»Mann, da gibste imma so an mit deine Ortskenntnisse – und denn nich ma ditte!« Wenn Yaiza Teetzmann müde war, berlinerte sie noch immer sehr heftig. »Vonne Schönhauser jeht die ab, und mit 'm y wird se jeschriem. Warste noch nie inne Schmeling-Halle?«

»Doch, aber ich hab nie auf die Straßenschilder geguckt.«

»Schwache Leistung.«

Es wurde langsam dunkel, als sie zur Schönhauser Allee kamen und in die Gaudystraße abbogen. Mannhardt stieg aus dem Wagen, während Yaiza Teetzmann noch herumfuhr, um einen Parkplatz zu suchen. Gerade hatte sich Mannhardt gebückt, um die schlecht beleuchteten Namensschilder auf dem Klingelbrett zu studieren, da ging die Haustür auf, und der Mann, der erschien, war mit einiger Sicherheit der gesuchte Dealer. Was blieb Mannhardt übrig, als zunächst höchst desinteressiert zu tun und Pospieszny dann unauffällig zu folgen! Auch ohne Yaiza Teetzmann. Es ging in Richtung Max-Schmeling-Halle und Mauerpark, dann über den Falkplatz. Auf dem offenen Gelände hatte Mannhardt einige Mühe, nicht aufzufallen. Irgendwie hat jeder Mensch einen sechsten Sinn dafür, wenn ihm jemand folgt, und ein Dealer erst recht. Er musste also Abstand halten. Dann verschwand Pospieszny im Gleimtunnel. Jetzt konnte Mannhardt rennen, um aufzuschließen. Oben dehnte sich die Brache des aufgelassenen Güterbahnhofs, die Brücken und ihre Pfeiler hätten einen schönen Grundstock für das erste deutsche Rostmuseum ergeben. Der so genannte Gleimtunnel war kein echter Tunnel, sondern nur eine ewig lange Bahnunterführung.

Als Mannhardt um die Ecke der Umfassungsmauer blickte, sah er Pospieszny nicht. Offensichtlich war der gleich hinterm Tunnel in eine der Querstraßen abgebogen. Die Graunstraße. Hier im alten West-Berlin kannte er sich wieder aus. Die Straßenbeleuchtung war auf Sparflamme geschaltet. Andere Fußgänger gab es kaum. Nur Autos huschten vorüber. Mannhardt überlegte, wohin Pospieszny wohl wollte. Wahrscheinlich in den Humboldthain. Nein, dann wäre er geradeaus weitergelaufen.

Während Mannhardt noch am Überlegen war, sprang Pospieszny hinter einem der verrosteten Pfeiler hervor, einen Revolver in der Hand.

»Keinen Ton! Du gehst jetzt langsam vor mir her, sonst ...«

Yaiza Teetzmann hatte Langeweile. Und das im Dienst. Wenn das die Medien gewusst hätten. Oder dieser Bund der Steuerzahler. Auch, dass sie jetzt ihre Dartpfeile holte und auf die Sisalscheibe warf, die Mannhardt vor Jahren einmal an der Wand befestigt hatte. Sie zielte auf die rote Triple 20, mit einem Wurf, bestehend aus drei Pfeilen, 60 Punkte zu erzielen war das Optimale. Ihr erster Pfeil ging links vorbei, der zweite rechts, sodass sie nur sechs Punkte erreichte. Sie verlor die Contenance und warf den letzten Pfeil so unkontrolliert in Richtung Wand, dass er die Scheibe verfehlte und sich in die Nase des Herrn Bundespräsidenten bohrte, der neben ihr hing. Das konnte sie den Arbeitsplatz kosten. Gerade noch vermochte sie den Pfeil herauszuziehen, da ging die Tür auf, und man brachte ihr Pospieszny zur Vernehmung. In seinem Schlepp kam Hans-Jürgen Mannhardt.

»Ja, Herr Pospieszny«, begann sie, »was hätten Sie denn mit meinem Kollegen gemacht, wenn ich nicht mit meinem Wagen vorbeigekommen wäre und neben mir zufällig ein Alba-Spieler gesessen hätte?« Ein alter Bekannter von ihr, der gerade vom Training gekommen war, noch einen Basketball in der Hand. Mit dem hatte er Pospieszny den Revolver aus der Hand geschossen.

»Scheiße, ja …« Rocco Pospieszny spielte mit seinem Goldkettchen. »Was ich gemacht hätte? Na, nichts. Ich hab ja gemerkt, dass er 'n Bulle ist und kein Killer von …« Mehr wollte er nicht sagen.

»Und Sie haben wirklich nicht geahnt, dass wir wegen Kaisa Schadrack hinter Ihnen her sind?«

»Nein. Die hab ich mal in irgend'ner Disco kennen gelernt, und die hat bei mir gekauft. Das Übliche: Kokain-Schulden. Sie wollte es abarbeiten, aber ich steh nun mal nicht auf Frauen. Aber dass ich sie … So ein Quatsch!«

»Dann werden Sie uns ja auch sagen können, was Sie zu der Zeit gemacht haben, als Kaisa erschlagen worden ist.« Sie nannte ihm noch einmal Tag und Stunde.

»Da war ich mit meinen Freunden zusammen.« Er nannte ihnen drei Namen, alle aus seiner Clique, die Jungs schworen natürlich, dass sie mit ihm zusammen gewesen waren und Billard gespielt hatten.

Sven Zeube war Programmierer bei einer global operierenden Lebensmittelfilialkette und wohnte an der Rheingaustraße. Man ließ ihn, nachdem er aus London zurückgekehrt war, nicht ins Büro der Mordkommission kommen, sondern fuhr zu ihm nach Friedenau, weil Mannhardt meinte, dass man einen Menschen besser einschätzen könne, wenn man ihn in seinem Umfeld erlebte. Außerdem war er gern unterwegs. Weil er zunächst Friedenau mit Frohnau verwechselt hatte und Yaiza Teetzmann als alte Ost-Berlinerin den Westen der Stadt noch immer nicht so genau kannte, standen sie erst eine halbe Stunde später als vorausberechnet vor Zeubes Wohnungstür.

»Ich hatte schon gedacht, Sie kommen nicht mehr, weil Sie den Täter schon haben.«

Sven Zeube war, wie man als junger Mann in dieser Zeit zu sein hatte: drahtig und braun gebrannt, das Haar blond gefärbt und zu Stacheln aufgestellt, die Klamotten vom angesagten Designer. Und seine Wohnung war so eingerichtet, dass sie eine adäquate Kulisse für jede Herz-Schmerz-Fernsehserie abgegeben hätte. Mannhardt fühlte sich noch zehn Jahre älter, als er ohnehin war.

An Yaiza Teetzmann war es, das Gespräch zu eröffnen, denn sie hatte ausgiebig mit Kaisa Schadracks bester Freundin telefoniert, die in Bremen lebte, und einiges über die Beziehung zwischen ihr und Sven Zeube erfahren. »Sie haben sehr an ihr gehangen?«

»Ja. Ich musste sogar in London noch zum Arzt, weil mich das alles ...« Er wollte sagen »umgeworfen hat«, stockte aber, weil es zu seiner Ich-Identität gehörte, immer cool zu bleiben. »Also, sehr belastet.«

»Dass Kaisa tot ist – oder dass sie Sie verlassen hat?«

»Wieso verlassen? Ich wollte ja, dass sie geht. Das dauernde Gejammere, dass sie keine Rollen mehr bekommt. Kunststück – bei den Sexfilmen, die sie mal … Ihr verkorkstes Leben. Immer nur depressive Schübe. Wer soll denn das auf Dauer aushalten?! Und mit Drogen hat sie auch wieder angefangen. Da sollten Sie mal nachhaken.«

»Danke, haben wir schon. Zunächst aber bleiben wir noch bei Ihnen, Herr Zeube. Als Kaisa am Morgen gegangen ist, sollen Sie ihr hinterhergerufen haben: Ehe ich dich einem anderen gönne, bringe ich dich um. Das haben uns Ihre Nachbarn erzählt.«

»Blödsinn. So was würde ich nie sagen – ist nicht mein Stil.«

»Und wo waren Sie zur Tatzeit?« Yaiza Teetzmann nannte ihm die Daten. »Noch auf Ihrer Arbeitsstelle?«

»Nein, hier zu Hause. Als sie morgens weg ist, bin ich gar nicht erst losgefahren zur Arbeit. Immer wenn ich mich aufrege, kriege ich 'ne Gallenkolik – und ich musste am Abend ja noch nach London.«

»Und wegen der Kolik haben Sie sicher den kassenärztlichen Notdienst alarmiert?«

»Nein. Ich kann mit Schmerzen fertig werden. Außerdem war es doch keine Kolik. Abends kurz vor neun bin ich dann wirklich nach London geflogen. Für meine Firma. Als ich in der Maschine gesessen bin, war Kaisa schon kein Thema mehr für mich.« Schnell fügte er hinzu: »Ich meine: die Trennung von ihr. Dass sie tot war, hab ich ja nicht wissen können.«

Mannhardt dachte nur mit einer alten Chansonzeile: »Doch wie's drinnen aussieht …« War dieser Sven Zeube wirklich aus so hartem Holz geschnitzt, dass er den Verlust seiner Liebe so mir nichts dir nichts wegsteckte? Sicher nicht. Und jähzornig war er auch. Der Beweis war ein Foto, das zu einem Poster vergrößert über seinem Bett hing: Da stand er auf dem Fußballplatz und bekam vom Schiedsrichter die rote Karte gezeigt. Der Grund dafür war nicht schwer zu erraten: Am Boden lag sein Gegenspieler. Mit einer blutenden Kopfplatzwunde.

»Was nun?«, fragte Mannhardt, als sie wieder im Büro saßen. »Manchmal soll es ja vorkommen, dass Täter von sich aus zur Polizei gehen und alles bekennen. Also: abwarten.« Im Film hätte er sich jetzt eine Zigarette angesteckt. Aber a) war das kein solcher, in dem sie agierten, und b) hatte er noch nie geraucht. Yaiza Teetzmann ging zur Pinnwand, wo die Karteikarten mit den Daten der vier Verdächtigen hingen. »Michael Koltermann könnte aus sexuellen Motiven hinter ihr her gewesen sein. Bei Sven Zeube tippe ich auf eine schwere nazistische Kränkung.«

»Narzisstische«, sagte Mannhardt. »Das Vorbild hieß Narziss. Nazis, das waren andere, die dürften ihn auch nicht gekränkt haben.«

Yaiza Teetzmann nahm es gelassen hin. »Meinetwegen. Sein Ego wird sehr gelitten haben, als sie ihn verlassen hat. Auch bei Silke Kunow sieht es nach einer tödlichen Beziehungskiste aus, nach allem, was wir wissen.«

»Ja, und Rocco Pospieszny könnte den Auftrag gehabt haben, die Schadrack zum Schweigen zu bringen, ehe sie ihm und seiner Connection Schwierigkeiten machen würde«, fügte Mannhardt hinzu. »Oder er hat in blinder Wut zugeschlagen, als er sein Geld nicht bekommen hat.«

»Koltermann, Kunow, Pospieszny, Zeube.« Yaiza Teetzmann war für eine streng alphabetische Ordnung.

Mannhardt zerriss einen Notizzettel in vier Teile. »Okay,

dann losen wir mal, wer es war, und gehen zu unseren Vorgesetzten. Das Los ist ja so eine Art Gottesurteil. Früher war das ja in Mode. Da hätte man alle vier in die Spree geworfen und gesagt: Wer untergeht, der war es. Aber das Wehgeschrei, wenn man das heute machen würde! Wo Weihnachten das Wasser so eisig ist.«

»Sollen wir also erst einmal aufgeben?«, fragte Yaiza Teetzmann.

»Ja klar. Wenn wir bei Kapitalverbrechen eine Aufklärungsquote von 95 Prozent haben wollen, dann ist es unsere Pflicht und Schuldigkeit, bei fünf von hundert Fällen den Täter nicht zu finden, weil sonst die Statistik nicht stimmt.«

Kaum hatte er das gesagt, kam die Meldung eines Streifenwagens aus Wilmersdorf, dass man einen roten Damenschuh, hochhackig, in einem Papierkorb am Volkspark gefunden habe. »Getragen. Und bei der Toten im Sozialamt hat doch einer gefehlt.«

Sie bedankten sich bei ihrem Kollegen von der Schupo und ließen den Schuh ins LKA bringen.

Eine Woche später rief man sie von dort an. »Der rote Pumps hat eindeutig der Schadrack gehört, die DNA ist ganz eindeutig. Und ebenso klar ist, dass der Schuh nicht nur getragen, sondern auch gebraucht wurde. Da hat einer reingebissen. Ein Schuh-Fetischist.«

»Und – Speichel am Schuh?«, fragte Mannhardt.

»Nein, leider nicht.«

»Mensch!«, rief Yaiza Teetzmann, die mithören konnte. »Ich hab's, ich weiß, wer's war!«

»Nicht nur Mörder kehren an den Ort der Tat zurück, sondern auch ihre Jäger«, sagte Hans-Jürgen Mannhardt, als er neben Yaiza Teetzmann auf die Außenstelle des Sozialamtes an der Mansfelder Straße zusteuerte. Seine sehr verehrte Kollegin lachte. «Wenn ich mit meiner Vermutung Recht haben sollte, dann hat ja der Mörder den Tatort nie verlassen.«

»Doch, hat er, denn Koltermann wohnt ja nicht wie andere Hausmeister im Dienstgebäude selber.« Mannhardt war immer darauf aus, very sophisticated zu denken.

Yaiza Teetzmann schwankte ein wenig. »Mensch, fast wär ick aus de Pantinen jekippt.« Während des Dienstes hochhackige Pumps zu tragen, war sie nicht gewohnt. Aber es gehörte zum Plan. Tapfer ging sie weiter. Es war mehr ein Staksen. Sie liebte ansonsten ihre ausgelatschten Turnschuhe, nichts anderes. Der Lärm, den sie beim Gehen verursachte, blieb nur knapp unter dem Grenzwert des Bundesumweltamtes. Im Stakkato knallten ihre hohen Hacken auf den Terrazzo-Boden.

»Mann, wo sind meine Ohrstöpsel?!«, rief Mannhardt.

»Es gibt Männer, die das erotisch finden.«

»Aber nur, wenn sie gerade einen Flamenco-Tänzer lieben.«

Karl-Heinz Kössen kam die Treppe herunter, und man sah ihm an, dass es ihn gehörig störte, wenn Sozialhilfeempfängerinnen so aufgedonnert antanzten wie diese hier ... Erst auf den zweiten Blick erkannte er Yaiza Teetzmann als solche. »Nanu, nicht im Dienst heute?«

»Aber natürlich, wenn auch ein wenig verkleidet.« Warum das so war, verriet sie ihm nicht.

Kössen musterte sie mit sichtlichem Wohlgefallen. »Auf den ersten Blick habe ich Sie für diese Schauspielerin gehalten.«

»Das freut mich. Ich werde mich aber bemühen, anders hier herauszukommen als im Sarg.«

»Nekrophilie hatten wir lange nicht mehr«, sagte Mannhardt. Er fragte sich, ob sie nicht doch hinter dem Falschen her waren und sich lieber Kössen als Koltermann vorknöpfen sollten. Aber da hatte sich Yaiza Teetzmann schon nach dem Hausmeister erkundigt. »Wir haben noch ein paar Fragen an ihn. Wer alles Zugang zu den Kellerräumen hatte.«

»Herr Koltermann hat sein Büro – oder seine Werkstatt, ganz wie Sie wollen – im Keller. Hinter der Treppe, wo auch die Toiletten sind.«

Sie bedankten sich und machten sich auf den Weg. Mannhardts Fantasie ging wieder einmal mit ihm durch: »Da lauert er also auf seine Beute und spricht die Frauen an, wenn sie auf die Toilette wollen.«

»Du kannst dich ja um seine Stelle bewerben, wenn er lebenslänglich gekriegt hat«, riet ihm Yaiza Teetzmann.

»Nur, wenn du hier als Klientin auftauchst. Aber davon gehe ich mal aus. Stellenabbau bei der Kripo. Der mündige Straftäter klärt selber alles auf und stellt sich dann.«

Damit hatten sie das Domizil des Hausmeisters erreicht, und Yaiza Teetzmann klopfte an die Tür. Michael Koltermann war gerade beim Frühstücken und rief ein wenig unwillig: »Herein, aber ich kann jetzt nicht.«

»Wenn er deine Schuhe sieht, wird er schon wieder können«, sagte Mannhardt.

Und richtig, als Koltermann Yaiza Teetzmann im Blickfeld hatte, verschluckte er sich prompt an seiner Schrippe.

»Schön, nicht wahr …« Sie ging regelmäßig zum Volleyball-Training und war beweglich genug, ihm die Schuhspitze direkt unter die Nase zu halten. »Können Sie die für Ihre Sammlung gebrauchen?«

Koltermann prallte zurück und versuchte, cool zu bleiben. »Ich weiß nicht, wovon Sie reden …«

»Von Männern, die Damenschuhe sammeln«, gab ihm Mannhardt Bescheid. »Umgangssprachlich: Schuh-Fetischisten.«

»Ich soll …?« Koltermann starrte ihn an.

»Ja, Sie sollen.« Yaiza Teetzmann setzte sich. »Sie erinnern sich vielleicht noch: Als wir uns zum ersten Mal gesprochen haben, da ist mir der Kugelschreiber aus der Hand gefallen. Sie haben sich danach gebückt, um ihn wieder aufzuheben. Und da haben Sie sich nicht mehr beherrschen können, da sind Sie mit der Hand über meine Stiefel geglitten. Als ob Sie die putzen wollten. So hab ich das gesehen, aber das war wohl ganz etwas anderes. Vielleicht hat es bei Kaisa Schadrack auch so angefangen.«

»Ich weiß nicht, wovon Sie reden.«

Michael Koltermann war ein harter Brocken, aber als es auf Mitternacht zuging, war er am Ende und bereit, den Mord an Kaisa Schadrack zuzugeben. »Ich hatte sie schon bei mir im Zimmer, und wir haben was zusammen getrunken. Sekt. Dann aber hat sie sich gewehrt und wollte weglaufen. Draußen auf dem Gang habe ich sie eingeholt. Dann sind wir in der Besenkammer gelandet. Ich dachte ja, sie will auch … aber plötzlich hat sie dieses Spray in der Hand. Ich wollt mich nur wehren, ich schwöre es, und hab nach dem alten Stuhlbein gegriffen.«

Es sei ein Lustmord gewesen, stand am nächsten Tag in der Zeitung, und Koltermann habe den Schuh seines Opfers als Trophäe mit nach Hause genommen. Dort hatte ihn seine Frau gefunden und in einen Abfallkorb geworfen. Die anderen Stücke seiner Schuhsammlung im Keller aber hat erst die Mordkommission entdeckt – womöglich war Kaisa Schadrack nicht sein erstes Opfer.

Das Ende eines Osterhasen

Er kam müde und brummig aus der Innenstadt zurück. »Wenn schon Theater, dann wenigstens ein Stück mit 'ner Leiche«, sagte Günther Fengler zu seiner Frau, als sie vor dem kleinen Grundstück in der Bogenstraße hielten und aus dem Wagen stiegen. Doch was hatten sie gesehen? Wieder einmal eine Komödie. »Und in die muss ich nicht extra gehen – das tägliche Leben ist schon Komödie genug.« Eigentlich ging er überhaupt nicht gerne ins Theater, sondern viel lieber zu den Heimspielen von Hertha, Alba und den Eisbären, aber seine Frau meinte, dass sie als Beamte die Pflicht hätten, die kulturellen Einrichtungen ihrer verarmten Stadt durch regelmäßige Besuche nach Kräften zu fördern. Beide waren sie pensioniert, er als Amtsrat der Innenverwaltung, sie als Grundschullehrerin. Als sie ihm vorwarf, auf dem besten Weg zu sein, ein alter Griesgram zu werden, nahm er seine Schäferhündin und entfernte sich ohne weitere Widerworte. Während er sich von Freya durch die Nacht zerren ließ, ging ihm eine Sentenz durch den Kopf, die er am Vormittag in einem Buch gefunden hatte, das sie ihm beim Abschied aus dem Dienst geschenkt hatten, in »Mord und Totschlag bei Fontane«: »Keine Frau ist schlimm, aber immer noch besser als eine schlechte.«

Wie würde sein Leben aussehen, wenn der Herr seine Hannelore plötzlich heimholen würde in die Ewigkeit …? Doch die Aussicht darauf war gering, denn sie erfreute sich bester Gesundheit.

Er kam zum Ufer des Dämeritzsees und dachte schon an den kommenden Sommer und seine Wonnen. Vor allem weit hinauszuschwimmen. Freya tollte am Strand umher und holte die Stöckchen, die er in Richtung Wasser warf. Ganz dunkel war es hier nicht, denn am östlichen Ende des Sees lag Erkner mit seinen Lichtern, und die Wolken reflektierten viel davon. Dennoch war ihm die weite Fläche ein wenig unheimlich. Als könnten die alten wendischen Wassergeister plötzlich aufsteigen und der Hakenmann könnte kommen, ihn in die Tiefe zu ziehen. Gegenüber lagen die Siedlungen Spree-Eck und Neuseeland. Die Laternen erschienen ihm wie kleine Leuchttürme. Ihre Strahlen tanzten über das Wasser, das leicht gekräuselt war, denn die Spree kam mit einiger Strömung von Süden her, um hier am Dämeritzsee in die Ost-West-Richtung zu schwenken und Kurs auf Berlin zu nehmen. Freya bellte und bekam Antwort vom anderen Ufer. »Komm, Hund, lass uns heimwärts streben!«

Über die Kanalstraße wollte Fengler wieder nach Hause. Aber nicht zu schnell, denn je später er kam, desto größer war die Wahrscheinlichkeit, dass seine Frau schon eingeschlafen war. Wie immer ging er mitten auf dem Damm, denn was hier um diese Zeit nicht mehr kam, das waren Autos. Irrtum. Gerade schoss eines auf ihn zu. Er sprang zur Seite und schrie: »Idiot, du!« Fast wäre der Hund erwischt worden. Fengler suchte sich die Nummer zu merken, konnte aber nur noch B-GF … erkennen, keine Ziffern.

Weiter. Plötzlich fing die Hündin zu kläffen an und zog mit aller Kraft an ihrer Leine. »Bist du wohl …! Steh!« Doch Freya ließ sich nicht mehr aufhalten. Zu verlockend war das, was sie soeben gewittert hatte: eine Leiche. Wenn auch noch nicht in Verwesung übergegangen. Fengler schrie auf. Er kannte den Menschen, der da lag. Mit einem Loch in der Schläfe und einer riesigen Blutlache neben sich.

Hans-Jürgen Mannhardt, Leiter der 12. Mordkommission, nervte seine Mitmenschen jedes Jahr mit derselben Wendung: »Wenn schon, dann lieber Western als Ostern«, und er hätte sich viel lieber mit Filmen wic »High Noon« oder »Der Mann, der Liberty Valence erschoss« beschäftigt als mit dem Osterhasen und dem Fahrrad, das er Silvio bringen sollte. Das alte genügte den Ansprüchen eines Kindes, das Tour-de-France-Sieger werden wollte, schon lange nicht mehr.

Heike lachte. »Die Stützräder vom alten Rad kannst du dir ja bei dir anschrauben.«

Mannhardt fand das nur bedingt witzig. »Dass ich neulich gestürzt bin, war nicht meine Schuld – was kann ich dafür, wenn mir der Lenker abbricht. Andererseits …« Er fragte sich, ob nicht Stützräder auch für Erik Zabel und Jan Ullrich und die anderen Giganten der Landstraße eine gute Sache sein würden. »Vielleicht auf der letzten Tour-Etappe nach Paris, wo eh schon alles entschieden ist, oder generell, wenn sie älter werden.«

»Red nicht so viel, sondern mach den Sattel niedriger, sonst gibt es Ostern Theater, wenn Silvio fahren will …«

Mannhardt bedachte seine Gebieterin mit einer Bemerkung, die ihm die gelbe Karte eingebracht hätte, wäre sie etwas lauter ausgefallen. Wenn er etwas hasste, dann waren es Fahrradreparaturen. Entweder er baute das Gefährt völlig falsch zusammen, wenn er es vorher mühsam zerlegt hatte, oder aber er verletzte sich irgendwie und litt dann tagelang unter der Angst, sich eine Blutvergiftung zugezogen zu haben. »Wenn sie mir dann rechts meinen Zeigefinger amputieren, muss ich den Dienst quittieren.« Klar, das hätte ja auch einen Kommentar in den Zeitungen gegeben, der für das Image der Berliner Kripo sehr negativ gewesen wäre: »Als der Erste Kriminalhauptkommissar Hans-Jürgen Mannhardt seine Waffe herausgerissen hatte und auf den fliehenden Serientäter zielte, merkte er, dass ihm der Zeigefinger fehlte und er keine Chance hatte, den Abzug zu betätigen.«

Es war aber nicht der Zeigefinger, den er sich, als er mit dem Schraubenschlüssel abrutschte, gewaltig aufratschte, sondern der Daumen. Trotzdem sprang er, als das Blut herausschoss, so auf und ab, wie man es ansonsten nur bei Kriegern vergessener Stämme auf Neu-Guinea erleben konnte, und schrie nicht wenig. »Heike, schnell, ein großes Pflaster!«

Sie suchte zwar eines, konnte aber nicht ganz den Ernst an den Tag legen, den er von ihr erwartete. »Ich ruf schon mal im Krankenhaus an, dass sie alles für 'ne Bluttransfusion vorbereiten.«

Darauf ließ er es an der Impulskontrolle vermissen, die man von einem gereiften Beamten erwarten konnte, und stieß mit dem Fuß so kräftig gegen das Kinderfahrrad, dass es gegen die Schuhkommode donnerte und eine beträchtliche Delle hinterließ.

»Hast du nicht mehr alle?!«, schrie Heike.

»Ich schon, aber du … du hast doch dieses blöde Fahrrad gekauft und hättest gleich im Laden den Sattel niedriger stellen lassen sollen.«

Prompt wachte Silvio auf, und Mannhardt wusste, dass der Abend nun gelaufen war und ihn Sekunden später Heikes Bannfluch treffen würde: »Du schläfst heute auf der Couch.« Was ihn rettete, war der Anruf seiner Kollegin Yaiza Teetzmann: »Du, voller Einsatz: Erschossener Lehrer in Hessenwinkel, Kanalstraße.«

Hans-Jürgen Mannhardt hatte eine schon nahezu pathologische Angst vor Alzheimer und seniler Demenz, und so erschrak er, als ihm nicht sofort einfiel, wo Hessenwinkel lag. Hatte Yaiza Teetzmann am Telefon wirklich Hessenwinkel gesagt – und nicht Hessische Straße oder Hessenallee ...? Die kannte er beide. Oder vielleicht: »In dem Winkel da bei der Hessischen Landesvertretung.« Aber Hessenwinkel ... Nie gehört. Und dann auch noch: Kanalstraße. Weder am Landwehr- noch am Neuköllner Schifffahrtskanal kannte er eine Kanalstraße, auch nicht am Teltowkanal. In hektischer Eile griff er zum Stadtatlas, während er Heike bat, im Berlin-Baedeker nachzuschlagen. Sie eilte zum Bücherregal, um alsbald zu melden: »Im Ortsregister ist nichts! Du musst dich verhört haben.« Er brummte etwas, das ihm bei einem fremden Menschen eine satte Beleidigungsklage eingebracht hätte, und konzentrierte sich auf den Übersichtsplan von BVG und S-Bahn. »Hol mir doch bitte mal die Lupe.« Heike tat es, während sie zugleich 110 wählte: »Mein Mann ist Leiter der 12. Mordkommission und muss nach Hessenwinkel ... Wo liegt'n das?« Peinlich. Mannhardt riss ihr den Hörer aus der Hand und legte auf. Natürlich rief man sofort zurück, um ihn zu informieren. Inzwischen war auch Heike fündig geworden: »Südlich von Wilhelmshagen, am Dämeritzsee. In diesen Winkel wird sich Roland Koch zurückziehen, wenn er bei der nächsten Hessenwahl scheitert.«

Mannhardt machte sich auf den Weg. Von Tegel quer durch die Stadt. Köpenick, Hirschgarten, Friedrichshagen, Rahnsdorf, Wilhelmshagen, Hessenwinkel. So sagte es die Karte, die er neben sich auf dem Beifahrersitz liegen hatte. Dennoch schaffte er es nicht, von A nach B zu kommen, ohne sich zu verfahren. Schließlich aber fand er doch den richtigen Weg, am Nordufer des Müggelsees entlang, und kam noch pünktlich zu spät. Yaiza Teetzmann war schon am Tatort. Er sah sie erwartungsvoll an. »Ich warte auf dein Briefing …«

»Wieso soll ick dir 'n Brief schreiben, ick sag dir allet jleich hier an Ort und Stelle.« Immer wenn sie müde war, berlinerte sie. Bei dem Toten handelte es sich um den 39-jährigen Studienrat Norbert Plohn. »Wohnhaft gleich hier gegenüber, tätig in einer Neuköllner Schule. Deutsch, Geschichte, Latein. Allein stehend, keine Kinder. Das heißt, eine getrennt lebende Ehefrau soll es geben, in Bremen oben.«

»Gibt es denn Revolverkugeln, die bis hierher reichen?«, fragte Mannhardt. »So eine Art Volks-V2 … Meines Wissens nicht. Und dann mit dieser Treffergenauigkeit.«

»Sieht so aus, als sei der Schuss aus nächster Nähe abgefeuert worden«, sagte der Rechtsmediziner.

Mannhardt nickte und sah sich am Tatort um. Etwa drei Meter von Plohn entfernt entdeckte er vor dem Nachbargrundstück auf einem kleinen, sehr gepflegten Rasenstück einen Osterhasen aus Plüsch und Plastik. Von einem Autoreifen platt gewalzt. »Noch ein Mordopfer. Schade drum.« Er verfolgte die Spur der Reifen mit seiner Taschenlampe. »Das muss der Plohn mit seinem Wagen gewesen sein.«

»Das ist doch nun auch egal«, sagte der Staatsanwalt. Mannhardt ließ seine Leute ausschwärmen, um nach Zeugen zu suchen. Einige hatten den Schuss gehört, ihn aber für einen explodierenden Feuerwerkskörper gehalten, was bei Fußballspielen immer mal vorkam. Amtsrat Fengler, der den Erschossenen entdeckt hatte, konnte ihnen ein wenig weiterhelfen.

»Plohn muss kurz vorher zurückgekommen sein«, sagte er. »Als ich neben seinem Auto gestanden habe, war der Motor noch ganz warm. Ich hab da mal auf die Motorhaube gefasst.« Schließlich war er Krimifan.

Mannhardt bedankte sich, denn damit hatten sie den ersten ernst zu nehmenden Hinweis. »Vielleicht hat Plohn nicht allein im Auto gesessen.« Er hoffte, dass die Leute von der Spurensicherung auf dem Beifahrersitz alles fanden, was Naturwissenschaftler für ihre Analysen im Allgemeinen brauchten: ein Haar, einen Tropfen Blut, einen abgeschnittenen Fingernagel und eine Ladung Sperma.

Günther Fengler war inzwischen noch etwas anderes eingefallen. »Als ich vorhin vom Ufer hochgekommen bin, ist ein Auto auf mich zugerast, und am Steuer hat ein Mann gesessen. Wenn das mal nicht der Täter war.«

»Haben Sie das Kennzeichen erkennen können?«

»Nur was mit B-GF ... Wie meine Initialen.«

»Bei Herrn Plohn, in seinem Roman, da wird auch ein Mann aus einem Auto heraus erschossen«, sagte Hannelore Fengler, die inzwischen zu ihnen gestoßen war.

»Was, einen Roman hat er auch geschrieben?«

»Ja. Aber verkauft hat er kaum ein Exemplar. Der Titel war, warten Sie ... ›Und bist du nicht willig‹.«

Die 12. Mordkommission war überaus willig, Plohns Mörder so schnell wie möglich zu fassen. Mannhardt und Yaiza Teetzmann war sofort der Gedanke an ehemalige Schüler gekommen, die unter Plohn gelitten hatten, und sie waren über die Dateien der Schule schnell auf einen gewissen Thomas Schkortitz gestoßen, denn auf dem Beifahrersitz waren Spuren von Zement und Mörtel gefunden worden – und Schkortitz war Bauhilfsarbeiter. Aber nicht nur das, ein Straßenbahnfahrer der Linie 61 schwor, einen Mann neben Plohn gesehen zu haben. »In Friedrichshagen, anner Kreuzung Müggelseedamm/Bölschestraße issa mir fast vorne rin. Beede ham wa gerade noch bremsen können. Er det Fensta runterjekurbelt und jeschimpft. Ick ooch. Und der neben ihm, der hat sich ooch noch einjemischt. Det war 'n Maura oda so wat.«

Sie holten einige Informationen über Schkortitz ein und fuhren dann zu ihm in die Gropiusstadt hinaus. Imbuschweg. Ein Hochhaus. Als sie mit dem Lift hinauffuhren, bekam Mannhardt einen leichten Anfall. «Ohne meine Höhenangst wäre ich Polizeipräsident geworden«, murmelte er.

Sie trafen Thomas Schkortitz vor seiner Wohnungstür. »Ich wollte gerade zu Ihnen ... Ein ehemaliger Klassenkamerad hat mich schon ... Ich hab bis eben geschlafen und ... Also, Arbeit hab ich schon lange keine mehr, weil ... Herr Plohn, ach, das ist ein ... Ich war wahrscheinlich sein letzter ... Kommen Sie rein, aber ...«

Mannhardt war klar, warum Schkortitz es nicht geschafft hatte, sein Abitur zu machen und Architektur zu studieren. Er besann sich auf sein Kleines Latinum und dachte darüber nach, wie man Schkortitz' Krankheitsbild wohl nennen konnte. Vielleicht sermo interruptus. »Sermo, sermonis – nicht Simonis wie Heide Simonis, sondern: Rede- und Ausdrucksweise. Wohl denen, denen Dänen aus einer Minder- eine Mehrheit machen.«

Yaiza Teetzmann eröffnete das freundliche Kreuzverhör

in schönstem Vernehmungsstil. »Ehemalige Klassenkameraden von Ihnen haben uns gesagt, dass Sie Herrn Plohn Ihr Scheitern in der Schule zugeschrieben haben und dass Sie ihn deswegen gehasst haben.«

»Früher, kann sein, da war ich ... Aber dann ... Alle wussten, dass ich ... Da hat er mich angerufen, ich soll ihm seinen Anbau ... Schwarz ... Darum war ich ja auch ... Wir haben uns in einer Kneipe am Richardplatz lange ... Gestern ... Dann hat er mich mit ... Aber nicht zu sich nach ... Nur bis Rahnsdorf. Da wohnt ein Freund von ... Und bei dem wollte ich über... Mönchsheimer Stra... Ich hatte 'n Schlüssel, denn Sven ...«

Dass er bei Sven gewesen war, das stimmte schon, aber der Freund war erst gegen 0.30 Uhr nach Hause gekommen, und so konnte man Schkortitz' Alibi nicht unbedingt in die Kategorie hieb- und stichfest einordnen.

Mannhardt war den gebenedeiten Politikern der Bundesländer Berlin und Brandenburg von Herzen dankbar für ihr reifes Missmanagement, was den Bau des neuen Großflughafens BBI in Schönefeld betraf, denn Tegel hatte er direkt vor der Haustür – und hier war auf Silvia Plohn zu warten, die getrennt lebende Ehefrau des ermordeten Studienrates aus 12589 Berlin, sprich: Hessenwinkel. Sie wohnte in Bremen, kam aber aus München, wo sie bei einer Freundin ein paar Tage Urlaub gemacht hatte. So die Plohn am Telefon, als man sie endlich ausfindig gemacht hatte.

Yaiza Teetzmann wollte das alles noch nachprüfen. »Wie deren Beziehung zu ihrem Ex war, kommt sie automatisch als Täterin in Frage, und mit ihrer Reiserei kann sie ja auch getrickst haben. Obwohl ...« Dass Frauen jemanden aus nächster Nähe erschossen, kam äußerst selten vor.

»Hoffen wir, dass sich das mit fortschreitender Emanzipation ein wenig ändert«, sagte Mannhardt. »Was die Schwerkriminalität betrifft, da hinkt ihr Frauen ja noch immer fürchterlich hinterher.«

Silvia Plohn hatte am Telefon gesagt, sie sei Pharmareferentin, und so hatte Mannhardt keine Mühe, sie auszumachen, als die Fluggäste aus Stoibers Hauptstadt in die Halle quollen. Alle Cremes dieser Welt waren auf ihrem Antlitz zu finden, und die blonde Mähne signalisierte, dass hier jemand konsequent das umsetzte, was Frauenzeitschriften vorgaben. Auch die Kleidung ließ keine Wünsche offen. Mannhardt war auf der Stelle stehend k. o., und Yaiza Teetzmann musste, nachdem sie eine Sitzgelegenheit gefunden hatten, die Fragen stellen, die sie vorbereitet hatten.

»Können Sie sich daran erinnern, dass Ihr Mann einmal bedroht worden ist?«

Silvia Plohn überlegte. »Von einem Schüler …? Nein. Vielleicht so ein bisschen mal von diesem … Na, wie hieß er …?« Nach ein paar Sekunden kam sie auf Thomas Schkortitz. »Nein, glaub ich aber nicht. Eher tippe ich da auf unsere Nachbarin draußen in Hessenwinkel. Die Jössnitz. Nennt sich Schauspielerin, kriegt aber nie 'ne Rolle. Sie war auch schon 'n paar Mal inner Klinik und leidet unter Verfolgungswahn. Ihr Haus ist verbarrikadiert und gleicht 'ner Festung. Manchmal fuchtelt sie auch mit 'ner Pistole rum. Mich hat sie mal damit bedroht, als ich mit meinem Wagen über den Sand vor ihrer Gartentür gefahren bin – den hatte sie gerade frisch geharkt. Sie ist 'n armes Luder, sicher, aber Tabletten schlucken will sie nicht. Dabei haben wir heute Medikamente, die ihr garantiert helfen würden. Neuroleptika. Aber sie hat zu große Angst, dass man sie vergiften will. Dabei weiß man bei ihren psychotischen Schüben nie, was sie machen wird. Vielleicht hat sie meinen Mann für einen Killer gehalten und dann einfach abgedrückt. In Notwehr ...«

So unternahmen Mannhardt und Yaiza Teetzmann eine zweite Expedition nach Hessenwinkel. Das Haus der Jössnitz war ein grau verputzter Bungalow aus den fünfziger Jahren. An jeder Seite hing unter dem Dachkasten eine Überwachungskamera. Eine vierte war auf das Gartentor gerichtet, um sofort jeden einzufangen, der dort stand und klingelte. Die Rollläden waren aus Stahl und allesamt bis auf etwa zehn Zentimeter herabgelassen. Mannhardt fühlte sich an Schießscharten erinnert. Der Klingelknopf war aus blankem Messing, und er zögerte einen Moment, ihn zu drücken. »Da liegen bestimmt 10 000 Volt Hochspannung dran.« Sicherheitshalber zog er seinen Kugelschreiber hervor. Der war aus Plastik. Drinnen rührte sich nichts. Mannhardt dachte, dass in Filmen wie diesen zunächst einmal die Haustür einen Spalt breit aufgezogen wurde. »... und dann sehen wir den Lauf einer Schrotflinte.«

Doch Dorothea Jössnitz erschien gänzlich unbewaffnet. Sie trug Schaftstiefel und khakifarbene Kleidung, Pullover und Hose, und wirkte sehr streng, sodass Mannhardt sie fast mit Frau Majorin angeredet hätte. Von Beruf war sie, wie die Recherche ergeben hatte, eigentlich Tierärztin und nicht Schauspielerin, 48 Jahre alt und allein stehend. Eingerichtet hatte sie sich im spanischen Landhausstil. Man setzte sich an einen rustikalen Tisch aus dunklem Edelholz.

»Was darf ich Ihnen anbieten?«, fragte sie mit einer Stimme, die zu einer Jazzsängerin gepasst hätte.

»Nur Informationen«, antwortete Mannhardt und duckte sich instinktiv, weil er fürchtete, für diese ungezogene Antwort etwas mit der Reitpeitsche, die auf dem Fensterbrett lag, übergezogen zu bekommen. Es war schade, aber er war nicht der Typ von Mann, der eine strenge Domina brauchte. Yaiza Teetzmann und Heike in seiner Nähe, das reichte ihm vollkommen. Irgendwie hatte er jetzt den Faden verloren.

Seine Kollegin nahm ihn wieder auf. »Frau Jössnitz, sagen Sie, zur Tatzeit, also gegen 23.30 Uhr, da waren Sie doch zu Haus ...?«

»Ja, das war ich.«

»Dann müssten Sie doch eigentlich den Schuss gehört haben ...?«

»Ich war unter der Dusche, und da hört man wirklich nichts. Darum dusche ich auch nicht so gerne. Wenn da gerade jemand ins Haus eindringen will. Aber ich hab ja meine Alarmanlage.« Sie zeigte auf die Fensterscheiben, an denen Detektoren klebten. »Und vorher war ich in der Stadt, mir mein Osterei kaufen: neue Walking-Schuhe, und anschließend im Kino. Zurückgekommen bin ich kurz nach 23 Uhr. Da war bei Herrn Plohn noch alles dunkel.«

Yaiza Teetzmann nickte. »Hat er denn Ihnen gegenüber mal etwas von einer Bedrohung erzählt?«

»Nein. Wir haben aber nie viel miteinander geredet. Guten Tag und guten Weg.« Dorothea Jössnitz griff nach einer Zigarette. »Sie beide sind Nichtraucher ... Gestatten Sie, dass ich ...«

Mannhardt fand es zwar nicht sonderlich lustvoll, ihren Rauch einzuatmen, nickte aber und ließ es sich nicht nehmen, ihre Zigarettenpackung so zu drehen, dass die Warnung »Rauchen kann tödlich sein« nach oben kam. Sie passte so schön zu seinem Genre. »Haben Sie denn irgendeinen Verdacht ...?«

»Sie sollten sich einmal etwas intensiver um den Einbrecher kümmern, der hier die Gegend unsicher macht und uns in Angst und Schrecken versetzt. Alle haben hier ihre Gaspistole.« Sie ging zum Schrank und holte ihre aus der Schublade.

Mannhardt sah etwas genauer hin. Nein, der Lauf war nicht aufgebohrt, mit der konnte Plohn nicht erschossen worden sein.

»Ist denn bei Herrn Plohn auch schon eingebrochen worden?«

»Nein, nicht dass ich wüsste, aber das müssten Sie doch in Ihren Unterlagen haben.«

»Wir sind die Mordkommission«, sagte Yaiza Teetzmann nicht ohne einen gewissen Stolz. »Aber wir werden uns mit unseren Kollegen vom Einbruchsreferat in Verbindung setzen.«

Die Mitarbeiter der 12. Mordkommission hatten sich bei allen Kolleginnen und Kollegen umgehört, deren Job es war, dem ganz gewöhnlichen Einbrecher das Handwerk zu legen, und erfahren, dass es in Rahnsdorf, Müggelheim, Wilhelmshagen, Neu-Venedig, Hessenwinkel und den Siedlungen Schönhorst und Im Walde in der Tat eine Reihe von Delikten gegeben hatte. »Höchstwahrscheinlich ein Einzeltäter mit exzellenten Ortskenntnissen, spezialisiert auf PCs und hochwertige Musikanlagen, auch Bargeld, nicht aber interessiert an Schmuck und Kunst. Alter unter dreißig, männlich. Haare und Blut gesichert, eine DNA-Analyse wäre also möglich.«

Mannhardt nickte, als ihm das vorgetragen wurde. «Prima, dann bitten wir alle in Frage kommenden Männer aus dem Bezirk Köpenick-Alt um eine Speichelprobe. Wer einen trockenen Mund hat, kann auch Sperma abliefern.«

Yaiza Teetzmann hatte keinen Sinn für seine Art von

Humor. »Du kannst ja spotten, aber so ungewöhnlich ist das Muster nun auch wieder nicht: Einbrecher wird bei der Tat überrascht und erschießt den, der ihn stört und festhalten will.«

»Okay, spiele ich den Lockvogel: Ich baue mir in Hessenwinkel eine Villa, auf Staatskosten natürlich, stopfe sie voll mit allem, was die Cebit in Hannover oder das T-Com-Haus an der Leipziger Straße zu bieten haben, setze mich hin und warte auf Mr. Unbekannt. Ich will gleich mal einen Antrag stellen.«

Er setzte sich an den Computer und begann damit. Doch kaum hatte er »Sehr geehrter Herr Polizeipräsident« getippt, da klingelte das Telefon, und es meldete sich Thomas Schkortitz. Mannhardt hörte ihm aufmerksam zu.

»Wer war'n das?«, wollte Yaiza Teetzmann wissen, als er wieder aufgelegt hatte.

»Unser erster Tatverdächtiger, der Thomas Schkortitz. Er will sich in Köpenicks Unterwelt umgehört haben und meint, der Einbrecher könne ein gewisser Thier sein. Bauschlosser. Arbeitslos. Ronny Thier. Mit ti-äitsch. Nicht: ›Wie ein Tier‹. Wie der Roman über den Berliner S-Bahn-Mörder Paul Ogorzow heißt.«

»Du redest wirr«, befand die Kollegin.

«Nur das Wirre ist die Wahrheit, und das Leben ist ein Labyrinth, und Thier wohnt beziehungsweise haust im Labyrinth der kleinen Wasserstraßen und Inselchen, das wir als Neu-Venedig kennen. Alt-Venedig wäre mir lieber, aber dennoch: Nischt wie hin!« Die genaue Adresse hatte ihm Schkortitz auch noch verraten. »Am Rialtoring, 'ne Datsche.«

Yaiza Teetzmann hatte gelesen, dass Neu-Venedig auf der Liste des Kulturerbes der UNESCO stand. »Zu DDR-

Zeiten war die Prominenz mächtig scharf uff 'n Grundstück hier. Dann kam die Rückübertragung.«

Davon zeugten die villenartigen Neubauten zwischen den gepflegten Datschen. Es gab aber auch malerisch verwilderte Hütten, und in einer solchen wohnte Ronny Thier.

»So 'n ähnlicher Typ wie er hat ja mal hier in der Gegend auf einer versteckten Insel gehaust«, erinnerte sich Mannhardt. »Drüben im Sumpfgebiet am Gosener Graben – und unten in Schmöckwitz Motorboote angesteckt.«

Als sie vor Thiers Gartenzaun hielten und aus dem Wagen stiegen, war er gerade dabei, ein altes Motorboot auf Vordermann zu bringen. Sein Instinkt war so ausgeprägt, dass er die Kriminalbeamten auf der Stelle als solche erkannte. Ohne dass sie ein Wort gesagt hätten. Schon hatte er das Boot ins Wasser gestoßen und war hineingesprungen.

»Du nach links, ich nach rechts!«, schrie Mannhardt, während der Motor aufheulte. »Wir müssen ihm den Weg abschneiden.« Klar war, dass Thier versuchen würde, zur Müggelspree zu kommen. War er erst auf dem Dämeritz- oder dem Müggelsee, hatte er reelle Chancen, sich irgendwo am Ufer zu verkrümeln.

Mannhardt lief instinktiv in Richtung Süden. Als Kind war er mit seinem Opa ab und an durch Neu-Venedig gepaddelt und konnte sich noch gut an das geruhsam strömende und immer leicht grünliche Wasser erinnern. Überall schmale Kanäle, von weißen Brücken überspannt. Und auf diese Brücken setzte er jetzt. Thier musste dort hindurch. Sein Motor war so laut, dass Mannhardt in etwa wusste, wo sich ihre Kurse kreuzen mussten: an der Rialtobrücke. Sie hieß wirklich so, und nur durch sie hindurch kam man in die Spree.

Sekunden vor Thier stand er oben am Geländer. Das Motorboot näherte sich mit eher mäßigem Tempo. Mannhardt zog seine Waffe. »Anhalten oder ich …!« Doch Thier dachte nicht daran. Was blieb Mannhardt übrig, als sich … Nein!, schrie sein Über-Ich. Lass das, du bist nicht James Bond! Aber die Brücke war niedrig, und sprang er vom Geländer nach unten, waren es keine zwei Meter bis zum Boden des Bootes. Also überhaupt kein Risiko. Er stürzte zum südlichen Geländer, sah Thier und das Boot unter der Brücke hervorkommen und sprang …

Es war ein sehr schöner freier Fall, doch leider verfehlte er das Motorboot um Zentimeter und stürzte ins Wasser. Das war noch furchtbar kalt, und er trug schwere dicke Wintersachen. Zudem war er ein mehr als schlechter Schwimmer. Aus!, dachte er.

Yaiza Teetzmann wusste, dass es zu ihrer Rolle als Kriminalbeamtin gehörte, allen potenziell Tatverdächtigen ohne jede Emotion gegenüberzutreten, doch bei Julian Binkowski fiel ihr das schwer, denn er war genau ihr Typ. Von Beruf war er Pilot, und sie hätte ihm jederzeit die Erlaubnis erteilt, in ihrem Bett zu landen. Doch leider war er mit Silvia Plohn liiert. Andererseits war das auch der Grund dafür, dass er überhaupt in ihr Büro gekommen war. In den Notizen des ermordeten Studienrats hatten sie die folgenden Sätze gefunden: »Silvia ist kurz davor, Julian zu verlassen und zu mir zurückzukehren.« Und: »Wieder von Julian B. am Telefon bedroht worden. Er will mich erschießen. Bei meiner Berufsgruppe passiere das ja häufiger, hat er gesagt.« Offensichtlich hatte er das für einen autobiographischen Roman festgehalten.

Mit diesen Fakten konfrontiert, verlor Binkowski mindestens 37,2 Prozent seiner Selbstsicherheit. »Im Zweifelsfall können Sie sicher über die Telefongesellschaften herausbekommen, dass ich ihn angerufen habe ... Also: ich habe. Und im Laufe unseres Gesprächs haben wir uns nicht nur Nettigkeiten gesagt. Okay. Aber zwischen dem, was man denkt, und dem, was man tut, da gibt es ja doch noch einige Unterschiede.«

»Denken ist Probehandeln«, entgegnete Yaiza Teetzmann. Das hatte sie als Diplom-Kommissarin im Fach Sozialpsychologie tapfer gelernt. »Aber Sie haben ja ein Alibi ...«

»Ich bin gegen 18 Uhr aus London zurückgekommen und dann gleich von Schönefeld nach Hause gefahren, um mich ins Bett zu legen.«

Leider allein und dummerweise in einem etwas abgelegenen Einfamilienhaus in Erkner, mal gerade zwei Kilometer von der Stelle entfernt, an der Norbert Plohn erschossen worden war.

Gerade war Julian Binkowski wieder gegangen und hatte Yaiza Teetzmann schwer beeindruckt und leise aufstöhnend zurückgelassen, da kam Hans-Jürgen Mannhardt ins Zimmer. »Melde mich vom Ertrinken zurück. Entschuldige bitte, wenn ich für den Rest des Tages etwas unterkühlt bin, aber ...« Er hätte ohne Weiteres vom Dienst abtreten können, wollte aber gern heldenhaft wirken und jüngeren Kollegen als Vorbild dienen, was die Pflichterfüllung anging. Seine Sachen hingen zum Trocknen über der Heizung, und was er am Leibe trug, war überall zusammengeborgt.

»So laufen ja nicht mal Penner rum«, sagte Yaiza Teetzmann.

»Nichtsesshafte, Obdachlose, Stadtstreicher«, verbesserte Mannhardt sie und wollte gerade zu einer längeren Belehrung ausholen, als man Ronny Thier ins Zimmer stieß. Er war in Köpenick bei einer Verkehrskontrolle erwischt worden.

»Warum ick abjehau'n bin …? Nich wegen dem Arsch da, den se erschossen ham, sondern … Aba det wissen Se ja selba.« 17 Einbrüche gab er zu, stritt aber energisch ab, zur Tatzeit in Hessenwinkel gewesen zu sein. »Da bin ick mit meine Töle durch Rahnsdorf. Mit 'm Hund fällste überhaupt nich uff. Nur mal so kieken … War aber nischt. Da bin ick wieda nach Hause.« Nein, gesehen hatte ihn keiner. Wie auch, er setze ja immer alles daran, keinem Menschen aufzufallen. »Und wenn ma mal wirklich eena erwischen tut, dann mach ick 'ne Flieje und schieß nich uff den.«

Was blieb der Mordkommission weiter übrig, als Ronny Thier vorerst wieder wegschließen zu lassen und den Kollegen vom Einbruch Bescheid zu sagen, dass sie ihn nun zur freien Verfügung hätten. »Und seid lieb zu ihm, denn: Quäle nie einen Thier zum Scherz.«

Es kam die Kollegin herein, die sich in Plohns Schule umgehört hatte. »Man flüstert dort hinter vorgehaltener Hand, dass sich Plohn und sein Vorgesetzter gehasst hätten. Pathologisch. Golle heißt der Mann, also: der Rektor, Dr. Falko Golle. Einer der Lehrer hat gesagt: ›Dass es zwischen beiden mal knallt, da wäre ich jede Wette für eingegangen.‹ Wörtlich. Und unter den Kids gibt es Gerüchte, dass Plohn den Golle wegen einer angeblichen Affäre mit einer Schülerin erpresst hat.«

»Skandal ist immer das Süßeste«, fiel ihr Mannhardt ins Wort. »Wie schon Theodor Fontane schrieb.«

Die Kollegin stöhnte auf. »Wenn ich dann fortfahren darf … Mit dem Geld, das Plohn angeblich von Golle bekommen hat, soll dann sein Roman gedruckt worden sein.

Für 6000 Euro bist du dabei. Wenn ihr mit Golle sprechen wollt: Er wohnt in Friedenau, Stubenrauchstraße.«

Wenig später kam die Nachricht, dass Falko Golle einen Wagen fahren würde, in dessen Kennzeichen ein GF vorkäme.

»Genau dit, wat der Fengler am Tatort jesehn hat!«, rief Yaiza Teetzmann. »Mann!«

Der Rektor war 48 Jahre alt und einem Herzinfarkt nahe, als die beiden Kriminalbeamten vor seiner Wohnung standen. Man brauchte kein studierter Pantomime zu sein, um seinen Gesichtsausdruck richtig zu deuten: Ich hab's ja kommen sehen ... Er war ein Typ zum Neidischwerden, fand Mannhardt, teils agiler Fernsehmoderator mit hohen Einschaltquoten, teils besonnener Gelehrter mit Aussichten auf einen Nobelpreis in Chemie. Dass die Mädchen ihn anhimmelten, lag auf der Hand.

Mannhardt hustete, als sie im Arbeitszimmer saßen, denn Golle war Zigarrenraucher und hatte eine stark verrauchte Stube. »Bei Ihrer Straße war's ja auch nicht anders zu erwarten. Aber zur Sache ...« Er gab Yaiza Teetzmann einen Wink, und die trug vor, was sie über Golle wussten und weswegen er als Tatverdächtiger galt.

Der Oberstudiendirektor war nahe daran, die Fassung zu verlieren. »Alles scheint nun zusammenzubrechen ...« Dann raffte er sich auf, um die Dinge zurechtzurücken, wie er das nannte. »Zugegeben, Norbert Plohn und ich waren heftig zerstritten. Eine enge, sehr enge Freundschaft ist mit der Zeit umgeschlagen in ihr Gegenteil. Je enger die Bindung, desto heftiger der Konflikt. Ich muss nächste Woche ins Krankenhaus, Verdacht auf Krebs, die Bauchspeicheldrüse, und da wollte ich mich mit ihm noch einmal aussprechen. Deshalb bin ich zu Plohn nach Hessenwinkel rausgefahren. Er war aber nicht da. Eine halbe Stunde hab ich im Auto gewartet. Und als er dann gekommen ist, war nichts mit Aussöhnung. Nach einem kurzen Wortgefecht bin ich wütend weg. Das muss so gegen halb zwölf gewesen sein. Er hat mich nicht mal ins Haus gebeten. Und was die Vorwürfe betrifft … Ich bin entsetzt, so viele Neider und Feinde im Kollegium zu haben. Zugegeben, ich fühle mich schon zu einigen meiner Schülerinnen hingezogen, aber die so genannten Affären, die hat es immer erst gegeben, nachdem sie ihr Abitur gemacht hatten. Da bin ich nicht erpressbar. Und dass Norbert von meinem Geld den Druck seines Romans bezahlt haben soll, ist absurd: Die 6000 Euro hat er noch selber aufbringen können.«

Mannhardt nickte. Im Augenblick ließ sich wenig gegen diese Version vorbringen, obwohl das Gegenteil ebenso plausibel gewesen wäre. Was blieb ihnen, als sich bei Golle zu bedanken und wieder ins Dienstgebäude zurückzufahren.

Dort kochten sie sich ihr »Käffchen«, wie Yaiza Teetzmann immer sagte, und ließen noch einmal alle ihre Tatverdächtigen Revue passieren.

»Bei Thomas Schkortitz könnte es Rache gewesen sein«, sinnierte Mannhardt. »Immer ein starkes Motiv. Bei Dorothea Jössnitz ist es schon etwas komplizierter. Möglicherweise irgendeine Psychose. Bei Ronny Thier ist es wieder einfacher und geht in Richtung Raubmord. Julian Binkowski fiele in die Kategorie Eifersuchtstat und Falko Golle in die Schublade Verdeckungsmord.«

»Keiner hat ein vernünftiges Alibi«, fasste Yaiza Teetzmann zusammen.

»Und wo nichts ist, kann man auch nichts erschüttern«, brummte Mannhardt.

Sie grübelten, bis die Dämmerung hereingebrochen war, ohne sich aber auf jemanden als Täter geeinigt zu haben. Gerade wollten sie aufgeben und sich auf den Heimweg machen, da erschien einer ihrer Mitarbeiter und legte etwas auf den Tisch, was wie eine große schwarze Taschenuhr aussah, aber ein Pedometer war, ein Schrittzähler.

»Sorry, dass ich das Ding vergessen habe. Es hat direkt neben dem Toten gelegen. So'n Ding trägt man am Gürtel, und kann sein, dass es der Täter verloren hat, als er nach dem Schuss schnell weg ist. Es muss also einem gehört haben, der gern und 'ne Menge läuft. Damit kann man ausschließen, dass das Ding Plohn selber gehört hat, denn mit Joggen oder so hat der nie was am Hut gehabt.«

»Dann weiß ich, wer's war!«, rief Mannhardt.

Hans-Jürgen Mannhardt und Yaiza Teetzmann waren noch einmal nach Hessenwinkel hinausgefahren. Als sie in der Kanalstraße hielten, sahen sie Silvia Plohn im Garten stehen und Laub harken. Offensichtlich war sie dabei, alles schön herzurichten.

Yaiza Teetzmann grinste. »Wer kehrt immer an den Tatort zurück, na?«

»Sie ist nicht hier, weil sie die Täterin ist, sondern weil sie Haus und Grundstück verkaufen will.« Mannhardt ließ sich nicht beirren. Für ihn war Dorothea Jössnitz die Täterin, auch wenn ihm die Kollegin immer wieder vorwarf, Opfer bestimmter psychischer Mechanismen geworden zu sein.

»Nur, weil du gegen diesen Typ von Frau was hast, weil sie dich an eine Lehrerin erinnert, die dir immer Fünfen gegeben hat, an deine Zahnärztin, an deine erste Frau …« Yaiza Teetzmann zählte alles auf, was ihr in den Sinn kam.

Mannhardt steckte es weg und erinnerte sie an das Alibi von Dorothea Jössnitz: »Was hat sie bei unserem ersten Gespräch gesagt: ›Ich war in der Stadt, mir mein Osterei kaufen: neue Walking-Schuhe, und anschließend im Kino.‹« Er machte eine kleine Pause. »Ich betone: Walking-Schuhe. Und was hat der Schrittmesser angezeigt? 1,8 Kilometer! Das ist exakt die Entfernung zwischen dem S-Bahnhof Wilhelmshagen und ihrem Grundstück in der Kanalstraße. Sie ist wild darauf, ihr Soll zu erfüllen, und clipst sich den Schrittmesser an, als sie nach Hause läuft. Jeder Kilometer zählt.«

Jetzt waren sie von Silvia Plohn entdeckt worden. «Kommen Sie meinetwegen?«

Mannhardt riss sich zusammen und verzichtete auf eine sexistische Bemerkung, wie sie sich in jedem schlechten Drehbuch gut gemacht hätte, denn es war ihr anzusehen, dass sie gehörig um ihren Mann trauerte, was immer auch gewesen war. »Nein, nein. Wir möchten zu Frau Jössnitz.«

Nun verbiss sich Silvia Plohn ein paar giftige Bemerkungen und beließ es dabei, die Augen zu verdrehen. »Es war kaum auszuhalten mit ihr, aber sie ist ja nun mal ein armes Würstchen.«

Sie nickten und waren mit ein paar Schritten am Gartentor der Nachbarin. Yaiza Teetzmann hob die Hand zum Gruß, denn sie konnten sicher sein, dass eine der Überwachungskameras sie schon eingefangen hatte.

Mannhardt neigte sich vor zum Mikrofon. »Wir sind es, Frau Jössnitz, die Mordkommission in der Sache Plohn. Wir haben da noch ein paar Fragen an Sie …«

»Ich lasse keinen Menschen ins Haus, auch Sie nicht!«, kam es harsch und kompromisslos.

Irgendwie wäre es Mannhardt jetzt lieber gewesen, wenn er eine kugelsichere Weste getragen hätte. Obwohl … Zielte die Jössnitz auf ihre Köpfe, nutzte eine solche Weste wenig. Auch Yaiza Teetzmann vermied es, still zu stehen und die perfekte Schießscheibe abzugeben. Sie zogen sich zurück, um sich zu beraten. Yaiza Teetzmann war dafür, doch Mannhardt wollte nicht einwilligen, dass sie nun die SEK-Kollegen zu Hilfe riefen. Heike hätte ihm die Hölle heiß gemacht. Die Frau sei krank und eine solche Vorgehensweise unmenschlich.

Also trat er wieder ans Mikrofon. »Okay, Frau Jössnitz, dann kommen Sie doch bitte so schnell wie möglich zu uns. Die genaue Adresse schreibe ich Ihnen auf und stecke sie in den Briefkasten. Bis morgen Mittag sollten Sie aber gekommen sein.«

Um 11.20 Uhr stand Dorothea Jössnitz wirklich bei ihnen im Büro. Mannhardt hatte schon der Psychologin Bescheid gesagt, und die saß schon im Vernehmungszimmer, als sie eintraten.

Yaiza Teetzmann goss allen frisch gekochten Kaffee ein, dann bat sie die Jössnitz, ihnen noch einmal ausführlich zu schildern, wie sie den Abend verbracht hatte, an dem ihr Nachbar erschossen worden war.

Dorothea Jössnitz nickte und wiederholte im Wesentlichen das, was sie bereits zu Protokoll gegeben hatte. »Ich war in der Stadt, mir Walking-Schuhe kaufen.« Sie zählte eine Reihe von Läden und Einkaufscentern auf. »Dann war ich im Kino.« Auch ihre Angaben über Zeit, Ort und Programm waren präzise und schienen auch zu stimmen. Sie hatte sich den Sophie-Scholl-Film in Friedrichshain angesehen. »Kurz nach elf war ich wieder zu Hause, mit der S-Bahn bis Wilhelmshagen und dann zu Fuß, und bin dann gleich unter die Dusche gegangen. Und da hört man ja nichts. Raus auf die Straße bin ich erst, als ich die Blaulichter gesehen habe.«

Mannhardt entschied sich, frontal anzugreifen und sie ohne viel Umschweife mit seiner Sicht der Dinge zu konfrontieren. »Nun will ich Ihnen einmal erzählen, wie es wirklich gewesen ist: Sie kommen nach Hessenwinkel, laufen die Kanalstraße entlang und sehen von Weitem schon, wie Plohn wieder einmal die geharkte Ordnung vor ihrem Gartentor zerstört und ihren Hasen mit seinen Reifen zerquetscht. Dann beobachten Sie den kurzen Streit zwischen Plohn und seinem Kollegen – kaum ist dieser weg, greifen Sie zur Waffe. Ein Kurzschluss. Eine geladene Pistole haben Sie ja immer bei sich – wegen ihrer phobischen Ängste vor einem Überfall. Eine richtig scharfe. Sie erschießen Plohn und laufen weg. Dabei verlieren Sie Ihren Schrittzähler. Den hatten Sie sich schon am S-Bahnhof an den Gürtel geclipst, denn bei Ihnen zählt ja jeder gelaufene Meter – für Ihre Therapie. Ihnen ist ja das Powerwalking sozusagen verschrieben worden.«

Sie fauchte ihn an. »Das sind doch Hirngespinste.«

»Kein Hirngespinst ist es aber, dass es vom S-Bahnhof bis zu Ihrem Grundstück genau 1,8 Kilometer sind ... Und genau die hat Ihr Pedometer angezeigt.«

Nach drei Stunden legte Dorothea Jössnitz ein Geständnis ab. »Ich komme von der S-Bahn nach Hause, vom Walken erhitzt, und sehe Plohn. Er hat ja nicht nur das Geharkte zertrampelt – wie immer –, sondern meinen kleinen Osterhasen totgefahren. Ermordet. Er ist ja so herzlos. Er hat es verdient.« Neben der Gaspistole hatte sie auch eine richtige Waffe besessen – die sie von ihrem Vater, einem hohen Offizier der NVA, geerbt hatte.